LIEBESBRIEFE

AUS **Largs**

KEIRA MONTCLAIR

CLAN GRANT REIHE

BUCH DREI

BRODIE & CELESTINA

WEITERE BÜCHER VON KEIRA MONTCLAIR

HIGHLANDSCHWERTER
DER VERRAT DER SCHOTTIN
DIE SCHOTTISCHE SPIONIN
DIE JAGD DES SCHOTTEN
DIE PRÜFUNG DES SCHOTTEN
Buch 5 & 6: Bald erscheinend

DIE CLAN GRANT-SERIE
#1-BEFREIT VON EINEM HIGHLANDER-
Alex und Maddie
#2-HEILUNG EINES HIGHLANDER-HERZENS-
Brenna und Quade
#3-LIEBESBRIEFE AUS LARGS-
Brodie und Celestina
#4-AIFSTIEG IN DIE HIGHLANDS-
Robbie and Caralyn
#5-DAS KNISTERN DER HIGHLANDS-
Logan and Gwyneth
#6-#8 - Bald erscheinend

DER HIGHLAND CLAN
LOKI aus den Highlands - Buch Eins
TORRIAN aus den Highlands - Buch Zwei
LILY aus den Highlands – Buch Drei
JAKE aus den Highlands– Buch Vier
ASHLYN aus den Highlands– Buch Fünf
MOLLY aus den Highlands– Buch Sechs
Bücher Sieben bis Zwölf: Bald erscheinend

WEITERE BÜCHER
DIE VERBANNUNG DES HIGHLANDERS

WIDMUNG

Mein Dank gilt meiner Familie für ihre ununterbrochene Unterstützung. Ich liebe euch alle.

Dieser Roman ist auch meinen LeserInnen gewidmet. Dieses Abenteuer hat meine größten Erwartungen übertroffen und ich möchte mich bei Ihnen allen dafür bedanken!

KAPITEL EINS

Vom Blitz getroffen

Juli 1263, Ayrshire, Schottland

CELESTINA LUNDE KLAMMERTE sich an den unregelmäßigen Steinen des Turmfensters fest. Sie biss sich auf die Unterlippe, als sie sich bemühte, sich auf den kalten Sims zu ziehen. Sie würde es tun. Sich herabzustürzen wäre ein weitaus besseres Schicksal als gezwungen zu werden, ihren Verlobten zu heiraten, der als einer der grausamsten Männer der Gegend galt. Ihr Vater hatte das Kennenlernen mit ihrem Verlobten für diesen Abend arrangiert, also musste sie bald handeln. Sie sollten schon innerhalb einer Woche heiraten.

Nach all den Misshandlungen durch ihren Vater konnte sie es nicht fassen, von einem grausamen Mann zum nächsten weitergereicht zu werden. Wenn sie nicht den Ritter ihrer Träume heiraten konnte, dann wollte sie gar nicht heiraten. Verflucht sollte ihr Vater sein! Sie hasste ihn. Er starrte sie immer mit strengem Blick und seiner spitzen Nase an und hielt ihr ununterbrochen Vorträge über ihre Fehler. Dabei gelang es ihm, täglich mindestens eine neue Sache zu finden, die er an ihr auszusetzen hatte. Wie konnte sie so furchtbar sein, wie er es behauptete, wo sie doch nur zur Messe ihr Zuhause verlassen durfte? Nicht ihr Zuhause, ihr *Gefängnis*, korrigierte sie sich. Dies war nicht das Zuhause, das ihre geliebte Mutter geschaffen hatte. Dies war ein kalter, unfreundlicher Ort, der perfekte Ort für sie, um Buße zu tun, wie es ihr Vater von ihr verlangte, wenn sie vom Gottesdienst bei den Schwarzkutten zurückkehrten. Ihre einzige wahre

Freundin in ihrem Alter war ihre Magd.

Celestina dachte an ihre letzte Unterhaltung mit ihrer Mutter zurück. Baroness Lunde hatte ihr das Versprechen abgenommen, immer zu glauben, sie sei eine starke, schöne und intelligente Frau, die wertvoll war und der Welt viel zu geben hatte. Celestina hatte ihre Worte nie vergessen, obwohl das Bild ihrer schönen Mutter im Laufe der Jahre verblasst war.

Ihre Mutter war vor über zwölf Jahren, kurz nach ihrem siebten Geburtstag, verschwunden. Die einzige Erklärung, die ihr Vater ihr gegeben hatte war, dass ihre Mutter an Fieber und Herzversagen gestorben war. Die folgenden Jahre hatte er damit verbracht, Celestina für ihren Tod verantwortlich zu machen, aber sie hatte sich nie schuldig gefühlt, denn wenn sie geglaubt hätte, dass die grausamen Worte ihres Vaters auch nur eine Unze Wahrheit enthielten, hätte sie sich schon vor langer Zeit aus diesem Fenster gestürzt.

Nun klammerte sie sich an den Stein und versuchte, sich am Rand auszubalancieren, während sie gegen ihr Unterkleid und ihren Rock kämpfte. Vielleicht hätte sie einige ihrer Kleidungsschichten zuvor ausziehen sollen, aber das schickte sich schließlich nicht. Selbst in ihrem Tod würde sie noch tun, was ihr Vater ihr befohlen hatte, obwohl sie aus Erfahrung wusste, dass es unmöglich war, ihn zufriedenzustellen. Sie schluckte mehrmals und schöpfte Kraft aus den Erinnerungen an ihre Mutter. Sie spähte die lange harte Mauer hinunter zu dem grasbewachsenen Hügel vor ihrer kleinen Burg und war überzeugt, dass ein Sturz aus dieser Höhe sie töten würde.

Leider waren ihre verwickelten Röcke zu breit, um es durch die enge Fensteröffnung zu schaffen. Verflixt, warum musste sie immer ein Unterkleid, einen Rock und einen Mantel tragen? Hätte sie es nicht so eilig gehabt, hätte sie zumindest ihren Mantel ausziehen können. Die Tränen, gegen die sie so hart angekämpft hatte, liefen ihr nun über die Wangen, als sie sich bemühte, ihr Kleid glattzustreichen, damit sie ihre sündige Tat vollenden konnte. Sie würde sich nicht von etwas so Unwichtigem wie Kleidung aufhalten lassen.

Ein lautes Grollen ertönte den Weg hinunter und sie hob rechtzeitig den Kopf, um die Gruppe von etwa einem Dutzend

Reitern zu erblicken, die den Weg entlang galoppierten. Noch mehr Highlander. Viele waren in den letzten zwei Wochen auf Befehl des Königs nach Ayr geritten.

Als sie die Gruppe ansah, erkannte sie den Laird leicht an seiner Kleidung und an seinem Abzeichen, aber ihr Blick fiel auf den Mann neben ihm. Er sah dem Laird ähnlich, bis auf einen großen Unterschied: Er schaute zu ihr hinauf.

Ein kalter Schauer lief ihr den Rücken hinab, als sein Blick den ihren traf. Er rief etwas, aber sie konnte ihn nicht hören. Sie ließ ihre Röcke fallen und entschied, dass es wahrscheinlich kein guter Zeitpunkt war, jetzt und vor einer Gruppe von Männern aus dem Fenster zu springen. Er ließ sie nicht aus den Augen, während sie zurück in ihre Kammer kletterte. Sein Blick ließ ihren ganzen Körper mit einer Hitze reagieren, die sie noch nie zuvor gespürt hatte.

Wer war er? Er galoppierte an ihr vorbei und drehte sich nach ihr um. Für einen Moment erstarrte Celestina und verlor sich in der Vorstellung, dass der starke Highlander ihr Beschützer war. Sie sah sein langes dunkles Haar, den muskulösen Körper und das schöne rote Plaid, das er über seiner Schulter trug. Doch dann siegte ihr Instinkt und sie zog sich vom Fenster zurück, denn ihr Vater würde sie mit Gewissheit schlagen, wenn er bemerkte, dass sie einen anderen Mann als ihren Verlobten auch nur ansah, und sie wollte, dass die letzten Momente ihres Lebens so schmerzlos wie möglich vergingen.

Ein Blitz schoss aus dem Himmel und traf ihn mitten in die Brust, doch der Himmel war strahlendblau und keine Wolke war in Sicht. Brodie Grant folgte seinem Bruder Laird Alexander Grant zusammen mit mehreren Grant-Kriegern in die Stadt, nachdem er von König Alexander III. gerufen worden war. Staubige Straßen, Hitze und die Stiche mehrerer Mücken ließen ihn sich danach sehnen, in den nächstbesten See zu springen, doch als er das goldhaarige Mädchen aus dem Augenwinkel wahrnahm, waren alle anderen Gedanken verflogen und ein Blitz verbrannte sein Innerstes.

Höllenfeuer, nur so konnte Brodie Grant seine Reaktion erklären. Nur ein Blick auf das Mädchen, das im Fenster des

Turms eines angesehenen Herrenhauses hockte, und seine Sinne waren völlig benommen.

„Brodie, bei allen Heiligen, was zum Teufel siehst du dir da an?", rief Laird Alex Grant. „Beeil dich! Vergiss das hübsche Mädchen und komm."

Der Zug der Highlander auf ihren Kriegspferden galoppierte die Straße hinunter, Staubwolken und das Poltern der Pferdehufe erfüllten die Luft, aber Brodie folgte seinen Instinkten gegen den Willen seines Bruders. Er war bereit, den Preis dafür zu zahlen, dass er den Befehl seines Lairds ignoriert hatte, zügelte sein Pferd und drehte sich zum Haus mit den Türmen um. „Nay, sie ist im Begriff zu springen!", rief Brodie seinem sich entfernenden Bruder über die Schulter zu. „Hast du nicht den Ausdruck in ihren Augen gesehen?"

Er hätte schwören können, dass Tränen über ihre Wangen gelaufen waren, aber sie war zu weit weg, um sicher zu sein. In jedem Fall konnte er sie nicht einfach zurücklassen. Er musste umkehren. Ihre Schönheit hatte ihn zwar mit einer Hitze getroffen, die seinen gesamten Körper augenblicklich erfüllt hatte, und ihre langen blonden Locken und ihre Kurven hatten sich in sein Gedächtnis eingebrannt. Aber es war der Ausdruck auf ihrem Gesicht, so voller Verzweiflung, Frust und Aussichtslosigkeit, der ihn verfolgen würde, wenn er nichts unternahm. Das Mädchen brauchte Hilfe.

„Brodie!", rief Alex. „Wir warten nicht auf dich. Wenn du dich wie ein Trottel benehmen musst, dann hole uns später ein."

Brodie ignorierte seinen Bruder und ritt zurück zum Turm, nur um festzustellen, dass das Mädchen verschwunden war. Er sprang von seinem Pferd und warf die Zügel über einen nahen Busch. Er sah sich um und bemerkte ein paar Bauern, aber niemand außer ihm hatte das Mädchen gesehen. Wie konnte es niemand bemerkt haben? Er stürmte durch ein hohes Tor, lief den langen Weg hinauf zum Steingebäude und sah sich auf dem Gelände nach ihr um. Sein Blick suchte nach Anzeichen des Mädchens, aber er bemerkte nichts Ungewöhnliches, außer den Bauern, die auf dem Weg zum Markt waren.

Dies war eindeutig das Zuhause eines reichen Kaufmanns oder eines Adligen, aber Brodie dachte keinen Moment daran, sich von seiner Mission abbringen zu lassen, denn das Gesicht des Mädchens ging ihm nicht aus dem Kopf. Er marschierte die Stufen hinauf und packte den Messingklopfer etwas zu fest, bevor er ihn gegen die dicke Holztür fallen ließ. Die Tür öffnete sich gerade so weit, dass ein Diener seine Nase in die kühle Luft hinausstrecken konnte.

Der Mann sah Brodie überheblich an. „Verschwindet."

Brodie hatte keine Geduld für diesen Narren. „Nay, das kann ich nicht. Da war ein junges Mädchen am Turmfenster, vor nicht einmal zwei Minuten. Sie sah aus, als würde sie gleich springen." Er machte eine Pause, holte Luft und ordnete seine Gedanken, während er auf eine Antwort des Mannes wartete. Doch nachdem er keine erhielt, gewann seine Ungeduld die Oberhand über seine Manieren. „Geht es ihr gut?"

Die Tür flog auf und ein großer, dünner Mann trat hinter dem Diener hervor, die Türklinke fest umklammert. Er war alt genug, um der Vater des Mädchens zu sein, und hatte fast eine Vollglatze. Nur an den Seiten sprossen noch lange dunkle Haare. Er hatte dunkle, wulstige Augenbrauen und eine spitze Nase. „Das ist unmöglich", sagte er. „In diesem Haushalt lebt kein junges Mädchen. Ihr irrt Euch. Und jetzt verschwindet von meiner Haustür."

Brodie sah in die grausamen Augen des Mannes. „Sir, ich bin nicht blind. Es war ein Mädchen in Eurem Turm. Sie weinte und sah verzweifelt aus."

Die dünnen Lippen des Mannes waren eindeutig in der Kunst der Einschüchterung versiert und pressten sich nun noch mehr zusammen. „Ich werde meine Worte wiederholen, aus Toleranz gegenüber Eurer Unwissenheit. Ich sagte, es gibt kein junges Mädchen in diesem Haus, und außerdem geht Euch das nichts an." Er wandte sich dem Diener zu, bevor er davonstapfte. „Alfred, schließ die Tür und ignoriere diesen Störenfried."

Die Tür wurde sofort vor Brodies Nase zugeschlagen. Er grub seine Nägel in seine Handflächen, während er den Drang bekämpfte, seine Faust gegen das dicke Holz zu rammen. Diese beiden Männer logen. Es konnte keine andere Erklärung geben. Er trat zurück und starrte frustriert auf die Pelzvorhänge des oberen Turmfensters.

Er hatte das Mädchen gesehen.

Und er wusste ohne Zweifel, dass er sie niemals vergessen würde.

Celestina ließ sich in ihrer Kammer auf ihr Bett fallen. Ihre Röcke waren zerwühlt und ihre Haare zerzaust. Sie versuchte, ihre Atmung zu beruhigen, indem sie sich zu tiefen, gleichmäßigen Atemzügen zwang. Warum war dieser Highlander in ihr Leben oder besser gesagt in ihren Tod getreten? Wäre er nicht zur falschen Zeit aufgetaucht, wären all ihre Probleme inzwischen gelöst. Wenn sie versucht hätte, vor seinen Augen zu springen, hätte er vermutlich versucht, sie zu fangen, bevor sie auf dem Boden aufschlug. Schließlich sprachen alle immer von der Ehre der Highlander. „Pah!"

Sie starrte an die triste Decke, strich ihren Rock und ihren Mantel wieder glatt und wünschte sich erneut, sie könnte einfache Kleidung wie ihre Magd tragen. Die beiden Kleidungsstücke waren verblasst und trostlos, weil ihr Vater ihr keinen Luxus erlaubte. Ihre Magd Inga hatte ihr erzählt, dass die Leute ihre Familie für reich hielten, aber ihr Vater verhielt sich nicht so, als ob es wahr wäre. Vielleicht war das ganze Geld verloren gegangen.

Warum hatten sich die Highlander entschieden, genau zur falschen Zeit auf dieser Straße zu reiten? Es gab einen anderen Weg in die Stadt. Wenn sie zur Burg der Königs unterwegs waren, gab es einen kürzeren Weg, der sie nicht am Turm des Hauses ihres Vaters vorbeigeführt hätte, und sie wäre in diesem Moment bereits bei ihrer Mutter. Empört verschränkte sie die Arme vor sich und stellte sich vor, was sie diesem großen Klotz sagen würde, wenn er vor ihr stünde. Oh, wie sie wünschte, sie könnte ihn dafür ausschimpfen.

Sie erholte sich noch ein paar Minuten und ignorierte den Drang, diesem Lümmel, der ihren Plan vereitelt hatte, aus dem Fenster nachzuschreien. Was scherte sie ihn? Niemand außer Inga interessierte sich für sie. Und Inga hatte ihre eigene Familie, ihr eigenes Leben. Nein, die einzigen Menschen, die an ihrer Existenz interessiert waren, waren ihr Vater und ihr Verlobter.

Als Tochter eines Adligen war es unvermeidlich, dass ihre Ehe aus anderen Gründen als aus Liebe arrangiert worden war. Liebe gab es nur im Märchen. Celestinas Vater hatte sie verkauft, damit er dem König die Steuern zahlen konnte, die er schuldete, und Fredrik Ivarsson war zufällig derjenige gewesen, der genug Geld hatte. Sie verstand nicht, warum Ivarsson sie heiraten wollte, aber das war auch egal. Der König wollte, dass sie ihn heiratete, und ihr Vater auch, und er konnte es kaum erwarten, seine Zahlung zu erhalten. Irgendwie glaubte sie, dass hinter dem Arrangement mehr steckte, aber sie verstand es nicht. Sie war sich ziemlich sicher, dass sich keiner der beiden Männer wirklich für ihre Person interessierte, und dass sie nicht mehr als eine Spielfigur war.

Warum war sie nicht als Bäuerin geboren worden, um jemanden aus ihrem Dorf zu heiraten? Als Bäuerin dürfte sie auch kommen und gehen, wie es ihr gefiel. Ihr Vater hingegen hielt sie bis zu ihrer Heirat eingesperrt und erlaubte ihr nicht, irgendjemanden in Ayr zu besuchen.

Als die wertvollen Erinnerungen an ihre Mutter zurückkamen, ließ sie den Kopf hängen. Wie schön war es gewesen, geliebt zu werden. Ihr gegenwärtiges Leben war im Vergleich dazu so kalt und leer. Sie rieb sich die Augen, um die Tränen zu verjagen, stand auf, ging auf und ab und dachte an all die Flüche, die sie dem Schotten entgegenschleudern würde, wenn er vor ihr stünde.

Und plötzlich war er da – direkt vor ihr in ihrer Kammer. Wie war er in den Turm gekommen?

Sie schnappte empört nach Luft und stieß gegen seine Brust, aber nicht bevor die Hitze, die von ihm ausging, über ihren Arm bis direkt zu ihrem Herzen schoss. Seine hohe Gestalt überwältigte ihre Sinne und die Kraft und Stärke, die er ausstrahlte, verschlugen ihr die Sprache. Noch nie war sie einem Mann wie diesem begegnet. Sie blickte in seine tiefbraunen Augen und errötete von Kopf bis Fuß, als er sie musterte. Sie hoffte, dass er einen ehrenvollen Grund hatte, hier zu sein, denn sie hätte sich nicht bewegen können, selbst wenn sie es versucht hätte. Ihr ganzer Körper war von einer Welle von Empfindungen überschwemmt worden, mit denen sie absolut keine Erfahrung hatte.

Seine Hände wanderten direkt zu seinen Hüften. „Ich wusste es doch. Sie haben mich angelogen. Warum sollte Eure eigene

Familie Eure Existenz leugnen? Ihr wolltet springen, nicht wahr?"

Er griff nach ihrer Schulter, aber sie schlug seine Hand fort. „Rührt mich nicht an, Sir." Sie wich zurück, während sie sprach. „Wer seid Ihr? Woher kommt Ihr? Verschwindet von hier." Ihre Worte gingen gegen ihre wahren Gefühle. Sie schlang die Arme um sich und hoffte, den Sturm zu beruhigen, den seine Nähe in ihrem Inneren ausgelöst hatte.

„Wer ich bin, Mädchen?", rief er und trat einen Schritt näher an sie heran. „Ich bin der Krieger, der Euch daran gehindert hat, aus Eurem Fenster in den Tod zu springen und eine Sünde von schwerwiegenden Ausmaßen für Eure Seele zu begehen. Warum solltet Ihr eine solche Missetat versuchen? Warum sollte jemand so Schönes wie Ihr sein Leben zerstören wollen? "

Sie stockte bei diesem einen Wort und konnte sich auf nichts anderes konzentrieren. *Schön?* Hatte er sie wirklich gerade als schön bezeichnet? Sie konnte sich irren, aber nein, sie war sich sicher, dass er ihr ein Kompliment gemacht hatte, etwas, das sie noch von niemandem außer ihrer Magd und ihrer Mutter gehört hatte. „Gebt mir eine Antwort!", bellte er.

Dieser Barbar ergriff ihre Hände und nahm sie zwischen seine schwieligen Finger. Celestina drehte hastig ihre linke Hand um und hoffte, die Spuren zu verbergen, die ihr Vater dort hinterlassen hatte. Sie schämte sich zu sehr dafür. Sie konnte nichts tun, als den riesigen Krieger vor sich anzustarren, rau und gutaussehend, sein Blick voller Fürsorge. Um sie! Die sonnengebräunte Haut seiner Hand gegen ihre blasse Farbe war eine weitere Erinnerung daran, wie unterschiedlich sie waren. Aber wollte sie nicht anders sein?

Celestinas Instinkt riet ihr, ihn fortzuschieben, doch allein indem er auf einen Turm geklettert war und sich in ihre Kammer gestohlen hatte, hatte dieser Mann bereits mehr für sie getan als ihr Vater es jemals getan hatte. Und jetzt hielt dieser Highlander ihre Finger so zärtlich in seinen, als wäre sie ein Neugeborenes.

Sie sah in seine tiefbraunen Augen, auf seinen markanten Kiefer und seine weichen Lippen und versuchte ihm zu sagen, er solle aufhören, sie anzuschreien. Aber sie brachte keinen Ton heraus. Er hatte ihre Sinne so gründlich verwirrt, dass sie nicht mehr sprechen konnte.

Er ließ ihre Hand los und hob seine Finger, berührte fast ihr Gesicht. Sie hörte auf zu atmen, wartete und bat fast darum, dass er sie berührte. Er strich zögernd mit dem Handrücken über ihre Wange. Seine Berührung war so leicht, dass es nur ein Hauch von Luft war. Keiner sprach, beide waren gelähmt von ihrer Nähe. Es war ein Gefühl, das ihr völlig fremd war. Der Mann berührte sie, als ob etwas Besonderes an ihr wäre. Was konnte es sein?

Seine Hand zog sich zurück und ihr Atem stockte, als seine Wärme schwand. Sie beugte sich zu ihm und suchte seine Berührung. Ihre Brüste kribbelten und drückten gegen das leichte Leinen ihres Kleides. Er war so nah, dass sie die Minze in seinem Atem riechen konnte, und sie konnte an nichts anderes denken als an seine warmen Lippen auf ihren. Er kam noch näher, bis sie sich fast berührten. In diesem Moment existierte für Celestina nichts außer dieser Mann, und sein Atem traf auf ihren, als sie sich zu ihm beugte und vor Vergnügen seufzte. Sie schloss die Augen, als seine Lippen sich zu ihren neigten, aber ein Geräusch riss sie wieder in die Realität zurück.

Die Schritte ihres Vaters hallten von den Turmwänden wider, als er die steilen Stufen hinaufstieg. Celestina schob den großen Highlander zurück zu dem Fenster, durch das er eingedrungen war. „Schnell! Geht oder mein Vater wird mich töten, wenn er Euch sieht."

Gerade als er an dem Seil verschwand, das aus ihrem Fenster hing, öffnete ihr Vater die Tür.

Brodie sprang auf sein Pferd und stürmte in Richtung Küste, um sich seinen Clansmännern anzuschließen. Wer war sie? Die traurigen Augen des Mädchens würden ihn tagelang verfolgen. Wie war er von der bloßen Sorge um ihre Sicherheit dazu gekommen, sie in so kurzer Zeit fast zu küssen? Sie war eine Schönheit und ihre blauen Augen hatten ihn verzaubert. Er hatte nicht daran gedacht, sie überhaupt zu berühren, bis er nah genug herangekommen war, um ihren Geruch einzuatmen. Wäre ihr Vater nicht gekommen, hätte er ihre Lippen gekostet. Höllenfeuer, er wünschte, er hätte es getan, damit er sie aus seinem Kopf bekommen könnte. Er konnte kein Mädchen im

Kopf gebrauchen, denn die Schotten würden wohl schon bald Krieg führen. Der König hätte seinen Bruder nicht gerufen, wenn er keine große Armee gebraucht hätte.

König Alexander III. befand sich derzeit in seiner königlichen Burg an der Mündung des Flusses Ayr im Westen des schottischen Territoriums. Er hatte einen Boten zu Brodies Bruder Alexander Grant geschickt, dem Laird des größten und mächtigsten Clans in den Highlands, und seine Anwesenheit auf der Burg eingefordert.

Brodie holte Alex vor den Toren der Burg ein, nachdem er den Rest seiner Männer wartend vorgefunden hatte. Das laute Gebrüll seines Bruders war sicher durch die halbe Stadt zu hören. „Lass dir hier bloß nicht von irgendeinem Frauenzimmer den Kopf verdrehen, Brodie. Ich habe nicht vor, lange zu bleiben." Der Laird der Grants warf dem Stallburschen die Zügel seines Pferdes zu. „Wir werden herausfinden, warum der König uns gerufen hat, und dann schleunigst nach Hause zurückkehren. Du weißt, dass ich meine Frau nicht gern alleinlasse, wenn sie schwanger ist. Sie hat schon drei kleine Kinder zu hüten und ich möchte nicht, dass sie in meiner Abwesenheit zu viel arbeitet oder sich Sorgen macht."

Brodie lächelte, als er abstieg. „Oh, Alex. Beruhige dich. Maddie kommt schon zurecht in deiner Abwesenheit. Sie hat jede Menge Hilfe. Du kannst es einfach nicht ertragen, von deiner Frau getrennt zu sein." Alex war als der wildeste Krieger in den Highlands bekannt, aber er würde alles für seine goldhaarige Frau tun. Natürlich hatte auch seine kleine Tochter Kyla Alex' Herz erobert.

Alex schüttelte den Kopf. „Aye, ich weiß, aber die Zwillinge sind anstrengend. Sie haben mehr Energie als du, Robbie und ich zusammen. Arme Maddie. Ich habe ein schlechtes Gewissen, sie so lange allein zu lassen." Alex zügelte seine Schritte nicht, als er zu den Stufen ging, die zur riesigen Tür des großen Saals führten.

Brodie rannte, um mit ihm Schritt zu halten. „Hör auf dich zu sorgen. Robbie wird die Jungs auf dem Kampfplatz ermüden. Und Jamie und John lieben es, mit ihrem Onkel zusammen zu sein. Unser Bruder wird dafür sorgen, dass sie zu müde sind, um deine Frau zu erschöpfen."

„Mag sein, aber ich rate dir immer noch, dir hier nicht den Kopf von einem Mädchen verdrehen zu lassen. Es ist zu weit von zu Hause entfernt." Alex polterte die Stufen hinauf.

„Das Mädchen wollte gerade springen, ich schwöre es." Brodie folgte seinem Bruder. Er war inzwischen bereit, sich selbst einzugestehen, dass er das Mädchen nicht aufgeben würde. Etwas sagte ihm, dass sie in großer Gefahr war. „Bei meinem Schwert, sie hat es nur deshalb nicht getan, weil wir vorbeigekommen sind", fuhr er fort und hoffte, seinen Bruder davon zu überzeugen, dass er nicht den Verstand verlor. „Alex, als ich mit dem Besitzer des Hauses und seinem Diener sprach, leugneten sie, dass ein Mädchen in diesem Haus wohnt. Doch dann bin ich in den Turm gestiegen und fand sie in ihrer Kammer. Sie haben mich angelogen. Sie müssen sie aus irgendeinem Grund dort einsperren."

„Und was hat sie dir gesagt, als du ihre Kammer betreten hast?"

„Nichts. Sie hat nichts gesagt, weil sie Angst hatte und ihr Vater kurz darauf an die Tür kam."

Alex drehte sich am Eingang zum Saal zu ihm um. „Dann musst du herausfinden, wer sie ist. Der einzige Weg, dies zu tun, besteht darin, mit dem König oder seinen Männern zu sprechen. Es war dumm, den Turm hinauf und in ihre Kammer zu steigen, so mitgenommen wie du von der Reise aussiehst." Alex warf einen Blick auf seine schmutzige, staubige Kleidung. „Ich hätte auch Angst vor dir gehabt, wenn du so aussiehst. Wir sind seit fast einer Woche unterwegs und du bist einem Adligen gegenüber kaum vorzeigbar. Die Größe dieses Hauses zeigt eindeutig den Status seines Besitzers."

Die Tür schwang auf. Bevor Alex eintrat, sagte er noch: „Unsere Leute sollen ihr Lager aufschlagen. Wir treffen uns dann drinnen. Ich brauche dringend ein Bad und ein Bier. Und du auch."

Brodie schaffte es, seinen Frust zu unterdrücken, und machte auf dem Absatz kehrt, um zurück zu den Stallungen zu gehen. Verdammt, war sein Bruder stur. Sein ganzes Leben lang war er in den Fußstapfen seiner beiden älteren Brüder gegangen. Brodie war jetzt achtundzwanzig, sein Bruder Robbie war ein Jahr älter und Alex, der älteste der Grant-Jungs, war einunddreißig.

Neben den drei Söhnen gab es zwei Schwestern. Brenna, die gerade geheiratet hatte, und Jennie, die ihre ältere Schwester in der Ramsay-Burg unweit von Lothian besuchte.

Ihre Eltern hatten einander so sehr geliebt, dass sie kurz nacheinander gestorben waren. Ihre Mutter war zuerst gegangen und ihr Vater war ihr bald darauf gefolgt. Alex war als Erstgeborener von Geburt an dafür erzogen worden, nach dem Tod ihres Vaters Laird zu werden, aber niemand hatte damit gerechnet, dass es so schnell passieren würde. Es war inzwischen fünf Jahre her.

Alex hatte Maddie, die Liebe seines Lebens, nur zwei Jahre nachdem er Laird geworden war geheiratet. Er war immer noch genauso in sie verliebt wie an ihrem Hochzeitstag. Brodie musste zugeben, dass er seinen Bruder um seine Beziehung beneidete. Die meisten Mädchen, denen er begegnete, waren vor allem an ihm interessiert, um über diesen Umweg Robbie oder Alex kennenzulernen. Jeder wusste, dass Alex niemals fremdgehen würde, aber die Mädchen versuchten weiterhin, ihn zu verführen. Und Robbie hatte von allen die schönsten Haare und ein strahlendes Lächeln, das die Mädchen jedes Mal seufzen ließ, wenn er sie ansah.

Brodie wollte endlich um seiner selbst wegen beachtet werden und nicht nur der dritte Grant-Bruder sein. Er war so in Gedanken versunken, dass er beinahe mit seinem besten Soldaten und Freund Nicol zusammengestoßen wäre, der auf seine Anweisung hin am Tor in der Nähe der Ställe wartete. Alex hatte zehn Männer auf ihre Reise zur Königsburg mitgebracht und die meisten seiner Wachen zu Hause gelassen, um seine Familie zu beschützen.

Nicol grinste von einem Ohr zum anderen. Das war typisch für ihn, ganz gleich, in welcher Situation er sich befand. „Oh, gefällt dir nicht, was dein Bruder dir gesagt hat? Er hat dir nicht zugesichert, mit seinem Schwert die Tore dieses Turms auf der Suche nach dem schönen Mädchen zu stürmen?"

„Nay, er ist immer so dickköpfig, wenn er nicht bei Maddie ist", schnaubte Brodie und dachte darüber nach, wie sich sein Bruder seit seiner Heirat verändert hatte.

„Hast du ihn nicht daran erinnert, wie er sich fühlte, als er

Madeline zum ersten Mal in seinen Armen hielt, nachdem sie geschlagen worden war? Wie oft haben wir die Geschichte gehört, wie Maddie sein Herz erobert hat, obwohl sie nicht einmal wach war?" Nicol kicherte.

„Was zum Teufel hat das mit meiner Situation zu tun?" Brodie starrte seinen Freund an.

„Es scheint mir dasselbe zu sein. Ein Blick und du bist verliebt, genau wie Alex es bei Madeline war. Das muss der Fluch der Grants sein."

„Ich bin nicht verliebt, du Dummkopf. Ich mache mir Sorgen um ein Mädchen, das sich das Leben nehmen wollte. Das ist alles. Und ich rate dir, das nicht zu vergessen." Brodie hob einen Stein vom Boden auf und schleuderte ihn so fest gegen den Baum neben dem Tor, dass er die Rinde beim Aufprall spaltete.

„Und du würdest Himmel und Hölle in Bewegung setzen, um das Mädchen jetzt gleich zu finden, oder?" Nicol zwinkerte ihm zu und grinste immer noch sein elendes Grinsen.

Ohne zu antworten, schleuderte Brodie einen weiteren Stein auf den Baum und murrte vor sich hin. Dann stockte er, als ihm eine Erkenntnis dämmerte.

Nicol drehte sich um und ging zu den anderen Männern. „Ich habe lange auf diesen Moment gewartet, Grant", schrie er über seine Schulter. „Ich habe keinen Zweifel daran, dass es sehr unterhaltsam werden wird." Sein Kichern hallte in der Ferne wider.

Brodie sah seinem Freund mit einem flauen Gefühl im Bauch nach. Herr im Himmel, Nicol hatte recht.

Er war verliebt und wollte tatsächlich Himmel und Hölle in Bewegung setzen.

KAPITEL ZWEI

Die westlichen Inseln

DIE TÜR SCHLUG hinter ihrem Vater zu, als er ihre Kammer betrat. Celestina stand neben ihrem Bett, die Hände sittsam vor sich gefaltet, wie er es ihr vor vielen Jahren befohlen hatte. Sie erwartete seine Schelte, denn er hatte nichts anderes zu bieten. Er ging in dem großen Raum, der karg mit den wenigen Sachen ausgestattet war, die ihr blieben, auf und ab. Sie sah auf die weiße Bettdecke, die abgenutzt, aber immer noch schön war. Das wunderschöne nordische Muster war von den flinken Fingern ihrer Mutter genäht worden. Die mit trübem Rosa getünchten Steinmauern waren nach all den Jahren an vielen Stellen rissig. Die Binsen auf dem Boden mussten ausgewechselt werden, aber ihr Vater erneuerte niemals etwas, wofür Celestina dankbar war, denn dies waren die wenigen Dinge im Haus, die sie an ihre Mutter erinnerten.

Ihr Vater ging mit gefalteten Händen auf und ab. Seine Statur, immer kerzengerade, zauderte nie. So konnte er sie besser einschüchtern. Die Absätze seiner Schuhe klackerten in der Stille, noch etwas, das sein Opfer einschüchtern sollte. Nach Jahren der Beobachtung verstand Celestina alle seine Bewegungen und wusste, was sie am meisten fürchten musste.

Endlich blieb er ein kurzes Stück vor ihr stehen.

„Wer ist er?" Er sah sie hochnäsig an und verzog die Lippen abschätzig.

„Vergebt mir Vater. Ich weiß nicht, wovon Ihr sprecht." Sie starrte auf ihre Füße.

„Der Unhold. Dieser dreckige Abschaum, der an meine Tür kam und nach dir fragte. Wer ist er?"

Celestinas Herz setzte einen Schlag lang aus. Sie bemerkte, wie die Stimme ihres Vaters mitten im Satz höher geworden war, und das war nie ein gutes Zeichen. Jemand hatte nach ihr gefragt? Es konnte nur der junge Mann sein, der ihren Turm bestiegen hatte, um mit ihr zu sprechen. Er hatte an die Haustür geklopft, um nach ihr zu suchen? Sie versuchte, ihre Verwirrung zu verbergen, scheiterte aber. „Vater, ich kenne keinen jungen Mann. Ich darf doch das Haus nie verlassen. Woher soll ich also jemanden kennen?"

Die Hand ihres Vaters holte aus und traf ihre Wange mit einem lauten Schlag, der durch ihre Kammer hallte. Die Wucht der Ohrfeige ließ ihre Zähne klappern. Sie hielt den Atem an, schloss die Augen und schöpfte Kraft aus ihrem Bauch, um nicht vor Schmerz zu schreien. Wenn sie das tat, würde er nur wieder zuschlagen. Wenn sie dreimal schrie, schlug er sie dreimal. Es war oft genug passiert, dass sie das Muster gelernt hatte. Sechs schnelle Atemzüge lang dachte sie an das Lächeln ihrer Mutter und dann hatte sie sich wieder unter Kontrolle. Ihr Kopf neigte sich leicht weg, eine trainierte Reaktion, die ihr half, den schlimmsten Schmerz abzulenken. Sie zwang die Tränen fort, denn Tränen waren nicht erlaubt. Niemals.

„Wie kannst du es wagen, mir Widerworte zu geben?", zischte ihr Vater dicht an ihrem Ohr. „Du bist nichts, nur ein dummes Mädchen, das für mich nur einen Zweck erfüllt. Endlich werde ich dich los sein. Ich warne dich, nichts darf diese Hochzeit verhindern. Hast du verstanden?"

Er packte ihre Oberarme, hob sie vom Boden hoch und zog sie nah genug heran, dass sie seinen ranzigen Atem roch. „Verstehst du?" Er packte fester zu, während er sprach.

„Aye, Vater." Sie sah zu Boden. „Ich werde keine Probleme verursachen."

„Dieser Abschaum dachte, du wolltest dir das Leben nehmen. Du hast doch nicht etwa über eine solche Dummheit nachgedacht, oder?"

„Nay."

„Wie bitte?"

„Nay, Vater, ich habe nicht daran gedacht, mir das Leben zu nehmen."

„Nur für den Fall, dass dein nutzloser Verstand einen so lächerlichen Plan gefasst hat, werde ich sicherstellen, dass du keine Gelegenheit bekommst, mich bloßzustellen, indem du dich aus dem Turm stürzt. Du wirst in dieser Kammer sitzen und tun, was dir gesagt wird. Du darfst die Kammer nur verlassen, wenn du den Abtritt benutzen musst. Du darfst nicht einmal mehr aus dem Fenster schauen. Die Pelzvorhänge sollen an Ort und Stelle bleiben. Du hast genug Kerzen, um etwas zu sehen. Ist das klar?"

„Aye Vater."

„Gut. Wie du weißt, hat dein Verlobter darauf bestanden, dich heute Abend kennenzulernen. Wir werden am Abend im großen Saal von König Alexander sein. Du wirst höflich und freundlich sein. Du wirst nicht sprechen, wenn du nicht angesprochen wirst, und du wirst jederzeit in meiner Sicht bleiben. Verstanden?"

„Aye, Vater."

„Bring mich nicht in Verlegenheit, Celestina. Ich weiß, dass es nicht leicht für dich sein wird, aber versuche, den guten Namen unserer Familie nicht zu beschmutzen. Ich möchte nicht, dass dein Verlobter, Fredrik Ivarsson, herausfindet, wie dumm du bist. Diese Hochzeit muss stattfinden. Ich werde endlich meine Belohnung für all den Kummer bekommen, den du mir verursacht hast."

Er stieß sie auf ihr Bett und verließ den Raum. Als er die Turmtreppe hinunterstieg, hörte sie ihn brüllen: „Inga, schau, ob du etwas tun kannst, um zu verbergen, was für eine hässliche Kuh meine Tochter ist."

Celestina rieb sich zuerst das Gesicht und dann die Innenseite ihrer Arme. Sie schämte sich dafür, wie ihr Vater sie behandelte. Es war im Laufe der Jahre immer schlimmer geworden, so als ob er sie mit jedem Tag, an dem sie lebte, mehr hasste.

Inga schlich sich in die Kammer und schloss leise die Tür. Sie eilte zu Celestina und zuckte zusammen. „Er hat mir gesagt, dass er Euch wieder geschlagen hat." Sie hatte eine Schüssel mit kaltem Wasser mitgebracht, drückte ein Tuch ins Wasser und legte es dann auf Celestinas Wange. „Er will, dass ich Euch vor Blutergüssen bewahre. Wie kann ich Wunder bewirken?" Sie war für einen Moment still und fragte dann: „Was hat ihn dieses Mal verärgert?"

Celestina seufzte. „Er war verärgert, weil jemand an der Tür nach mir gefragt hat."

„Aye, das stimmt. Ich habe den Mann gesehen. Wer ist er?" Inga sah sie fragend an.

„Ich weiß es nicht! Ich verlasse doch nie das Haus. Das weißt du, Inga. Wie könnte ich jemanden kennenlernen?"

„Aber er hat nach Euch gefragt. Nicht mit Namen, aber er fragte nach dem jungen Mädchen im Turm. Er war sehr hübsch und jung. Ein bisschen dreckig, aber nett. Er sagte, er dachte, Ihr wolltet hinunterspringen. Ist das wahr?"

„Aye, und hätte sich meine Kleidung nicht verheddert, wäre ich jetzt tot und bei meiner Mutter."

Inga schnappte entsetzt nach Luft. „Celestina, wie könnt Ihr so etwas tun? Oh, nein! Ihr dürft Euch nicht das Leben nehmen. Lasst mich hier nicht allein! Außerdem verachtet die Kirche eine solche Tat."

„Ich glaube nicht, dass ich in die Hölle gefahren wäre. Gott hat alle meine Prüfungen gesehen und ich weiß in meinem Herzen, dass er mir erlaubt hätte, bei meiner Mutter im Himmel zu sein. Aber dann kamen diese dummen Highlander die Straße herunter und erschreckten mich. Ich wollte keinen Zeugen, aber einer der Männer hielt an und machte kehrte, als er mich sah. Sonst wäre meine Zeit in dieser Hölle hier vorbei." Tränen stiegen in ihre Augen.

„Aber Ihr habt es nicht noch einmal versucht?"

„Nay." Celestina wischte über ihre Augen. „Der Highlander hat mir den Mut genommen."

„Aye, das muss der junge Mann sein, der zur Tür gekommen ist. Er hatte Angst um Euch." Inga rieb sich sanft den Arm, als sie sprach. „Vielleicht ist er der Richtige für Euch."

„Das Einzige, was ich will, ist, dass er sich von mir fernhält. Ich möchte mein Leben nicht so leben, wie mein Vater es für mich bestimmt hat. Ich muss einen Ausweg finden, und der einzige Ausweg ist der Tod."

„Oh, bitte denkt nicht so, meine hübsche Freundin. Ihr seid zu jung. Ihr werdet Eurem Vater entkommen. Die Dinge könnten besser für Euch werden."

„Weil ich mit dem Mann verheiratet werde, der den schlechtesten Ruf im ganzen Westen hat. Da er ursprünglich aus Norwegen stammt, hatte ich gehofft, er würde mich zu den Leuten meiner Mutter bringen, weit weg von meinem Vater, aber jetzt höre ich, dass er Frauen hasst. Vielleicht schlägt er mich. Und das Ehebett macht mir Angst." Das Schluchzen, das sie zurückgehalten hatte, brach nun aus ihrer Kehle und ihre Freundin umarmte sie.

„Nay, meine Kleine. Die Ehe soll wunderbar sein, sagte mir meine Mutter. Vielleicht wird er Euch schätzen, wie er es tun sollte." Inga wiegte Celestina, als diese schluchzte.

„Oder vielleicht tut er mir einen Gefallen und bringt mich schnell um."

„Ich freue mich, dass Ihr meiner Einladung so schnell gefolgt seid, Grant." König Alexander III. saß mit einer kleinen Gruppe von Männern im Solar der Burg. Nachdem sie sich frischgemacht hatten, waren Alex und Brodie sofort zu einem Treffen mit dem König gerufen worden. Der Bruder des Königs, Walter Stewart, Earl of Menteith und Sheriff of Ayr, war ebenfalls anwesend, zusammen mit zwei anderen Lairds, die sich verpflichtet hatten, Schottland zu unterstützen: Boyd of Kilmarnock und Mure of Rowallan. „Setzt Euch doch", Alexander winkte mit den Armen zum Kamin. „Es war eine lange Reise, nicht wahr? Setzt Euch und entspannt Euch bei einem Bier."

Alex war im letzten Jahr mindestens einmal in der Burg des Königs gewesen, um Alexander über die Dinge in den Highlands auf dem Laufenden zu halten. Er hatte Vertrauen in den jungen König und Brodie war aufgeregt gewesen, ihn auf dieser Reise begleiten zu dürfen.

„Ihr wisst, dass Ihr unsere Unterstützung habt, Euer Gnaden. Was ist so dringend, dass Ihr uns herbestellt habt?" Alex Grant machte sich auf den Weg zu einem Stuhl am Kamin. Er strahlte in seinem roten Plaid und war größer und breiter als alle anderen Männer.

König Alexander kicherte. „Oh, alles, was Euch von Eurer schönen Frau fortholt, gefällt Euch nicht, was, Grant? Die Ehe hat Euch verändert. Wie geht es den Zwillingen und dem kleinen Mädchen?"

„Es geht allen gut, Euer Gnaden. Maddie ist wieder guter Hoffnung, deshalb bin ich ungern von Zuhause fort." Alexanders Augen funkelten, als er aufstand, um Alex anzusehen. „Aye, bei einem Hengst wie Euch als Ehemann wird das Mädchen wahrscheinlich immer Kinder erwarten. Nachdem sie dieses geboren hat, solltet Ihr ihr eine Pause gönnen und mich ein paar Monate besuchen kommen, aye?"

Boyd und Mure schmunzelten mit dem König, aber Alex ließ sich nicht beirren.

„Ich kümmere mich gut um meine Frau."

Nun musste auch Brodie grinsen. So verliebt und beschützerisch wie sein Bruder war, verkraftete er nicht einmal den unschuldigsten Scherz auf Kosten seiner Frau. Aber das hatte der König bereits gewusst, als er ihn aufgezogen hatte.

Nun winkte er mit der Hand ab. „Oh, Grant, entspannt Euch. Als König der Schotten wäre ich ein Dummkopf, wenn ich nicht dafür sorgen würde, dass Ihr Euch gut um das Mädchen kümmert. Denkt nur an all die Highland-Söhne, die sie Euch und unserem Land schenken wird. Die Zukunft liegt in ihrem Leib." Er lachte über seine eigene Stichelei.

Die Gruppe saß an einem Tisch vor dem Kamin und wartete geduldig darauf, dass ihr König sie über seine Absichten informierte. „Männer, ich muss Euch über einige Veränderungen informieren. Wie Ihr wahrscheinlich wisst, verfolge ich das Bestreben meines Vaters weiter, die westlichen Inseln für die Schotten zurückzugewinnen. Ich bin es leid, dass unser Land von Norwegern geführt wird. Sie sind schon lange genug hier. Sie sollen meinetwegen Orkney und die Shetlandinseln behalten, aber ich habe angeboten, Kintyre und die Inseln von König Haakon von Norwegen zurückzukaufen."

„Das ist nur recht so", sagte Alex. „Es sollte schon längst so sein. Es ist unser Land, voll von schottischen Lairds und Clans zusammen mit den Nordmännern."

„Aye, und viele, die dort leben, haben zugestimmt, der schottischen Krone die Treue zu schwören", fügte der König hinzu. Es gab zustimmendes Nicken.

Alex sah den König an und wartete offensichtlich auf weitere Informationen. Aber da er schwieg, hakte er nach. „Was hat

Haakon geantwortet?"

Alexander schob seinen Stuhl zurück und ging mit verschränkten Armen zum Fenster, wo er über den Fluss Ayr starrte. „Er hat mein Angebot erneut abgelehnt."

„Ich bin sicher, Ihr habt ihm ein faires Geschäft vorgeschlagen", sagte Alex.

Als der König sich vom Fenster abwandte, war sein Gesicht hart. „Natürlich war es fair, Grant, aber er hat dennoch abgelehnt. Es heißt, dies ist das letzte Mal, dass er ablehnen wird. Anscheinend war er nicht glücklich über die Krieger, die ich vor nicht allzu langer Zeit nach Skye geschickt habe. Meine Informanten sagen, dass einige der Lairds der Äußeren Hebriden und der Insel Man um seine Hilfe gegen mich gebeten haben. Meine Jungs haben sich auf der Insel ein bisschen mitreißen lassen, aber was getan ist, ist getan."

„Sie haben sich mitreißen lassen?", fragte Boyd.

„Aye, sie waren wohl ein bisschen aggressiver als nötig. Aber Tatsache ist: Ich will die Inseln zurück und ich erwarte, dass Eure Clans mir bei diesem Vorhaben helfen. Wenn wir kämpfen müssen, werden wir es tun. Alle Männer, die bei diesem Unterfangen fallen, werden als Helden sterben. Und es gibt keine ehrenvollere Art des Todes. Was sagt Ihr dazu? Werdet Ihr mich unterstützen? Aye oder nay?"

Brodie warf seinem Bruder einen Blick zu, um seine Reaktion einzuschätzen. Übelkeit überkam ihn, als die Konsequenzen der Worte des Königs ihren Weg in sein Gehirn bahnten.

Also war sein Verdacht berechtigt gewesen. Der König war bereit, gegen Norwegen in den Krieg zu ziehen? Die Nordmänner hatten einen guten Ruf als Kämpfer.

Alex' Antwort war ruhig, ohne Emotionen. Eine Gabe, um die Brodie ihn beneidete. „Mein Clan unterstützt die Krone, Euer Gnaden, aber könnt Ihr nicht doch weiter mit König Haakon verhandeln?"

Die Augen des Königs musterten alle Männer im Raum. Sein Bruder Walter Stewart hüstelte.

„Wir haben Euch noch nicht das Schlimmste erzählt. Meine Männer sagen, dass König Haakon eine Flotte von Schiffen in unsere Richtung geschickt hat. Es gefällt ihm nicht, dass einige der Anführer nun der schottischen Krone treu sind. Haakon selbst befehligt eines der Schiffe."

Für einen Moment sprach niemand.

„Gerüchten zufolge hat er Bergen mit der größten Flotte verlassen, die es jemals gab, vielleicht an die hundert Schiffe. Unter ihnen ist auch das größte Schiff, das jemals gebaut wurde. Er ist jetzt wahrscheinlich auf Orkney. Es heißt, er werde dort den St. Olaf-Tag am Ende des Monats feiern und dann auf die Hebriden zusteuern, in der Hoffnung, auf seiner Reise weitere Anführer und Männer auf seine Seite zu ziehen."

„Aber viele dieser Männer haben Euch die Treue geschworen, Euer Gnaden", warf Mure ein. „Hat er nicht deshalb diese fixe Idee?"

„Aye. Haakon will zur Insel Man segeln, um zu sehen, ob Magnus ihn noch unterstützt."

„Was erwartet Ihr von Magnus?"

Alexander streckte sein Kinn vor. „Ich gehe davon aus, dass er Haakon unterstützen wird, der sicher die Gelegenheit nutzen wird, seine Vorräte aufzufüllen und auf Kintyre zuzusteuern. Wir werden sehen. Aber ich lasse mich von dieser Darbietung nicht einschüchtern. Diese Inseln gehören der schottischen Krone."

Es herrschte Stille, als die Worte des Königs schwer auf sie alle niedersanken. Brodie warf seinem Bruder einen Blick zu, um seine Reaktion zu lesen, aber es gelang ihm nicht. Ein Krieg wie dieser könnte Schottland verwüsten. Brodies Bauch verkrampfte sich bei der Erkenntnis, dass sein Clan niemals mehr derselbe sein könnte. Und welche Rolle würde er spielen? Alex hatte ihn dazu ausgebildet, eine Gruppe von Kriegern anzuführen, aber nicht ein ganzes Heer. Sie waren zu viele für ihn allein. Alex oder Robbie würden ihm helfen müssen. Aber würde Alex Maddie zurücklassen? Seine Gedanken überschlugen sich angesichts all der Möglichkeiten, von denen keine eine beruhigende Wirkung auf seinen Magen hatte.

Walter Stewart sprach. „Als Sheriff of Ayr würde ich gern sprechen. Grant, wir brauchen Eure Krieger, um bei Bedarf zu kämpfen, und wir brauchen speziell Wachen, um die königliche Burg hier in Ayr zu schützen."

Alexander sprach. „Aye, Grant. Wir sind nicht ausreichend geschützt, wenn sie uns direkt angreifen. Neben Boyd und Mure sind noch andere auf dem Weg, aber Ihr habt die meisten Krieger in den Highlands und die am besten ausgebildeten. Können wir uns auf Euch und Eure Männer verlassen? Vielleicht passiert nichts, aber es könnte eine Schlacht bedeuten. Ich möchte, dass mein Land und die Leute hier geschützt sind."

Alex nahm sich Zeit, bevor er sprach. „Wie viele?"

„Alle. Wie viele habt Ihr?", fragte der König.

Brodie zuckte zusammen, als er überlegte, was das bedeutete. Seine Familie sollte unbewacht zurückbleiben? Er wusste, dass Alex so etwas niemals tun würde. Er war fassungslos, dass der König das überhaupt verlangte. Er wartete mit angehaltenem Atem auf die Antwort seines Bruders.

„Ich werde Euch zweihundertfünfzig schicken. Der Rest bleibt, um meinen eigenen Clan zu beschützen. Ihr wisst, dass ich das tun muss, Euer Gnaden."

Der König beäugte den Laird lange. „Stimmt es, dass Ihr Eure Hengste darauf trainiert habt, Nachrichten zu überbringen?"

„Aye, einige, aber nicht alle. Daran arbeiten wir noch."

Der König kam herüber und klopfte Alex auf die Schulter. „Ich nehme Eure zweihundertfünfzig ausgebildeten Krieger. Bitte sendet auch einige dieser Hengste, falls wir zum Kampf gezwungen werden." Er lächelte erst Alex, dann Brodie an. „Das wird vorerst reichen, obwohl sich die Dinge in naher Zukunft ändern könnten. Ich werde Euch eine gute Kammer vorbereiten lassen, bis Eure Krieger ankommen."

„Oh, ich habe nie zugestimmt, selbst zu bleiben."

Der König hob fragend die Augenbrauen.

„Ihr könnt meine beiden Brüder haben, aber ich werde zu meiner Frau nach Hause zurückkehren, bis sich die Dinge ändern."

Walter Stewart sprach erneut. „Welcher Bruder kümmert sich in Eurer Abwesenheit um die Krieger?"

„Robbie. Er beschützt meine Familie, während wir reisen."

„Aye, Ihr dürft nach Hause zurückkehren und ihn mit Euren Männern herschicken", erklärte der König.

Walter Stewart nickte Brodie zu. „Für Euren anderen Bruder hier haben wir andere Pläne."

KAPITEL DREI

Zu spät für die Liebe

BRODIE SAH SEINEN König an und wartete gespannt darauf, was er für ihn im Sinn hatte. Es gab so viele Inseln westlich von Schottland. Er könnte überall hin geschickt werden … und er könnte nichts tun, um dem verzweifelten Mädchen zu helfen, wenn er zu den Äußeren Hebriden geschickt würde.

„Wir gründen eine Kompanie von Unteroffizieren, um die königliche Burg von Ayr und ihre Bewohner zu schützen. Euer König befiehlt Euch, Euch dieser Gruppe als einer der Kommandanten anzuschließen."

Brodies Sinne versagten ihm kurz den Dienst. Hatte er richtig gehört? Der König wollte ihn lieber als Unteroffizier als seinen Bruder Robbie? Er war stets der Dritte gewesen. Sein Bruder Alex war als bester Schwertkämpfer im Highlands bekannt und obwohl Brodie ununterbrochen übte, wusste er, dass seine Fähigkeiten nicht so stark waren wie die seiner Brüder.

Die ganze Bedeutung dieses Auftrags wurde ihm erst nach wenigen Minuten klar. Er würde mit Robbie hier in Ayr stationiert sein, nicht in der Grant-Burg.

Zuerst wollte er aufspringen und zu seinem Clan zurückkehren, aber dann verwandelte sich seine Angst in etwas anderes – in Stolz. Sie betrachteten ihn als stark genug, um die Burg zu beschützen. Er fragte sich, ob dies seine Chance war, seine beiden Brüder stolz auf ihn zu machen.

Alex zögerte nicht, bevor er antwortete. „Ihr habt gut gewählt, *Menteith*. Mein Bruder ist ein starker und besonnener Krieger. Er wird Eure Leute gut führen und Eure Burg wie seine eigene beschützen. Da er noch unverheiratet ist, ist er nicht an sein

Zuhause gebunden."

Brodie hatte Mühe, seinen Bruder nicht anzustarren. Er kratzte sich verwirrt am Kopf. Alex hielt ihn für einen starken Krieger? Nach all den Jahren, die er ihm gesagt hatte, er solle sich mehr anstrengen und es besser machen, glaubte Alex nun, er würde hier gute Arbeit leisten?

„Was sagt Ihr dazu, Brodie? Seid Ihr bereit für diese Aufgabe?" Sein König stand mit den Händen in den Hüften vor ihm und wartete auf eine Antwort.

Brodie nickte. „Aye, es wäre mir eine Ehre, Euch und Eure Burg zu beschützen, Euer Gnaden."

Der König drückte zufrieden seine Schulter und sprach mit seinem Steward an der Tür. „Hol meinen besten Wein, Charles. Wir sind uns einig. Männer, es ist Zeit zu feiern, vielleicht mit ein oder zwei Mädchen?"

Alex bellte: „Nay!"

Brodie hielt sein Grinsen in Schach, als sein Bruder erkannte, dass der König sich an Brodie gerichtet hatte, und sagte: „Nicht für mich, Euer Gnaden."

Da kam ihm eine Idee und er schluckte, bevor er sprach. Er musste herausfinden, wer dieses Mädchen aus dem Turm war, er musste es einfach. Und dies war der perfekte Zeitpunkt, um zu fragen. „Ich bitte Euch um einen anderen Gefallen, Euer Gnaden."

Der König sah Brodie stirnrunzelnd an.

„Aye, wenn es in meiner Macht steht, Brodie, werde ich es erwägen."

Brodie sah Alex' Grinsen, bevor er hastig sagte: „Als wir in Ayr ankamen, stand ein blondes Mädchen in ihrem Turmfenster und schien springen zu wollen. Ich möchte herausfinden, wer sie ist … und ihr helfen, wenn ich kann."

Der König kicherte. „Oh, Ihr habt ein Auge auf ein junges Mädchen geworfen, aye?" Er goss Wein in einen Becher und bot ihn Alex an. „Erzählt mir ein bisschen mehr über ihren Wohnort."

Alex und Brodie beschrieben das Turmhaus und seine Lage so gut sie konnten.

Nach Rücksprache mit seinem Bruder sagte der König:

„Junge, ich hoffe, es ist nicht das Turmhaus, an das ich denke. Es gehört Baron Walter Lunde, einem Kaufmann aus England, der jetzt einer meiner Vasallen ist. Wenn sie seine Tochter ist, müsst Ihr eine andere wählen. Sie heißt Celestina Lunde und wird nur in Gesellschaft des Priesters der keltischen Kirche gesehen. Sie gilt als eines der schönsten Mädchen der Gegend und wurde von einer norwegischen Mutter geboren. Sie ist goldhaarig und engelsgleich?"

„Aye, das ist sie. Sie ist eine Schönheit. Der Ausdruck in ihren Augen hat mich gefesselt – so traurig und voller Verzweiflung."

Der König warf seinem Bruder erneut einen Blick zu, bevor er den Kopf schüttelte. „Ich hoffe, Ihr täuscht Euch, weil Ihr nicht in ihr Leben treten könnt. Das Mädchen ist mit Fredrik Ivarsson verlobt, einem wohlhabenden Kaufmann aus Orkney. Dies ist eine sehr wichtige Verbindung für die schottische Krone und die Hochzeit soll in weniger als einer Woche stattfinden." Der König seufzte und ging zu seinem Fenster. Ohne Brodie anzusehen, fuhr er fort: „Ivarsson hat seine Treue als Gegenleistung für diese Ehe versprochen. Er hat mir versichert, einige norwegische Vasallen auf den Inseln davon zu überzeugen, mich zu unterstützen. Er hat Zugang zu Schiffsbauern und verspricht meinem Hof weitere Mittel. Ich kann an dieser Abmachung nichts ändern – dieser Bund wird geschlossen werden. Findet eine andere, Junge."

Alex sprach. „Euer Gnaden, ich danke Euch dafür, dass Ihr an meinen Clan und an meine Brüder gedacht habt. Dürfen wir uns nun zurückziehen? Ich muss mich mit meinem Bruder beraten."

König Alexander drehte sich wieder zu der Gruppe um, die Hände hinter dem Rücken verschränkt. „Wie Ihr wünscht, Grant. Eure Teilnahme am heutigen Abendessen wird erwartet. Der Baron und Fredrik Ivarsson werden anwesend sein, ebenso wie das fragliche Mädchen, an der Seite ihres Verlobten. So werdet Ihr Euren Zweifel ausräumen können. Wenn ich sie richtig identifiziert habe, erwarte ich von Euch, dass Ihr Euch von ihr fernhaltet." Der Blick des Königs schien Brodie zu durchbohren und er erschauderte angesichts der drohenden Geste. Er würde das Mädchen ignorieren müssen.

Aber er wusste, dass er nicht die nötige Kraft hatte, sich von ihr fernzuhalten.

Fredrik Ivarsson behielt seinen Steward im Auge. Es durfte keine Falten geben, nichts durfte an seinem Aufzug falsch sein, denn heute Abend würde er seine zukünftige Frau kennenlernen. Nachdem er seine Reithose und seine Tunika geprüft hatte, wartete er darauf, dass sein Diener ihm in seinen dunkelblauen Mantel half, der mit Goldfäden bestickt war und zu den restlichen Verzierungen passte.

„Mylord, Ihr seht atemberaubend aus", sagte der Steward und trat zurück, um die volle Wirkung der Kleidung des Adligen zu würdigen.

„Natürlich, Hector. Ich habe den Schneider gut bezahlt. Ich werde heute Abend beim Abendessen die königlichste Erscheinung sein." Er fuhr mit einer Hand durch seine goldenen Locken, um sicherzustellen, dass sie an Ort und Stelle saßen.

„Aber doch nicht königlicher als der König selbst, Mylord?", fragte Hector.

Fredrik bemerkte, dass Aldrik, sein Leibwächter, der an einem Tisch in der Nähe saß, denselben fragenden Gesichtsausdruck hatte.

„Sei nicht albern. Natürlich werde ich besser aussehen als Alexander III. Ich kann nichts tun, um es zu vermeiden, aber ich werde weniger Juwelen tragen als der König, um seinen Rang zu respektieren." Fredrik seufzte, denn er hasste es, dieses Zugeständnis machen zu müssen. „Meinen Mantel, Hector."

Hector befestigte den blauen Mantel mit einer auffallenden goldenen Brosche. Fredrik lächelte, als er sich vorstellte, wie seine Pracht seine zukünftige Braut beeindrucken würde.

Als er Celestina Lunde zum ersten Mal gesehen hatte, hatte sie mit einem der Schwarzkutten gesprochen und ihr bloßer Anblick hatte ihm den Atem geraubt. Noch nie hatte er eine Frau gesehen, die so lieblich war und seine Gesellschaft so verdient hatte. Er hatte von ihrer Schönheit gehört, aber sie hatte ihn dennoch überrascht. Nachdem er erfahren hatte, dass ihre Mutter Norwegerin gewesen war, hätte der Ehevertrag genauso gut auf der Stelle unterzeichnet werden können. Er war entschlossen, sie zu seiner Frau zu nehmen und mit ihr am Arm nach Norwegen zurückzukehren.

Er war nun seit zwei Jahren hier und hatte einige Grundstücke erworben. Die schottische Region war ein großartiger Markt für seine verschiedenen Unternehmungen, darunter auch für den Schiffsbau. Deshalb hatte er beschlossen, eine Zeitlang zu bleiben. Als Fredrik herausgefunden hatte, dass König Haakon die Segel gesetzt hatte, um seinen Anspruch auf die westlichen Inseln geltend zu machen, war er begeistert gewesen. Krieg stand unmittelbar bevor, und wie bei jedem Kampf gäbe es viele Möglichkeiten für ihn, ein Vermögen zu machen. Jetzt verfolgte er einen Plan, der ihm zu unermesslichem Reichtum verhelfen würde.

„Ausgezeichnet, Hector." Er fuhr mit den Händen über das feine Tuch seines Mantels und schwelgte in Gedanken darüber, wie sich bald all seine Träume erfüllen würden.

„Ihr sieht sehr gut aus, Mylord. Niemand wird Euch übertreffen und die Lady wird sicher entzückt sein."

„Hoffen wir, dass diese Lady etwas zivilisierter und angenehmer ist als Eure letzte Frau", fügte Aldrik hinzu, der selten etwas sagte. „Sonst müssen wir ein weiteres Durcheinander beseitigen."

„Was denn, Aldrik? Habe ich dich nicht gut genug bezahlt, um dich um sie zu kümmern? Ich trage keine Schuld daran, dass die Welt dieses Miststück verloren hat." Ivarsson ärgerte sich über den Gedanken, dass seine Verlobte wie seine erste Frau sein könnte.

„Es hat mich ein bisschen mehr gekostet, als ich gehofft hatte, Celestinas Hand zu gewinnen, aber es wird sich auszahlen. Was sind zwei Schiffe und etwas Geld im Vergleich zu einer wunderschönen Frau und dem Vertrauen eines Königs?" Er lachte im Einklang mit Aldrik, als er an seine Abmachung mit König Alexander III. dachte. Es war schwieriger gewesen, mit ihm zu verhandeln, als Fredrik erwartet hatte, aber jeder Mann hatte seinen Preis, selbst ein König.

Er hatte dem König zunächst die Unterstützung mehrerer norwegischer Vasallen zugesichert, aber der König hatte gewusst, dass er noch mehr zu bieten hatte. So war er gezwungen gewesen, die Abmachung attraktiver zu machen. Sobald Alexander hörte, dass Haakon in ihre Richtung unterwegs war, hatten zwei Schiffe seine Zustimmung zu der Verbindung zwischen Fredrik und Celestina gekauft und ihm zudem die Gunst des Königs gesichert. Und als Fredrik Baron Lunde mehr als genug Reichtum versprochen hatte, um die Steuern zu bezahlen, die er seinem König schuldete, fügten sich endlich alle Teile zusammen.

Der schottische König war glücklich, Baron Lunde war glücklich, und Fredrik Ivarsson war es auch. Möglicherweise muss er mit einigen Vasallen sprechen, um den König von seiner Loyalität zu überzeugen, aber das wäre einfach. Er befand sich jetzt im Kreis der Vertrauten des Königs, was bedeutete, dass er in alle Pläne des Schotten eingeweiht war. Der Krieg war eine potenzielle Goldmine für ihn und die legendäre, engelsgleiche Schönheit würde seine Frau sein. Was konnte er mehr verlangen?

Celestina und ihr Vater ritten in einem teuren Wagen zur königlichen Burg, während sein Steward Baron Lundes Pferd ritt. Sie blickte auf die Landschaft hinaus und wünschte, ihr Verlobter wäre ein schneidiger Ritter, der für ihre Ehre kämpfte, und nicht der Mann, der er angeblich war.

Ihr Vater ließ sie keine Sekunde aus den Augen. „Celestina, wenn du irgendetwas tust, um mich heute Abend in Verlegenheit zu bringen, wirst du es morgen bitter bereuen."

„Aye, Vater. Ich werde mein Bestes geben, um Euch stolz zu machen." Sie starrte auf die Ketten in ihrem Gürtel, die sie mit weißen Knöcheln umklammerte. Aufregung und Angst durchfuhren sie. Sie war noch nie in der königlichen Burg gewesen und wollte sie unbedingt sehen. Wäre ihr Mann jemand anderes gewesen, wäre sie begeistert gewesen, ihn zu treffen, zumal er sie von ihrem Vater fortbringen würde.

Aber jemand hatte Ingas Mutter erzählt, dass ihr Verlobter seine erste Frau zu Tode geprügelt hatte. War das auch ihr Schicksal? Ging sie von der Folter ihres Vaters in die Folter ihres Gemahls über?

Das Knurren ihres Vaters riss sie aus ihren Gedanken. „Konnte Inga nichts anderes mit deinen widerspenstigen Haaren machen? Du siehst unmöglich aus. Wie soll ich dich nur so verheiraten?

Wir fahren zur königlichen Burg und alle werden darüber sprechen, wie unansehnlich du bist. Ich hätte Inga all deine Haare abschneiden lassen sollen."

Celestina konnte ihr Keuchen nicht unterdrücken, als sie daran dachte, ihr fast hüftlanges Haar zu verlieren.

Ihr Vater schüttelte den Kopf, bevor er sich umdrehte und aus dem Fenster starrte. „Mein Gott, du bist einfach nur ein einfältiges Weibsstück. Versuche, deinen Verlobten heute Abend nicht zu vergraulen, hast du verstanden?"

Als sie ankamen, half der Kutscher ihr vom Wagen. Celestina versuchte das Zittern in ihren Händen zu unterdrücken, als sie die Treppe zur Burg hinter ihrem Vater hinaufstieg. Da ihr Vater wusste, dass sie heute Abend zur Schau gestellt werden würde, hatte er dafür gesorgt, dass sie ein Kleid von guter Qualität trug. Der Rock war zartgelb und ihr Mantel blass lavendelfarben und passte perfekt zu den Blumen in ihrem Haar. Sie trug eine goldene Kette als Gürtel um ihre Hüften. Inga hatte großartige Arbeit geleistet und ihre Haare und den Schleier arrangiert. Es war ihr egal, was ihr Vater dachte. Zum ersten Mal in ihrem Leben fühlte sie sich hübsch. Natürlich hatte ihr Vater ihr Kleid nicht erwähnt.

Das flaue Gefühl in ihrem Magen hielt an. Sehr bald würde sie ihren Verlobten Fredrik Ivarsson kennenlernen. Sie hatte keine Ahnung, wie er aussah, aber was bedeutete das schon, wenn er so grausam war, wie die Gerüchte behaupteten? Sie hätte einen freundlichen, hässlichen Mann einem unberechenbaren vorgezogen. Irgendwie hatte sie das Gefühl, an einer Beerdigung statt an einem königlichen Abendessen teilzunehmen.

Sie schüttelte den Kopf, um die negativen Gedanken zu verjagen. Heute war ein Tag zum Feiern. Dies war das erste Mal, dass sie an einem Fest teilnahm, und der Gedanke, im Saal des Königs zu sein, ließ ihr Herz höher schlagen. Celestina konnte es kaum erwarten, die Lords und Ladys, die Kleidung und das Essen zu sehen und einfach nur in der Lage zu sein, mit anderen in Kontakt zu treten. Wie schlimm konnte ihr Verlobter schon sein? Sie entkam ihrem Vater und erschloss sich eine neue Welt.

Sobald sie eintraten, führte ein Diener sie in den großen Saal, wo sie sich in die Schlange einreihten, um dem König ihre Aufwartung zu machen. Sie warf einen Blick über die Schultern derer vor ihr. Der König saß in einem kunstvoll geschnitzten Thron auf dem Podium, Wachen zu beiden Seiten. Sein Mantel war dunkelrot und mit Gold verziert. Er war überall mit Juwelen geschmückt. Von dem majestätischen Ambiente beeindruckt, merkte sie nicht, dass die Schlange vorangegangen war, bis sie sich selbst vor dem König befand. Sie errötete über ihren Fehler, knickste so tief sie konnte und betete schweigend, dass das genug wäre, um die Erwartungen ihres Vaters zu erfüllen.

Die dröhnende Stimme des Königs war im ganzen Raum zu hören. „Oh, ich denke, dass die Gerüchte in Eurem Fall wahr sind, Baron. Eure Tochter ist die schönste Frau in ganz Ayrshire."

Celestina senkte den Kopf, als König Alexander III. lächelte und ihre behandschuhten Hände ergriff. Sie erinnerte sich daran, ihre Augen zu senken, wie es ihr beigebracht worden war. Ihr Vater bedankte sich und blieb in der Nähe, wahrscheinlich, um sich beim jungen König einzuschmeicheln.

Es wimmelte von Dienern und den vielen Beratern des schottischen Königs zusammen mit ihren Frauen. Sie überblickte den Raum, hatte aber keine Ahnung, mit welchem Mann sie verlobt war. Sie bemerkte, dass sich die Türen im hinteren Bereich in einen Steingang öffneten. Dort versammelten sich hauptsächlich Männer und ihr Lachen hallte von den Wänden wider. Sie lächelte darüber, wie fröhlich alle erschienen, und der Klang der Heiterkeit brachte Erinnerungen an ihre Mutter zurück. Als sie neben ihrem Vater stand, hörte sie eine Stimme aus den anderen heraus. Sie klang charismatisch und imposant und viele Frauen kicherten über die Scherze des Mannes.

Ein blonder Mann mit welligem Haar, gekleidet in eine feine Weste, kam herein und steuerte sofort durch den Raum auf sie zu. „Ah, Baron Lunde, ich habe endlich das Vergnügen, meine Verlobte kennenzulernen."

Als Celestina bemerkte, dass ihm die Stimme gehörte, die sie eben vernommen hatte, tat sie ihr Bestes, um nicht zusammenzuzucken, während sie ihren Verlobten musterte. Er war ein gutaussehender Mann mit einem breiten Lächeln und einem edlen Gebaren. Seine Haare lockten sich um seine Ohren und er trug Juwelenringe an den Fingern. Er war deutlich älter als sie, aber nicht so alt, wie sie befürchtet hatte.

Sie setzte ihr geschultes Lächeln auf, das sie viele Male vor ihrem Vater geübt hatte. Fredrik Ivarsson nahm ihre behandschuhte Hand und küsste ihr Handgelenk, wobei er einen Tropfen Speichel zurückließ. Celestina wollte ihn unbedingt wegwischen, aber sie wusste, dass diese Unhöflichkeit von ihrem Vater nicht unbemerkt bleiben würde, also unterdrückte sie den Drang.

Sie stand da und schätzte ihren Verlobten schweigend und zurückhaltend ein, genauso, wie ihr Vater es ihr befohlen hatte. Ihr zukünftiger Mann erschreckte sie. Obwohl er gut aussah, hätte sie schwören können, dass sie die kalte Spitze eines scharfen Eiszapfens durchbohrte, als er sie ansah. Sie konnte es nicht anders beschreiben. Während in den Augen ihres Vaters blanker Hass lag, waren die Augen dieses Mannes kalt, berechnend oder gar pervers. Darauf konnte sie sich also freuen – auf Grausamkeit und Kontrollsucht.

Nach jahrelanger Übung konnte sie die Erinnerung an ihre Mutter beim Blumenpflanzen schnell vor ihrem inneren Auge heraufbeschwören. Die liebevollen Gedanken an ihre Mutter hatten ihr mehrfach den Verstand gerettet. Trotzdem merkte sie, wie sie unbewusst mit der Hand den Punkt über ihrer Augenbraue massierte, an dem sich Kopfschmerzen ankündigten.

Doch als sie hörte, wie Lord Ivarsson um die Erlaubnis ihres Vaters bat, ihr Gesellschaft zu leisten, hielt sie inne. Ihr Kopf pochte heftig, als sie daran dachte, mit ihrem Verlobten allein zu sein. Sie wollte ihren Vater bitten, sie nicht allein zu lassen, aber sie wusste, dass es nutzlos sein würde. Ihr Vater lächelte, ein Ausdruck der Freude lag auf seinem Gesicht und er willigte ein. Ohne zu zögern nahm ihr Verlobter ihre Hand und legte sie auf seinen Unterarm. Er führte sie durch den Raum, ohne sie auch nur anzusehen, als wäre sie nicht mehr als eine Dekoration für ihn. Er sprach nicht direkt mit ihr, aber er stellte sie vielen als seine Verlobte vor.

Schließlich machte er sich auf den Weg nach draußen zum Steingang, wo mehrere Männer ohne ihre Frauen versammelt waren und den feinen schottischen Whiskey tranken. Ivarsson führte sie an Frauen, Minnesängern und Nachtschwärmern vorbei zu einem Steinweg, der in die Gärten zu führen schien.

Celestina wurde erneut vielen vorgestellt und die Blicke, die ihr zugeworfen wurden, bereiteten ihr eine Gänsehaut. Ihr Verlobter sagte kein Wort zu den Männern, die sie begafften, und tat so, als wäre ihr Verhalten normal. Ihr Ritter, wenn sie denn einen hätte, würde niemals einem anderen Mann kommentarlos erlauben, sie so anzusehen.

Sie blickte über die königlichen Rasenflächen und bemerkte viele Wachen, einige in Plaids, einige mit großen Schwertern, alle offensichtlich da, um den König zu beschützen. Als sie in ihre Richtung sah, bemerkte sie, dass einige von ihnen sie musterten, aber nicht so wie die Männer in der Nähe der Tür. Die Wachen starrten einfach nur. Ihr Vater musste recht haben. Anscheinend war sie genauso hässlich, wie er es immer behauptete. Der König hatte ihre Schönheit aus reiner Freundlichkeit gelobt, aber diese Männer begafften ihre Unansehnlichkeit, als wäre sie eine Anomalie.

„Meine Liebe, in den königlichen Gärten gibt es schöne Blumen. Würdet Ihr sie gern sehen?" Ivarsson verbeugte sich leicht und lächelte gezwungen.

Welche Wahl hatte sie? Celestina spürte, wie ihr Kopf nickte, obwohl sie insgeheim wünschte, in die entgegengesetzte Richtung, also zurück nach drinnen zu gehen. Die Gärten lagen größtenteils im Dunkeln. Sie bemerkte ein paar Fackeln, aber nicht annähernd so viele wie näher an der Tür. Sobald sie den Weg beschritten, würden sie von Dunkelheit umgeben sein und sie wäre völlig von ihrem zukünftigen Gemahl abhängig.

Während sie weitergingen, sprach er. „Celestina …", er blieb stehen und zwang sie, ihn anzusehen, „Euer Lächeln ist wunderschön, aber Ihr habt noch kein Wort gesagt. Es ist mir wichtig, dass meine Frau genauso würdevoll mit anderen spricht wie ich. Ihr sollt die Frau eines reichen Kaufmanns werden und müsst anfangen, Euch entsprechend zu benehmen. Ich möchte auch, dass Ihr mich mit dem Respekt ansprecht, den alle Frauen ihren Ehemännern schulden."

Sie wusste nicht, wie sie ihm antworten sollte. „Vergebt mir, Mylord, aber ich bin mir nicht sicher, wie ich Euch richtig ansprechen soll." Ihre Hand zitterte an seinem Arm. Sie konnte nur hoffen, dass sie ihm die Antwort gegeben hatte, die er sich wünschte.

„Oh, ich verstehe. Das kann verwirrend für Euch sein." Er lächelte und strich über ihren Arm. „Ihr seid wahrscheinlich noch nie einem so wichtigen Mann begegnet wie mir, nicht wahr?"

Sie schüttelte den Kopf. „Nein, Mylord."

„Dann sei Euch dieser eine Fehler vergeben. Ihr könnt mich in der Öffentlichkeit als Lord Ivarsson ansprechen, aber wenn wir allein sind, möchte ich, dass Ihr mich bei meinem Vornamen Fredrik nennt. Bitte vergesst meinen Status nicht. Ich stehe hier über fast allen, und die Leute müssen daran erinnert werden."

Er lächelte und das Blut in ihren Adern gefror. Sein Arm schlang sich um ihre Taille, als er sie weiter in Richtung Garten führte. Als sie weit genug entfernt waren, um außer Hörweite zu sein, riss er sie herum, damit sie ihn ansah. Sein großer Mund presste sich auf ihren und er biss auf ihre Unterlippe, um ihren Mund zu öffnen. Sie schrie auf, aber er packte sie an den Haaren. Seine Zunge schoss in ihren Mund und sie würgte beim Geschmack von Fisch und Zwiebeln.

Sobald der Kuss begonnen hatte, war er auch schon vorbei. Er starrte sie an und sein Lächeln war verschwunden. „Das soll dir zeigen, wer hier das Sagen hat. Du wirst tun, was ich sage. Ich werde dich heiraten, weil dein Vater fast mittellos ist und ich große Reichtümer besitze. Und du wirst mich so behandeln und ansprechen, wie ich es verdient habe."

Celestina nickte und unterdrückte die Abneigung, die durch ihren Körper wallte.

Seine Finger gruben sich in ihren Ellenbogen und sie nickte.

„Gut. Solange wir uns einig sind, wird die Hochzeit wie geplant stattfinden. Denke niemals, dass du das Recht hast, zu hinterfragen, was ich tue – egal wann und wo. Du musst wissen, wie dringend dein Vater mein Geld braucht. Jetzt lächle, um allen zu zeigen, wie glücklich du darüber bist, mit mir verlobt zu sein, und erinnere dich daran, was ich darüber gesagt habe, wie du mit mir zu sprechen hast. Du wirst für den Rest des Abends an meiner Seite bleiben. Mach nicht so ein enttäuschtes Gesicht, meine Liebe. Als meine Frau verspreche ich, dich mit Seide und Juwelen zu überschütten." Er küsste sie auf die Wange. „Du wirst jede Menge Diener haben. Ich werde dich niemals bitten, deine weichen Hände schwielig zu machen. Aber ich möchte, dass du verstehst, dass ich kommen und gehen werde, wie es mir gefällt. Du wirst für deine Diskretion reichlich belohnt werden. Außerdem wirst du nicht so oft deine ehelichen Pflichten erfüllen müssen, wenn ich nebenbei Geliebte habe. Sobald du mein Kind erwartest, verspreche ich dir, dass ich dich für ein Jahr in Ruhe lassen werde, damit du dich auf unser Kleines konzentrieren kannst. Ich will nicht riskieren, das Baby zu verlieren."

Celestina schaffte es, ihr geübtes Lächeln beizubehalten, während sie einen Fuß vor den anderen setzte. Sie warf einen Blick auf beide Seiten des Gehwegs und wünschte, eine Klippe würde auftauchen, damit sie sich davon herabstürzen könnte. Warum auch immer sie auf ein besseres Leben gehofft hatte, diese Hoffnung war nur in tausend Stücke zerbrochen.

Bei ihrer Rückkehr in den großen Saal trat der König vor sie. „Wie ich sehe, hat sich das glückliche Paar endlich kennengelernt. Seid Ihr beide mit diesem Arrangement zufrieden, Lord Ivarsson? Celestina?"

Celestina senkte den Blick, bis sie spürte, wie sich Nägel in ihren Ellenbogen bohrten. Sie nickte zustimmend, als ihr Verlobter von seinem Glück sprach. Sie kämpfte wie immer gegen die Tränen an, indem sie die Augen weit öffnete, in die entgegengesetzte Richtung starrte und alles tat, um sich von ihren wahren Gefühlen abzulenken.

Hitze breitete sich plötzlich in ihr aus, als ihr König und ihr Verlobter sich weiter unterhielten. Etwas erregte ihre Aufmerksamkeit und lockte ihren Blick von ihrer Umgebung fort. Dort am Kamin – wer war das?

Sie drehte den Kopf und sah in die Augen des Mannes, der sie vom Springen aus dem Fenster abgehalten hatte. Sie konnte nicht reagieren, erstarrte und sah in die freundlichsten, wärmsten braunen Augen, die sie je gesehen hatte. Er war nun sauber und mehr als gutaussehend, fast perfekt. Er war stark, kräftig und der Inbegriff davon, wie sie sich ihren Ritter vorstellte.

Aber es war zu spät.

KAPITEL VIER

Nicht gut genug

SOBALD SIE AN diesem Abend im großen Saal ankamen, begann Brodie seine Suche nach den blonden Locken des Mädchens, das seine Gedanken beherrschte. Sie war nirgends zu sehen, obwohl König Alexander ihm versprochen hatte, dass sie hier sein würde. Ein paar andere blonde Damen waren anwesend, aber nicht die, nach der er suchte. Er sah, wie Alex etwas entfernt mit Boyd und Mure sprach. Obwohl er sie beide angenehm genug fand, war er im Moment nicht daran interessiert zu plaudern, also hielt er Abstand zu der Gruppe. Er hatte zu viel Angst, sie zu verpassen, wenn er sich ablenken ließ.

Brodie nahm einer vorbeikommenden Küchenmagd ein Bier ab und bezog dann Stellung am Kamin. Als er im allgemeinen Treiben ihre goldenen Locken aufblitzen sah, traf ihn das Wiedererkennen wie ein Schlag. Sie war tatsächlich hier. Sobald sein Blick sie fand, machte sein Herz einen Sprung. Doch Übelkeit folgte ihm schnell, als er ihren Begleiter bemerkte.

Celestina war mit Abstand das schönste Mädchen im Raum und die Farbe Lavendel stand ihr so gut, als wäre sie die Königin dieser Burg. Ein leichter Schleier zierte ihre Locken, wie es für ihr Alter und ihre Position angemessen war, aber der dünne Stoff konnte den herrlichen Glanz der dichten Wellen, die über ihren Rücken liefen, nicht verbergen. Brodie erinnerte sich an ihre blauen Augen, die langen Wimpern und die makellose Haut. Jeder Mann im Raum war völlig fasziniert von ihr, und zusammen mit all den anderen konnte er seinen Blick nicht von ihr abwenden.

Ihr liebliches Lächeln schien alle zu täuschen – alle außer

ihm. Er musterte den älteren Mann, mit dem sie zusammen war und der damit beschäftigt war, sich vor dem König wichtig zu machen. Er war sicher erfreut, Celestina an seinem Arm zu haben, so viel war offensichtlich, aber selbst aus dieser Entfernung lag eine unverkennbare Kälte in seinen Augen.

Dann drehte sie sich um und ihr Blick fand seinen. Sie lächelte und ihre Schönheit schäumte fast über, aber ihre Augen verrieten eine Verzweiflung, wie er sie noch nie gesehen hatte. Wie konnte er es ihr verdenken? Er konnte erkennen, dass ihr Verlobter von der Sorte Mann war, die ihren Geist erdrückte, anstatt sie so zu behandeln, wie sie es verdient hatte – wie eine blühende Blume. Auf ihrer anderen Seite stand der Mann, der an der Tür des Turmhauses mit ihm gesprochen hatte, vermutlich ihr Vater. Also wurde sie von einem grausamen Mann an einen anderen weitergereicht. Kein Wunder, dass sie erwogen hatte, ihre Notlage auf diese Weise zu beenden.

Alex trat vor und legte ihm eine Hand auf die Schulter. „Das ist das Mädchen, aye?"

„Aye", antwortete Brodie mit einem mühsamen Seufzer. „Das ist sie. Ihr Vater ist bei ihr und der andere muss ihr Verlobter sein."

„Sie sieht doch recht glücklich aus, Brodie. Vielleicht hast du dich vorhin einfach girrt, was ihre Absichten anging. Du solltest versuchen, sie zu vergessen. Ihr Verlobter ist ein gutaussehender Mann und nicht so alt wie ich erwartet hatte."

„Glücklich? Nennst du das glücklich?" Brodie starrte seinen Bruder an. „Schau ihr in die Augen, Alex. Das sind die traurigsten Augen, die ich je gesehen habe."

„Oh", sagte er nach einem Moment, „vielleicht hast du recht. Sie sieht doch nicht glücklich aus. Es ist ein gezwungenes Lächeln."

Die Männer, die sie umgaben, würden ihn nicht davon abhalten, einen Weg zu finden, mit ihr zu sprechen. Nicht ihr Verlobter, nicht der Baron, nicht einmal der König der Schotten. Es war ihm egal, was es erfordern würde. Brodie musste wieder mit ihr sprechen. Er musste es einfach.

Boyd kam zu Alex und ihm hinüber und fragte: „Hatte der König also recht, Brodie? War es die junge Celestina, die Euch aufgefallen ist?"

Brodie nickte in ihre Richtung. „Aye."

„Oh, Ihr habt einen guten Geschmack. Sie ist eine seltene Schönheit."

„Soll ich mich einfach von ihr abwenden, sie vergessen und zulassen, dass ihr Leben von zwei grausamen Männern bestimmt wird? Das Mädchen hat etwas Besseres verdient."

Boyd lächelte, legte eine beruhigende Hand auf Brodies Schulter und hielt ihn sanft fest. „Ich bin sicher, dass das junge Mädchen mit einem rauen jungen Highlander wie Euch viel glücklicher wäre als mit dem Mann, den der König für sie ausgewählt hat. Aber so ist nun mal die Politik, Junge. Hoffen wir, dass die Gerüchte über Fredrik Ivarsson nicht alle wahr sind, aye? Ich glaube nicht, dass er seine erste Frau getötet hat. Er scheint im Moment ziemlich an seiner Verlobten zu hängen."

„Was? Der Mann hat seine erste Frau getötet?" Brodies laute Stimme ließ seinen Bruder zusammenzucken, aber zum Glück war es im Moment laut im Raum und niemand außer Alex reagierte. „Ist das wahr?" Brodie starrte die kleine Gruppe an und ignorierte den spitzen Blick seines Königs, der sein Interesse bemerkt zu haben schien. Er war nicht in der Lage, gegen die Anziehungskraft der blonden Schönheit zu kämpfen, und tausend Möglichkeiten gingen ihm durch den Kopf.

„Junge, es gibt andere Möglichkeiten zu kämpfen", sagte Boyd mit sanfter Stimme. Es war das Erste, was er sagte, das Brodies Interesse weckte.

Er drehte sich zu ihm um und fragte: „Welche zum Beispiel?"

„Wir sind im Begriff, gegen Norwegen in den Krieg zu ziehen. Vielleicht ist es das Beste, wenn Ihr das Chaos abwartet, das mit dem Krieg einhergeht."

Brodie nickte zustimmend, sprach aber seine Gedanken nicht aus. Jetzt hatte er nur noch einen stärkeren Antrieb. Wenn Ivarsson das Mädchen heiratete, könnte ihr Leben auf dem Spiel stehen.

Als er zu ihr und ihrem grinsenden Verlobten zurückblickte, wusste er nicht, ob er so lange warten konnte.

Ivarsson und der Vater des Mädchens ließen sie in Begleitung eines Priesters zurück und verließen den großen Saal, um sich von der heiteren Gesellschaft und dem König zu entfernen. Brodie bemerkte, dass der König sich mit anderen Dingen befasste, und beschloss, die Situation auszunutzen. Er folgte Baron Lunde und Ivarsson, bis sie im dunklen Weg in die Gärten verschwanden. Seine einzige Gelegenheit war gekommen und er würde sie nicht verpassen. Er schlängelte sich so unauffällig wie möglich zu Celestina und blieb direkt vor ihr stehen.

„Verzeihung, Mylady, ich möchte mich vorstellen. Ich bin Brodie Grant aus dem Dulnain Valley." Er nickte ihr und dann dem Priester an ihrer Seite zu.

Während er sprach, bemerkte er, wie aufgewühlt sie war. Sie kämpfte darum, die Turbulenzen in ihrem Inneren mit einer Fassade der Gelassenheit zu verbergen. Sie war vermutlich bestens darin geübt, andere zu täuschen, aber er durchschaute sie. Er sah das feine Zittern ihrer Oberlippe, wie sie sich am Arm des Priesters festklammerte und wie starr ihre Haltung war. Als sich ihre Blicke trafen, bemerkte er, dass ihre Züge kurz weicher wurden, als wäre sie erleichtert. „Pater, ich würde gern kurz mit der Lady sprechen."

Der Priester grinste. „Aye, mein Sohn, Ihr könnt mit der Dame sprechen, aber nur in meiner Gegenwart. Ich bin Pater Padraig von der keltischen Kirche, und dies ist Celestina Lunde, die mit Fredrik Ivarsson verlobt ist. Ich bin oft beim Baron und den Seinen, um ihnen Beistand zu leisten. Sagt, was Ihr sagen wollt."

„Ich akzeptiere Eure Bedingung, Pater. Dürfen wir einen etwas ruhigeren Bereich betreten?"

Sie zogen sich in die Nähe der Treppe zurück. Brodie zappelte nervös und war sich nicht sicher, was er sagen sollte, nachdem er es geschafft hatte, endlich mit ihr sprechen zu können.

Pater Padraig nickte ihm zu, aber Brodies Worte blieben in seiner Kehle stecken. Sie war heute Abend noch schöner. Ihre Porzellanhaut flehte nach seiner Liebkosung, ihre rosigen Lippen waren weich und voll. Verloren in ihrer Lieblichkeit hustete er, um seine Gedanken wieder auf Kurs zu bringen. Sich wie ein liebeskranker Junge zu benehmen, würde ihn nicht weiterbringen. „Mylady, nachdem ich gesehen habe, wie Ihr heute fast in den Tod gesprungen wärt, muss ich Euch fragen, ob

Ihr jetzt in besserer Verfassung seid. Ich mache mir Sorgen um Euer Wohlergehen."

Der Priester schnappte leise nach Luft und drehte sich um, um auf Celestinas Antwort zu warten.

Celestina faltete die Hände scheu vor sich und sprach ohne jegliche Regung. „Ihr müsst Euch irren, Mylord. Ich würde so etwas niemals tun." Sie räusperte sich und sah über seine Schulter, um ihn zu ignorieren. Aber das Zittern ihrer Hände sagte etwas ganz anderes. „Ich bitte Euch, solche lächerlichen Anschuldigungen nicht vor Pater Padraig zu erheben."

Brodie wurde klar, dass er daran hätte denken sollen. Selbstmordversuche verstießen gegen die Regeln der Kirche. Er war das Ganze falsch angegangen. Er wusste, dass sie gesehen werden konnten, aber er konnte nicht an sich halten. Er griff nach ihren behandschuhten Händen und schlang seine Finger um ihre. Sie erschauderte so sehr unter seiner Berührung, dass die Wellen seinen Arm hinaufströmten.

Brodie berührte ihr Kinn mit einem Finger, um sie zu zwingen, ihn anzusehen. „Seid Ihr sicher? Wollt Ihr nicht bald heiraten? Solltet Ihr nicht feiern und Euch freuen? Denn selbst wenn Ihr nicht vorhattet, Euer Leben vorhin zu beenden, habe ich noch nie ein traurigeres Mädchen gesehen." Er bedauerte, dass er seine Hand von ihrem Gesicht lösen musste, aber er hatte keine Wahl – der Priester würde ihn wahrscheinlich jeden Moment in die Schranken weisen. Er dachte darüber nach, mit seinem Daumen über ihre weiche Wange zu streicheln, aber er wusste, dass das nicht erlaubt war. Er wollte sie fühlen, statt sie nur anzusehen. Er wollte in ihrer Seele baden und alles über sie erfahren.

Die Traurigkeit in ihren blauen Augen brach ihm das Herz. „Ich werde in weniger als einer Woche heiraten. Und ich bin sehr glücklich über meine Verlobung." Ihre Augen trübten sich, als sie sprach.

„Verzeiht meine Unhöflichkeit, Mylady, aber Ihr scheint keineswegs glücklich darüber zu sein. Könnt Ihr ihn nicht zurückweisen und einen anderen finden? Es muss genug schottische Männer geben, die Euch heiraten würden. Ich muss sagen, er ist kein freundlich aussehender Mann. Wünscht Ihr Euch das für Eure Zukunft?"

„Mylord, ich habe kein Mitspracherecht in Bezug auf meine Verlobung. Sicher wisst Ihr, dass die meisten Frauen ihre Ehemänner nicht wählen können. Ich tue, was mir mein Vater und mein König gebieten. Diese Ehe hat sowohl politische als auch finanzielle Gründe."

„Aye, aber dies ist das Land der Schotten. Ihr könnt Euch weigern, den Mann zu heiraten, wenn Ihr das wollt."

Sie sah ihm kurz in die Augen, dann schüttelte sie den Kopf. „Ich muss Euch für Eure Freundlichkeit und Euer Mitgefühl danken, aber es gibt nichts, was ich tun kann." Sie stand auf und strich ihre Röcke glatt. „Es wird nicht gut für mich sein, in Eurer Gesellschaft vorgefunden zu werden, Mylord." Sie warf dem Priester einen Blick zu und Wärme und Verständnis lagen in seinen Augen. „Ich denke, wir sollten gehen, Pater Padraig, bevor mein Vater von seiner Besprechung zurückkehrt."

„Sie hat recht, Mylord. Vielen Dank für Eure Fürsorge, aber sie muss nun zu ihrem Verlobten zurückkehren."

Brodie konnte sich nicht regen und stand gebannt da, als der Priester sie zur Menge im großen Saal zurückbrachte. Zumindest hatte sie einen wahren Unterstützer in Pater Padraig. Brodie hatte noch nie eine so schöne Frau wie Celestina Lunde gesehen. Sein Freund Nicol hatte recht. Er wollte sie auf so viele Arten, aber die Lage schien aussichtslos zu sein.

Sie war mehr als nur schön. Ihre Tapferkeit im Umgang mit einer Ehe, die zum Scheitern verurteilt war, war beeindruckend. Hatte sie von den Gerüchten über ihren Verlobten gehört? Wenn ja, war sie eine der stärksten jungen Frauen, der er jemals begegnet war, da sie bei der Aussicht auf ihre bevorstehende Ehe nicht einfach davonlief. Zuerst hatte er sie als schwach und hilfsbedürftig betrachtet, doch jetzt sah er ihre Situation ganz anders. Stärke und Mut waren die Worte, die ihm in den Sinn kamen, nicht Schwäche.

Er würde nicht aufgeben und einem Mädchen in solcher Not den Rücken kehren. Brodie schwor sich, dass sie ihm gehören würde. Aber wie? Und warum benahm er sich wie ein Idiot? Er hatte diese Frau gerade erst kennengelernt und dachte bereits an eine Ehe. Der Grund war einfach: Er konnte es nicht ertragen, sie am Arm von Fredrik Ivarsson zu sehen. Sie gehörte zu ihm und er würde nicht aufgeben, bis sie seine Frau war.

Aber würde sie ihn haben wollen? Er war kein Earl, kein Baron, kein Laird. Sie hatte kein offenes Interesse an ihm gezeigt, außer dem Zittern bei seiner Berührung. War sie die Art von Frau, die sich für Juwelen und Reichtum interessierte? Wenn ja, was hatte Brodie ihr schon zu bieten?

In Celestinas Kopf drehte sich alles in einer schwindelerregenden Reaktion auf Brodie Grant. Sie konnte immer noch die Hitze seiner Berührung an ihrem Kinn spüren, als hätte er sie gebrandmarkt. Wie sie sich wünschte, dass es tatsächlich so einfach sein könnte.

Sobald er sich ihnen genähert hatte, hatte ihr Herz schneller als je zuvor geschlagen. Seine Anwesenheit war imposant und beschützend, etwas, womit sie wenig Erfahrung hatte.

Lord Ivarsson begleitete Celestina zu einer opulenten Tafel, einer von mehreren im großen Saal. Als sie darauf warteten, dass der König vor ihnen Platz nahm, beugte er sich vor, um ihr ins Ohr zu flüstern. „Dies ist ein schöner Saal, aber er ist nicht so schön wie du, meine Liebe."

Celestina tat das Einzige, was sie mit dem Gefühl seines heißen Atems an ihrem Ohr fertigbrachte. Sie ignorierte ihn und nutzte die Gelegenheit, ihre Umgebung zu mustern, in der Hoffnung, dass er den Wink verstehen würde.

Schwere Wandteppiche aus rotem und goldenem Brokat schmückten die Wände. Der Kamin war einer der größten, den sie je gesehen hatte. Ein Wandteppich des ehemaligen Königs der Schotten, Alexanders Vater, hing darüber. Ein Eichentisch stand am Ende des Saals auf einem erhöhten Podest und war mit kunstvoll verzierten Silberbechern und Tellern gedeckt. Drei weitere Holztafeln verliefen parallel zueinander über die gesamte Länge des Saals. Sie waren so angeordnet, dass alle den König sehen konnten, falls er ihre Aufmerksamkeit brauchte. Frische Binsen auf dem Boden verliehen der Umgebung einen süßlichen Duft.

Fredrik zog ihren Stuhl zurück, als sie sich dem Tisch näherte. Er setzte sich zu ihrer Rechten und ihr Vater zu ihrer Linken, sodass sie von beiden Seiten abgeschottet war. Laird Alexander Grant saß direkt neben ihrem Vater und sein Bruder links vom

Laird. Sie war erleichtert, dass die Sitzordnung ihren perfekten Ritter ein paar Plätze von ihr entfernt eingeplant hatte, denn wäre sie gezwungen gewesen, in seiner Nähe zu sitzen, hätte ihr Herz mit Sicherheit aufgehört zu schlagen. Auf der gegenüberliegenden Seite saß niemand, damit ihre Sicht auf den König nicht behindert wurde. Sie sah angestrengt auf das Gedeck vor sich und achtete darauf, nichts zu tun, was den Zorn ihres Vaters wecken könnte. Für jegliches Fehlverhalten würde er sie morgen zweifellos zur Rechenschaft ziehen und sie bitter büßen lassen. Sie rechnete bereits mit einem Hieb der geliebten Rute ihres Vaters, weil ihm ihre Frisur nicht gefiel.

Trotzdem konnte sie nicht verhindern, dass ihr Herz vor Aufregung flatterte, weil sie ihrem Turmgefängnis eine Weile entkommen war. Sie sog alle Details um sich herum in sich auf – die weiche Seide, das fein gewebte Leinen, die Messingknöpfe und die weichen Schleier. König Alexander, der an der Spitze des Tisches auf dem Podium saß, war feiner gekleidet als jeder Mann, den sie jemals gesehen hatte. Sein Lächeln war einnehmend, obwohl sie eine gewisse Schärfe in seinem Blick bemerkte. Sie glaubte nicht, dass dem König etwas entgehen könnte.

Aber was faszinierte sie am meisten an diesem Abend? Brodie Grant. Sie würde seinen Namen niemals vergessen. Oh, wie sie ihn ansehen wollte, um sich jedes schöne Merkmal seines Gesichts einzuprägen. Er war etwas kleiner als sein riesiger Bruder, aber nicht viel. Seine Schultern waren breit und kräftig, doch sie wusste, dass seine Hände sanft waren. Ihr Vater wirkte neben den beiden Schotten winzig. Und ihr Verlobter? Nun, er war gut gebaut und schlank, fein gekleidet und auf seine Weise gutaussehend, aber er hatte nichts von der körperlichen Anziehungskraft ihres Highlanders.

Die Weinbecher wurden gefüllt und der erste Toast auf den König der Schotten wurde gesprochen. Der erste Gang wurde serviert und wieder abgeräumt. Sie hatte in ihren gedämpften Eiern nur herumgestochert, anstatt sie zu essen, denn sie war zu beschäftigt damit, alles im Raum zu registrieren und Gesprächsfetzen aufzuschnappen. Das Lachen von Brodie Grant war Musik in ihren Ohren. Sein Bruder lachte nicht viel, aber meistens war er der Grund für Brodies Erheiterung. Sie wünschte sich sehnlichst, an ihrer Unterhaltung teilzunehmen.

Eine Schar von Dienern kam mit dem nächsten Gang, Ochsen-schwanzbrühe, an die Tafeln und Celestina nutzte die Bewegung, um einen Blick auf das Einzige im Raum zu werfen, das sie interessierte. Auf ihren Ritter, der seinen Bruder gerade wieder angrinste.

Brodie hatte ein Lächeln, das ihr Herz zum Schmelzen brachte. Er hatte die weißesten Zähne, die sie je gesehen hatte. Sie liebte es, wie sein dichtes braunes Haar auf seinen Kragen fiel. Ein winziger Leberfleck schmückte seine rechte Wange und sie wollte ihre Fingerspitzen über diese kleine Unvollkommenheit streichen, an seinem frisch rasierten Kinn hinunter und dann zu seiner Unterlippe hinauf. Sie hob ihren Blick und erkannte, dass er sie so besorgt ansah, dass sie erschrak.

Gerade als sein Blick ihr Innerstes erhitzte, spürte sie einen Kniff in ihrem linken Unterarm und wandte den Kopf ab.

Die Worte ihres Vaters zischten in ihr Ohr, während er seine Finger tiefer in ihren Arm presste. „Hast du vergessen, was ich dir gesagt habe, Tochter? Du sollst mich nicht in Verlegenheit bringen. Du wirst deinen Blick von diesem Jungen abwenden und zu Boden schauen, wie ich es dir unzählige Male beige-bracht habe. Ist das nicht dieser Rüpel, der so unverschämt an der Haustür nach dir gefragt hat? Du hast gelogen und mir gesagt, dass du ihn nicht kennst." Er verdrehte ihre Haut schmerzhaft und sie schnappte nach Luft. Dann sah sie nach unten, wie er es verlangte, und bemühte sich, keine äußerlichen Anzeichen von Schmerz zu zeigen. Celestina hatte diese Fähigkeit perfek-tioniert, aber diesmal hatte er sie unvorbereitet erwischt. Sie zog ihren Bauch ein, um einen Aufschrei zu unterdrücken.

Gerade als sie glaubte, die Kontrolle wiedererlangt zu haben, drehte ihr Vater ihren Unterarm so stark unter der Tischdecke, dass sie sich wand. Ihr Vater ließ sie sofort los, aber sein Han-deln war nicht unbemerkt geblieben. Ihr war schwindelig vor Schmerz, aber sie schaffte es, rechtzeitig aufzublicken, um zu sehen, wie ihr Ritter ihren Vater anschrie. Er holte mit seiner rechten Faust aus und hätte ihren Vater geschlagen, wenn sein Bruder ihn nicht aufgehalten hätte.

„Nehmt Eure Hände von ihr, dreckiges Schwein! Wie könnt

Ihr es wagen, Eure eigene Tochter zu verletzen! Seht Ihr nicht, wie sie leidet? Sie ist ein unschuldiges Mädchen und doch fügt Ihr ihr solche Grausamkeiten zu?"

Celestina traute ihren Ohren nicht. Brodie verteidigte sie? Sie sah zu, wie Geschirr zu Boden fiel. Die Wut des Grant-Bruders über ihre Behandlung verursachte einen Aufruhr, mit dem sie nie gerechnet hätte. Ihr Verlobter und die anderen Gäste sprangen von ihren Stühlen auf und traten vom Tisch zurück. Sie erhob sich ebenfalls, doch als ihr Vater nach ihr griff, setzte sie sich schnell wieder. Die Wut in seinem Gesicht sagte ihr, dass sie später die volle Wucht seiner Unzufriedenheit abbekommen würde, weil all dies ihre Schuld war. Vorahnungen davon, was ihr Vater für eine gerechte Bestrafung hielt, schossen ihr durch den Kopf. Ihre Fäuste ballten sich und sie drehte sich um und lief davon. Celestina stürmte aus dem großen Saal einen Gang hinunter und wollte fliehen – vor ihrem Vater, ihrem Verlobten, ihrem Leben. Doch als sie den Gang entlanghuschte, durchdrang ein kleines Licht ihre Angst und erinnerte sie an etwas, das wichtiger war als alles, was ihr Vater ihr jemals antun konnte.

Was auch immer es sie kosten mochte, Brodie Grant hatte versucht, sie zu beschützen. Er hatte die Grausamkeit ihres Vaters mit eigenen Augen gesehen und beschlossen, ihr ein Ende zu setzen. Endlich war jemand für sie eingetreten.

Brodie Grant war nicht ihr Ritter oder ihr Krieger.

Er war ihr Held. Er hatte für sie gekämpft – für sie! Vielleicht gab es doch einen Grund zu leben. War es denkbar, dass er sich für sie interessierte?

Dieser Gedanke verlangsamte ihre Schritte, als sie den Gang entlangeilte, bevor sie um die nächste Ecke bog. Sie hatte keine Ahnung, wohin sie ging. Sie wusste nur, dass sie von hier fort musste. Celestina erreichte das Ende des Durchgangs und blieb stehen, unsicher, in welche Richtung sie als nächstes gehen sollte. Sie berührte den kalten, feuchten Stein der Wand neben sich, versuchte sich zu orientieren und nachzudenken. Sie rieb sich den Arm und fragte sich, welcher Wahnsinn ihren Vater dazu getrieben hatte, ihr vor anderen Leuten solchen Schmerz zuzufügen.

Sie wirbelte frustriert herum und wollte unbedingt weinen oder schreien. Und doch beruhigte sie sich mit einer Methode, die sie vor langer Zeit erlernt hatte – sie zählte, während sie tief Luft holte. Der tiefe schottische Akzent ihres Kriegers unterbrach ihre Konzentration und sie stockte.

Brodie Grant kam mit besorgter Miene auf sie zu. „Mylady, kann ich Euch helfen?" Er stolperte über seine Worte: „Was er getan hat, Euer eigen Fleisch und Blut … Es tut mir so leid, dass er Euch verletzt hat. Kann ich Euch helfen?" Er blieb vor ihr stehen und griff nach ihrer Hand.

Der Instinkt zwang sie, zurückzuweichen, aber der raue Stein der Burgmauer bohrte sich in ihren Rücken. „Nay, bitte. Wenn mein Vater mich mit Euch sieht, werden die Schläge noch schlimmer sein. Bitte geht." Sie konnte nicht zulassen, dass ihr Vater sie zusammen fand.

Brodie ergriff ihre Hände, sah in ihre Augen und sagte: „Ich werde Euch beschützen, Celestina. Es tut mir leid, aber ich kann nicht zusehen, wie er Euch verletzt." Er griff nach ihrem Ärmel, um ihren Unterarm zu überprüfen.

„Bitte nicht." Sie versuchte, ihren Arm wegzuziehen, aber die Wärme seiner Berührung verlangsamte ihre Bewegung. Seine Berührung war sanft und weich. Nur Inga hatte sie seit dem Verschwinden ihrer Mutter so berührt. Sie konnte sich nicht regen und sah zu, wie er vorsichtig den Ärmel ihres Kleides hochschob, um zu sehen, welchen Schaden ihr Vater ihr zugefügt hatte. Celestina hoffte, dass er die älteren Blutergüsse auf ihrer blassen Haut nicht bemerken würde.

Sie wandte beschämt die Augen ab. Es war schließlich ihre Schuld, nicht wahr? Das sagte ihr Vater immer. Und es stimmte, dass sie an diesem Abend nicht in der Lage gewesen war, ihr Verhalten zu kontrollieren. Sie hätte den hübschen Highlander nicht anstarren sollen, denn sie war mit einem anderen verlobt.

Brodies Hand ergriff sanft ihr Kinn und zwang ihren Blick zurück zu seinem. „Meine Liebe, Ihr habt nichts falsch gemacht."

Sein Finger strich über ihre Unterlippe und versengte die weiche Haut dort. Hatte er eine Ahnung, was er mit ihr anrichtete? Ein Seufzer entfuhr ihr, als sie in seine Augen starrte. Seine Lippen berührten kurz die ihren – so als könnte er sich nicht mehr beherrschen als sie – und die Hitze wanderte von ihren Lippen zu ihrem Herzen und in ihr Innerstes.

„Väter sollten ihre Töchter niemals so behandeln. Er hat Euch Unrecht getan. Er sollte Euch mehr schätzen." Er rieb sanft ihren Arm und die alten Wunden. „Die blauen Flecken auf Eurem Arm sagen alles. Ihr müsst ihm entkommen."

„Das werde ich. Ich bin mit Fredrik Ivarsson verlobt. Er wird mich von meinem Vater fortbringen." Sie zog ihre Hände zurück und raffte ihre Röcke, um ihm und seiner Fürsorge zu entliehen.

„Celestina, Ihr könnt unmöglich die Frau dieses Mannes sein wollen. Er hat kalte, grausame Augen. Bitte sagt mir, dass Ihr nicht in ihn verliebt seid."

Celestinas Herz brach. „Ich muss ihn heiraten, aber ich liebe ihn nicht. Wie könnte ich, wo ich ihm erst heute Abend begegnet bin? Mein Vater hat diese Ehe arrangiert. Ich tue es für meinen König und für mein Land. Die Hochzeit muss stattfinden."

„Nein, lehnt ihn ab! Er wird Euch genauso behandeln wie Euer Vater. Schotten können sich weigern zu heiraten."

Sie schüttelte verwirrt den Kopf. Sich weigern? Sie hatte keine Wahl. Die Entscheidung über ihre Verlobung war getroffen worden, ohne dass man sie gefragt hatte. Wie konnte sie sich weigern, wenn sie von vornherein nicht um Erlaubnis gefragt worden war? In was für einer Welt lebte Brodie Grant, in der man einer aufgezwungenen Ehe zustimmen oder sie verweigern konnte?

Die kreischende Stimme ihres Vaters riss sie aus ihren Gedanken und sie wandte sich rechtzeitig um, um zu sehen, wie er auf sie zu hastete. Er packte Brodie an der Schulter und riss ihn von ihr fort.

Bevor einer von ihnen reagieren konnte, holte ihr Vater aus und ohrfeigte sie brutal.

KAPITEL FÜNF

Ein Kampf um die Ehre

CELESTINAS VATER WOLLTE sie erneut schlagen und sie hob zitternd eine Hand, um ihr Gesicht zu schützen. „Du bist eine Hure, genau wie deine Mutter. Ich wusste es." Ihre Augen schlossen sich, aber der Schlag kam nicht.

Ein leises Knurren drang durch den Nebel ihrer Angst. Als sie die Augen aufriss, sah sie, wie Brodie ihren Vater in die Luft hob und gegen die Wand drückte. Ihrem Vater schienen vor Entsetzen fast die Augen aus den Höhlen zu fallen. Dann bemerkte sie, dass Brodie seinen Hals umklammerte und ihn würgte, bis ihr Vater nach Luft schnappte.

Er schlug mit den Fäusten auf Brodie ein, aber dieser zuckte nicht einmal mit der Wimper. Celestina sank gegen die gegenüberliegende Wand, gelähmt von diesem Anblick.

Brodie schlug ihren Vater immer wieder gegen die Wand und entging seinen Hieben leicht. „Dreckiges Schwein! Wie könnt Ihr es wagen, Euer eigen Fleisch und Blut zu schlagen! Ihr schlagt Eure Tochter wegen nichts. Völlig ohne Grund. Dafür werdet Ihr in der Hölle verrotten. Wenn Ihr sie noch einmal anrührt, werde ich Euch mit bloßen Händen töten. Ihr solltet Eure Tochter beschützen und sie nicht verletzen."

Brodies laute Stimmte hallte durch den Gang und Celestina hörte Schritte herbeieilen, aber sie konnte ihre Augen nicht von ihrem Vater und seinem Gesichtsausdruck abwenden. Er tobte und war außer sich vor Wut darüber, dass Brodie ihn dabei unterbrochen hatte, sie zu bestrafen. Während ein Teil von ihr ihren Helden stumm anfeuerte, wollte ein anderer Teil von ihr davonlaufen, aus Angst davor, was passieren würde, wenn es ihrem Vater gelänge, sich aus Brodies Griff zu befreien.

„Wachen, Wachen! Rettet diesen Mann vor dem Wilden, der ihn angreift!" Plötzlich stand ihr Verlobter da und beobachtete die Szene vom Ende des Korridors aus. „Der Highlander ist verrückt geworden. Haltet ihn auf!" Voller Hass und Angst sah er Brodie an.

Der Korridor war bald mit den Wachen des Königs gefüllt und ihr Verlobter zeterte weiter, aber sie konnte ihn nicht mehr aus dem Lärm heraushören. Drei Wachen umringten Brodie und sie hörte das scharfe Scharren von Metall, als die Wachen ihre Schwerter aus den Scheiden zogen und alle drei ihre scharfen Spitzen auf Brodies Hals richteten. Trotzdem ließ er nicht vom Baron ab.

Sobald Brodie in Schach gehalten war, kam Ivarsson auf die Gruppe der Männer zu. „Tötet ihn."

„Nay!" Celestina war selbst überrascht davon, mit welcher Kraft sie widersprach.

„Tötet ihn, sage ich." Ihr Verlobter sprach unaufgeregt, aber sein Gesicht hatte einen manischen Ausdruck angenommen. „Und macht es schmerzhaft. Der Kerl hat es verdient."

Die Wachen machten keine Anstalten, seinem Befehl zu folgen, da Ivarsson keinerlei Autorität über sie hatte. Wieder hallten laute Schritte den Gang entlang, als sich der König und seine Leibwache näherten. Ihr Verlobter trat schließlich beiseite, um Platz für sie zu machen.

Als er sich dem Gerangel näherte, sprach der König schließlich. „Wachen, ihr werdet ihn nicht töten, aber Brodie, Ihr müsst vom Baron ablassen."

Brodie drückte nur noch fester auf die Luftröhre des Barons, der ihn knallrot im Gesicht angrinste. „Euer Gnaden, die Grausamkeit des Mannes gegenüber seiner eigenen Tochter ist mir unverständlich. Der Baron hat keine Ehre, wenn er sein eigenes Mädchen so behandelt, wie er es tut."

„Gewiss irrt Ihr Euch, Grant. Ich bin sicher, der Baron würde seine Tochter niemals verletzen, obwohl ich jetzt, wo ich sie anschaue, in der Tat einen roten Fleck auf ihrer Wange sehe. Habt Ihr Eurer Tochter den zugefügt, Baron?" Die Worte des Königs waren ohne Wut. Er bewahrte vollkommen die Fassung.

Der Baron keuchte. „Nay."

„Ach? Ich habe mit eigenen Augen gesehen, wie Ihr es getan habt", sagte Brodie. „Bitte seht Euch auch den linken Arm seiner Tochter an. Dort werdet Ihr mehr Beweise für seinen Missbrauch finden."

König Alexander streckte die Hand nach Celestina aus und fragte: „Darf ich, Mylady?"

Celestina hielt ihren Arm still, während der König vorsichtig den Ärmel ihres Kleides hochschob. Anstatt seinem Blick zu begegnen, sah sie zu Boden, wie es ihr Vater ihr beigebracht hatte.

„Kind, Ihr könnt mich ruhig ansehen."

Celestinas Augen hoben sich. Ihr Vater war nicht in ihrer Sichtlinie, weil Brodie immer noch direkt vor ihm stand.

„Hat Euer eigener Vater Euch diese blauen Flecken zugefügt?"

Celestinas Vater strampelte und wand sich, um dem Highlander zu entkommen.

Der König drehte sich zu ihm um und rief: „Baron, zügelt Euer Temperament." Er wandte sich wieder zu ihr um und senkte seine Stimme. „Bitte ignoriert Euren Vater. Hat er Euch das angetan?"

Celestina wusste, dass sie die Konsequenzen dieser Befragung tragen würde. Ihr Vater konnte ihre Worte hören, aber sie glaubte, dass er sie nicht sehen konnte. Also nickte sie kaum merklich und vergewisserte sich, dass der König ihr Signal sah. Er nickte als Antwort. Dann sprach sie laut und deutlich: „Nay, mein König."

Ihr Vater entspannte sich, aber leider war er nicht der Einzige, der ihr Nicken nicht gesehen hatte. Brodie explodierte. „Celestina, sagt die Wahrheit. Euer Gnaden, seht Ihr nicht, dass sie Angst vor ihrem eigenen Vater hat? Er hat ihr das angetan und wer weiß was noch!"

„Lasst den Baron los, Grant", hauchte König Alexander.

„Aber …"

„Ich befehle Euch als Euer König, ihn loszulassen." Eines der Schwerter der Wächter bohrte sich etwas tiefer in seine Haut und ein Tropfen Blut quoll hervor. Brodie ließ schließlich vom Baron ab, der keuchend zu Boden sackte und sich den Hals rieb.

Die Schwerter blieben jedoch weiter an Brodies Hals.

Sobald der Baron wieder zu Atem kam, forderte er lautstark

eine Strafe für seine ungerechte Behandlung. „Tötet diesen Wilden! Wie konnte er es wagen, mich zu bedrohen? Er hatte seine Hände auf meiner Tochter, als ich den Gang herunterkam. Ich will ihn tot sehen, mein König. Wenn Ihr wollt, dass sie Ivarsson heiratet, tötet diesen Mann auf der Stelle."

„Bevor ich irgendetwas tue, werde ich Euch bitten, zu versprechen, dass Ihr Eure Tochter nicht weiter missbrauchen werdet." König Alexander ragte mit verschränkten Armen über Celestinas Vater auf und wartete auf eine Antwort.

Der Baron stand auf und zupfte empört über den Befehl des Königs an seinen Kleidern. „Ich muss Euch kein derartiges Versprechen geben, weil ich meine Tochter nie verletzt habe." Er deutete auf sie. „Sieht sie etwa misshandelt aus? Es geht ihr blendend."

Celestina unterdrückte ihr Entsetzen und ihren Unglauben darüber, dass ihr Vater dem König ins Gesicht log.

„Trotzdem brauche ich Euer Versprechen ... bevor ich Brodie Grant für sein Verhalten in dieser Situation bestrafe." Der König hob sein Kinn ein wenig, während er wartete.

Celestina rang die Hände. Oh, wie sie wünschte, die Dinge hätten sich anders entwickelt. Zu was für einem Durcheinander war dieser Abend nur geworden. Die Proteste ihres Vaters verrieten ihr, wie wütend er war, und sie ahnte, was sie morgen erleiden würde, unabhängig davon, was ihr Vater dem König versprach. Was ihr Vater mit ihr tat, war in seinen Augen kein Missbrauch, daher würde sich auch nichts daran ändern. Und Brodie Grant, ihr Retter, hatte immer noch drei Schwerter am Hals, weil er versucht hatte, sie zu verteidigen. Auch das Verhalten ihres Verlobten war völlig außer Kontrolle geraten. Die Vorstellung, dass Brodie gleich hier auf dem Gang zur Strafe hingerichtet werden könnte, schien ihn entzückt zu haben. Was bedeutete diese offensichtlich gewalttätige Veranlagung für ihre Ehe?

„Nun gut." Der Baron rieb sich die Kehle. „Ihr habt mein Versprechen, mein König. Im Gegenzug erwarte ich, dass Ihr dieses Tier hängen lasst."

„Das ist ein bisschen extrem, meint Ihr nicht, Baron?" Der König verschränkte seine Hände hinter dem Rücken.

Der Baron richtete seinen Kragen. „Nay, ich will ihn tot sehen. Er hätte mich in diesem völlig ungerechtfertigten Angriff fast umgebracht." Aufgeregt wanderten seine Augen durch den Raum und suchten nach Unterstützung unter den Versammelten.

„Euer Gnaden, die Schwerter", sagte Brodie. „Ich habe den Baron freigelassen, also bitte ich darum, ebenfalls freigelassen zu werden."

Der Mann, dem Celestina versprochen war, trat näher, obwohl er sich immer noch nicht in Brodies Nähe wagte. Er war also nicht nur grausam, sondern auch noch ein Feigling. „Tötet ihn, mein König. Wenn Ihr unsere Unterstützung in Eurem Bestreben, die Inseln zurückzugewinnen, wünscht, werdet Ihr ihn für sein Verhalten töten. Er ist ein wilder Highlander, der nicht weiß, wie man sich respektvoll benimmt." Seine Stimme wurde lauter, als er sprach. „Tötet ihn, sage ich. Tötet ihn dafür, dass er unseren Stand beleidigt hat."

„Aye", rief der Baron. „Tötet ihn auf der Stelle."

„Tötet ihn, König Alexander", wiederholte Ivarsson. „Tötet ihn und statuiert ein Exempel für jeden, der Eure Herrschaft infrage stellt. Tötet ihn, um Euren Sieg zu garantieren." Er gab nicht auf.

Celestina starrte die beiden Männer an, die ihre Zukunft in ihren Händen hielten. Sie konnte ihre Grausamkeit und den blanken Hass nicht fassen. Wie konnten sie den Tod eines unschuldigen Mannes fordern? Brodie Grant hatte sich für ihre Ehre eingesetzt und die beiden Männer, die sie am meisten ehren sollten, wollten ihn tot sehen. Das war alles so falsch!

„Nay, bitte nicht." Sie wandte sich an König Alexander. „Bitte tut es nicht, mein König. Er hat nur versucht, mich zu beschützen." Sie musste ihn umstimmen.

Ivarsson bellte: „Celestina, halt den Mund. Die Meinung einer Frau ist wertlos. Niemand will hören, was du denkst."

Die Beleidigung ihres Verlobten überraschte sie weder, noch verletzte sie sie. Er sprach nur so mit ihr, wie es ihr eigener Vater seit Jahren tat.

„Tötet ihn", schrie ihr Vater und seine Stimme hallte so laut in dem engen Gang wider, dass sie sich die Ohren zuhalten musste. „Er ist eine Schande für alle Schotten. Tötet ihn, sage ich."

„Hört auf, hört auf! Ihr alle, bitte hört auf." Celestina trat vor
Brodie, als wollte sie ihn beschützen. „Bitte tut es nicht. Er hat es
nicht verdient, meinetwegen zu sterben."

„Wann wirst du endlich lernen, wo dein Platz ist, Mädchen?"
Der Baron griff nach ihr, aber er zog seine Hand zurück, als er
den Ausdruck auf dem Gesicht des Königs sah.

Ihr Verlobter packte sie an der Taille und riss sie von Brodie
fort. „Verschwinde, du dummes Stück. Du hast schon genug
Ärger verursacht und das hier geht dich nichts an. Geh, dies ist
kein Ort für eine Frau." Er drehte gewaltsam ihren Arm.

„Ivarsson, reißt Euch zusammen", ermahnte der König. Ihr
Verlobter, der offensichtlich schockiert darüber war, zur Ordnung gerufen zu werden, stolperte auf den König zu.

Das schwirrende Geräusch von kaltem Stahl erfüllte die Luft,
als das spitze Ende eines Schwertes sich an Ivarssons Hals legte.
Laird Alexander Grant hatte sich dem Aufruhr gerade angeschlossen.

Grant schob seine Waffe gerade so weit nach vorn, dass Ivarsson sich nicht regen konnte.

„Und ich sage, nehmt Eure Hände von der Lady."

Ihr Verlobter ließ sie los und wurde grün im Gesicht. „Mein
König, bitte pfeift diesen ungehobelten Kerl zurück."

„Euer Gnaden, wenn sich jemand bewegt, außer Euch oder
der jungen Lady, ist Ivarsson ein toter Mann. Glaubt mir, nichts
würde mir mehr gefallen, als diesen rückgratlosen Abschaum
von einem Menschen mit meinem Schwert aufzuspießen."

Als Celestina sich zurückzog, verzog sich Brodies Gesicht zu
einem Grinsen, selbst mit drei Schwertern an seiner Kehle. „Du
hast dir aber Zeit gelassen, Bruder."

„Ich habe meine Ochsenschwanzsuppe genossen." Alex
schmunzelte.

„Alexander Grant, immer bereit für einen guten Auftritt",
gluckste der König. „Lasst den Mann frei."

„Das werde ich gern tun, sobald Eure Wachen meinen Bruder
freigeben."

„Welches Recht hat er, Euch Befehle zu erteilen, König? Er
sollte für seine Unverschämtheit ausgepeitscht werden!" Das
Gesicht des Barons hatte einen noch tieferen Rotton angenom-

men.

Celestina starrte auf die Szene vor sich: Brodie Grant mit drei Schwertern am Hals, während die riesige Klinge des Grant-Schwerts nur wenige Zentimeter von Ivarssons Kehle entfernt war. Sie fürchtete um Brodies Leben, doch er stand breitschultrig und stolz da. Ihr Verlobter hingegen sah aus, als würde er gleich seinen Magen und Darm gleichzeitig entleeren. Die Unverschämtheit war aus seinem Gesicht verschwunden, sobald das Schwert vor ihm aufgetaucht war. Wie unterschiedlich die beiden Männer waren und wie sie sich wünschte, die Rollen, die sie in ihrem Leben spielten, könnten einfach tauschen.

Der König starrte Laird Grant wütend an. „Ich fordere Euch auf, ihn freizulassen, Grant."

„Bei allem Respekt, Eure Wachen richten ihre Schwerter auf meinen Bruder, und soweit ich weiß, hat er nichts anderes getan, als sich für die Ehre eines Mädchens einzusetzen. Das machen wir so in den Highlands. Seine Tat würde meinen Vater stolz machen, genauso wie sie mich stolz macht. Sein König sollte darum ebenso stolz sein. Das Mädchen verdient eine solche Behandlung von ihrem Vater oder ihrem Verlobten nicht. Ist es nicht unsere Pflicht, die Unschuldigen zu beschützen, Euer Gnaden?"

„Lasst ihn frei und wir werden darüber diskutieren."

Ihr Vater geiferte und Speichel tropfte ihm vom Kinn. „Was hat er Euch zu sagen, mein König? Warum zögert Ihr?"

Laird Grant sah dem König in die Augen. „Ich biete dem König fünfhundert Krieger für das Leben meines Bruders. Und mein Bruder wird diese Burg beschützen. Ich glaube kaum, dass der König einen der besten Krieger der Highlands aufspießen lassen will."

Der König der Schotten drehte sich langsam zum Baron um. „Eure Unverschämtheit und die Eures nordischen Kameraden haben Euch beiden einen Aufenthalt in meinem Verlies eingebracht. Vielleicht werden Euch ein oder zwei Tage im Kerker daran erinnern, wer hier das Sagen hat. Ich werde Eure Unhöflichkeit nicht länger tolerieren." Er wartete, bis sich der Baron beruhigt hatte, bevor er sich zu Alex drehte.

Alex lächelte. „Euer Gnaden?"

Die Augenbrauen des Königs hoben sich und ein Lächeln huschte über sein Gesicht.

„Fünfhundert? Sehr schön. Ihr habt mir etwas vorenthalten. Wie habt Ihr es geschafft, eine solche Streitmacht aufzubauen, Grant?"

„Ich behandle meine Männer stets gut und sie belohnen mich mit harter Arbeit. Ich habe viele von den MacDonalds und den Commings in meinen Dienst genommen."

„Ihr habt diese Zahl vorher nicht erwähnt, nur zweihundertfünfzig."

„Viele sind noch in der Ausbildung. Ich werde Euch dreihundertfünfzig schicken. Lasst meinen Bruder frei und versprecht, ihn nicht dafür zu bestrafen, dass er so gehandelt hat, wie es jeder ehrbare Highlander tun sollte."

Nach einer langen Pause erhob der König wieder das Wort. „Wachen, lasst ihn frei."

Die Wachen zogen sich zurück und Alex Grant senkte sein Schwert.

Der König sah die Gruppe finster an. „Wir treffen uns im Solar."

KAPITEL SECHS

Der Sinn des Lebens

CELESTINA SASS AUF der Kante eines gepolsterten Stuhls vor der geschlossenen Tür des Solars, genau an der Stelle, an der sie angewiesen worden war, zu warten. Zwei Wachen standen zu ihren Seiten. Ihre Finger strichen zum hundertsten Mal über ihre Röcke. Es würde nicht mehr lange dauern, bis sie Löcher in dem empfindlichen Stoff hinterließ. Sie lauschte aufmerksam dem Gespräch, das hinter den verschlossenen Türen stattfand. Gelegentlich wurden die Worte gedämpft, aber sie konnte dem größten Teil der Unterhaltung folgen.

Brodies Stimme hallte stark wider, als er sprach. „Euer Gnaden, ich bitte Euch ehrerbietig um Celestinas Hand."

„Solltet Ihr diese Bitte nicht an den Vater des Mädchens richten, Grant?"

Celestina erstarrte. Er wollte sie heiraten? War er verrückt? Warum sollte er nach dieser schändlichen Begegnung etwas mit ihr oder ihrer Familie zu tun haben wollen? Sie errötete, als sie daran dachte, wie seine Lippen ihre gestreift hatten. Seine Lippen waren warm und weich gewesen, nicht ekelhaft und schlabberig wie die ihres Verlobten.

„Ich habe Bedenken, mit ihm zu sprechen oder auch nur in seine Nähe zu kommen, denn ich könnte gezwungen sein, ihn wieder zu würgen", erklärte Brodie.

Sie würde den Anblick von Brodie, wie er ihren Vater im Würgegriff hielt, niemals vergessen ... egal was passierte. Sie musste sich das Lächeln verkneifen, das auf ihrem Gesicht auszubrechen drohte, wenn sie daran dachte, wie ihr Vater in die Mangel genommen worden war. Nach Luft röchelnd, war er sicher nicht mehr so bedrohlich.

„Was wollt Ihr mit meiner Tochter? Sie ist ein dummes Stück. Sie ist mit einem anderen verlobt, aber selbst wenn sie es nicht wäre, würde ich sie Euch niemals geben. Obwohl es ihr recht geschehen würde, dieser undankbaren Kuh. Ihr beide passt perfekt zueinander. Aber Lord Ivarsson und ich haben eine Vereinbarung getroffen und ich werde niemandem erlauben, sich einzumischen, und ganz sicher keinem Highlander."

König Alexanders nächste Frage war eindeutig an Lord Ivarsson gerichtet. „Seid Ihr immer noch an dieser Ehe interessiert? Oder seid Ihr bereit, Euren Anspruch auf das Mädchen aufzugeben?"

„Nay, ich werde meinen Anspruch nicht aufgeben. Sie ist und bleibt mit mir verlobt."

Laird Grant sprach als Nächstes. „Warum fragen wir das Mädchen nicht, wen sie bevorzugt? Ich respektiere die politischen Erwägungen, aber in meinem Clan versuchen wir, Ehen zu schließen, mit denen beide Seiten einverstanden sind. Ich schlage vor, wir laden das Mädchen ein und fragen es, wen sie will. Mein Bruder hat die Chance auf einen richtigen Antrag verdient. Warum sehen wir nicht, ob sie ihn annimmt oder ablehnt? In den Highlands hat sie das Recht dazu."

Ihr Herz machte einen winzigen Sprung bei der geringen Möglichkeit, dass der König tun würde, was Grant vorschlug, obwohl sie vermutete, dass ihr Vater es niemals zulassen würde. Er hatte sie nie nach ihrer Meinung über etwas in ihrem Leben gefragt. Warum sollte er jetzt damit anfangen?

Die Stimme ihres Vaters hallte von den Wänden wider und bestätigte ihre Befürchtungen. „Auf gar keinen Fall. Meine Tochter hat kein Mitspracherecht in dieser Angelegenheit. *Ich* werde ihren Mann wählen. Denkt nicht einmal daran, ihr so etwas vorzuschlagen. Ihr Verstand ist nutzlos."

Celestina starrte wieder auf ihre Fingerspitzen, verletzt, aber keineswegs überrascht von seinen Worten. Sie runzelte die Stirn, als ihr ein ganz anderer Gedanke kam. Das hatte sie in all der Aufregung ganz vergessen. Ihr Vater hatte sie im Korridor eine Hure genannt, nicht wahr? Er hatte gesagt, sie sei eine Hure, genau wie ihre Mutter. Was hatte er damit gemeint? Sie hatte ihn nie viel über ihre Mutter sagen hören. Es war fast so, als hätte sie nie existiert. War das der Grund dafür? War sie mit einem anderen zusammen gewesen?

Celestina dachte über diese Möglichkeit nach und entschied nach einem Moment, dass sie es ihrer Mutter nicht vorwerfen konnte, wenn es wahr wäre. Wie hätte ihre Mutter mit einem so bösen Mann leben können, ohne sich etwas Besseres zu wünschen? Sie erinnerte sich nicht daran, die beiden oft zusammen gesehen zu haben, also konnte sie sich auch nicht erinnern, ob er sie gut behandelt hatte oder nicht, aber die Art, wie er Celestina behandelte, deutete zweifellos auf Letzteres hin.

Als Nächstes sprach Ivarsson. „Ich gebe meine Rechte nicht auf. Sie ist meine Verlobte und die Hochzeit wird wie geplant stattfinden – in vier Tagen."

So einfach starb der kleine Hoffnungsschimmer, der in Celestinas Herz aufgeleuchtet hatte.

Brodies Hoffnung war gestorben. Was auch immer hinter dieser Vereinbarung steckte, ob es nun Geld war oder politische Vorteile, er wusste, dass er keine Chance hatte. Er war kein Baron, kein Earl oder Laird. Natürlich lehnte der König ihn ab.

Obwohl er Brodies Gesuch um Celestinas Hand verneinte, bat der König ihn, als Teil seiner Wache zu bleiben. Er wusste nicht einmal mehr, ob er das wollte, aber er wusste eines: Er wollte sein Handeln nicht bereuen.

Er wandte sich an den König, bevor er ging. „Ich bitte um einen Moment allein mit der Lady, Euer Gnaden."

„Niemals!", bellte der Baron.

„Auf gar keinen Fall!", rief Ivarsson mit demselben Nachdruck.

Der König lächelte. „Meine Herren, hütet Eure Zungen. Ich sehe keinen Grund, Brodies kleine Bitte abzulehnen, wenn die Dame einverstanden ist."

Der Baron marschierte in den Korridor und knurrte seiner Tochter zu. „Du wirst nicht allein mit diesem Mann reden. Das werde ich nicht zulassen."

Celestina sprang von ihrem Platz auf und starrte Brodie über die Schulter ihres Vaters an. „Ich bitte um Verzeihung, Vater. Ich verstehe nicht ganz."

Der König blieb vor ihr stehen und ergriff ihre Hand. „Mein Krieger hat um einen Moment unter vier Augen mit Euch gebeten, aber nur, wenn Ihr einverstanden seid. Eure Verlobung besteht weiter und die Hochzeit wird in vier Tagen stattfinden. Möchtet Ihr mit dem jungen Mann sprechen, meine Liebe?"

„Nay, das wirst du nicht. Hast du mich verstanden, Celestina?" Die Augen ihres Vaters bohrten sich in ihre.

„Seid still, Baron. Ich weiß, dass dies höchst ungewöhnliche Umstände sind, aber die Entscheidung liegt bei ihr, nicht bei Euch. Der Mann ist ein Krieger und eine Wache der königlichen Burg. Ihr müsst Euch keine Sorgen um ihre Sicherheit zu machen. Ein Mitglied der keltischen Kirche wird ebenfalls anwesend sein." Der König verschränkte die Arme vor der Brust und wartete auf ihre Antwort.

Brodie stand im Solar und hoffte, dass sie die Kraft hatte, sich gegen ihren Vater zu behaupten. Er musste einfach mit ihr sprechen, bevor er sie gehen ließ. Er würde es jedoch verstehen, wenn sie ihn ablehnte. Ihr Vater würde sie sicherlich dafür bestrafen, dass sie seinem Wunsch widersprochen hatte.

Celestina sah ihn lange an, bevor sie sich an den König wandte. „Aye, ich bin einverstanden, mein König."

Ihre Antwort ließ Brodies Herz höher schlagen. Fünf Minuten. Er war sich sicher, dass er nur fünf Minuten bräuchte, um eine Antwort auf seine Frage zu bekommen. Hätten sie zueinander gepasst?

Sobald Pater Padraig ankam, betrat Celestina den Raum, den die anderen bereits geräumt hatten, und der Wachmann schloss die Tür hinter sich. Pater Padraig ging direkt zum Fenster, stand schweigend da und ignorierte sie. Celestinas Finger spielten an den Gliedern ihres Gürtels herum und sie sah zu ihm auf. Bei Gott, das Mädchen war ein Sinnbild der Lieblichkeit. Ihr Lächeln, ihre Kurven, ihre rosigen Lippen riefen nach ihm und Brodie konnte an nichts anderes denken, als sie in einem weichen Bett in seinen Armen zu halten und jeden Zentimeter ihres zarten Körpers zu liebkosen.

Brodie ging zu ihr und streckte seine Hand nach ihrer aus. Zuerst zögerte sie, aber dann ergriff sie seine Hand.

„Es tut mir leid, Mädchen. Ich habe es versucht. Ich habe um

Eure Hand angehalten, aber mein Gesuch wurde abgelehnt. Der König hat mich zurückgewiesen, weil ich Euch nichts anbieten kann. Es ist wahrscheinlich das Beste so. Ihr werdet als Ivarssons Frau viele Reichtümer und Diener haben."

Sie streckte die Hand aus und legte einen Finger auf seine Lippen, bevor sie flüsterte: „Nay, sagt niemals so etwas. Ich würde Euch tausendmal lieber heiraten als diesen Mann." Sie ließ ihre Hand sinken. „Ich muss Euch dafür danken, dass Ihr mich habt retten wollen." Ihre Fingerspitzen berührten den kleinen Schnitt an seinem Hals. „Und ich entschuldige mich für die Art und Weise, wie Ihr in meinem Namen behandelt wurdet. Mein Vater ist ein Dummkopf."

Brodie lächelte und atmete einen Duft von Blumen und etwas ein, das er nur als Celestina identifizieren konnte. Er blickte in ihre nachtblauen Augen, in denen silberne Flecken tanzten. Ihre goldenen Locken umrahmten ihr Gesicht und er wollte unbedingt mit den Fingern durch ihr glänzendes Haar fahren. Er bemühte sich, alles zu hören, was sie sagte, und sich ihre Stimme, ihr Aussehen und alles an ihr einzuprägen.

Sie errötete leicht, bevor sie so leise weitersprach, dass sie sich zu ihm beugen musste. „Ich muss Euch um einen Gefallen bitten, Mylord."

„Aye, alles."

„Ihr habt mich kurz im Gang geküsst, aber die Umstände waren nicht die besten. Würdet Ihr mich wieder küssen? Ich muss Gewissheit haben."

Brodie, mehr als glücklich, ihrer Bitte nachzukommen, strich mit seinem Daumen über ihre Wange und küsste sie zärtlich. Sie schmeckte nach purer Süße, so lieblich, dass es innerhalb von Sekunden gänzlich um ihn geschehen war.

Es klopfte an der Tür und er unterbrach den Kuss. Ihre Zeit war zu kurz gewesen, aber sie hatte gereicht. Nun hatte er keinerlei Zweifel mehr.

Sie waren füreinander bestimmt.

KAPITEL SIEBEN

Der Wind der Veränderung

EINE STUNDE SPÄTER waren die Grants zu ihren Gemächern oben in der Burg aufgebrochen und Celestina erwartete ihren Vater am Hauptgang, nicht weit vom Solar des Königs entfernt. Viele der Adligen und Frauen waren sofort nach dem Tumult gegangen, aber einige gingen gerade erst, nachdem sie die Dienerschaft ausgefragt hatten, um alle schmutzigen Details darüber zu erfahren, was geschehen war.

Sie saß auf einem gepolsterten Stuhl, die Hände im Schoß gefaltet, und lauschte dem Flüstern und den Gesprächen der vorbeikommenden Leute, ohne zu ihnen aufzusehen.

Ein Mann und eine Frau gingen den Korridor entlang, so in ihren Klatsch versunken, dass sie sie nicht einmal bemerkten. Die alte Frau sagte: „Ich habe gehört, dass die Highland-Krieger versucht haben, Lord Ivarsson und den Baron zu töten. Der Koch sagte, sie wollten die Tochter des Barons entführen."

Der Mann lehnte sich an ihr Ohr und flüsterte: „Aye, sie wollten sie in die Highlands bringen und sie mit einem Habenichts verheiraten. Kannst du dir das vorstellen? Das Mädchen soll die Frau eines sehr reichen Mannes werden und muss tun, was für die Krone am besten ist. Stell dir nur vor, welche Juwelen sie tragen und an welchen Feierlichkeiten sie teilnehmen wird." Der Mann schnalzte mit der Zunge über die vermeintliche Absurdität der Situation.

Die Frau stimmte zu. „Das arme Mädchen muss bei dem Gedanken, entführt zu werden, halb zu Tode erschrocken gewesen sein."

Sie unterdrückte ein bitteres Lachen. Wenn sie wüssten, wie

die Dinge wirklich lagen, wären sie schockiert. Celestina wäre jederzeit lieber mit Brodie Grant durchgebrannt, als diesen unanständigen Mann zu heiraten, dem sie versprochen war.

Eine Tür schlug zu und plötzlich kam ihr Vater den Gang herunter.

„Folge mir, Celestina. Wir dürfen endlich gehen. Bitte halte mit mir Schritt." Anstatt sie anzusehen, starrte er geradeaus.

Eine Gruppe von fünf Wachen folgte ihnen zu den Pferden und dem Karren in der Vorburg, doch der Baron blieb so abrupt stehen, dass Celestina beinahe gegen ihn gestoßen wäre.

Er ignorierte sie, drehte sich um und starrte die erste Wache an. „Bitte hört auf, mir zu folgen."

„Wir haben den Befehl erhalten, die Dame in ihrem Haus zu bewachen, Baron Lunde."

Celestina trat zurück, als sich die Augen ihres Vaters weiteten. „Was? Ihr werdet mein Haus nicht betreten. Ich verbiete es. Und jetzt tretet beiseite."

Die Wache, die er ansprach, stand inzwischen neben ihren Pferden und weigerte sich, dem Baron zu erlauben, seinen Hengst zu besteigen. Die anderen vier Wachen bestiegen die Pferde, die für sie herausgebracht wurden, und reihten sich hinter dem Gefährt der Lundes auf.

„Ich werde das nicht zulassen. Habt Ihr mich gehört?" Die Augen ihres Vaters traten hervor und er ballte seine Hände an seinen Seiten zu Fäusten.

Wieder Stille.

Ihr Vater machte auf dem Absatz kehrt und stürmte durch die Haupttür der Burg, direkt auf das Solar des Königs zu. Celestina musste fast rennen, um mit ihm Schritt zu halten. Sie nahm wieder auf dem gepolsterten Stuhl Platz und räusperte sich, als die Diener im Gang anhielten, um zu lauschen, wie der Baron sich mit dem König anlegte. In ihrem ganzen Leben hätte sie sich einen so dramatischen Besuch in der königlichen Burg nicht träumen lassen.

Die Stimme ihres Vaters drang durch die Wände. „Ich brauche diese Wachen nicht, mein König. Ich bin sicher, die Grants werden uns nicht belästigen. Bitte zieht sie zurück."

Der König antwortete ruhig. „Ihr habt kein Mitspracherecht

in meiner Entscheidung. Ich werde nicht zulassen, dass eine unschuldige Untertanin vor ihrer Hochzeit missbraucht wird. Wie Ihr Eure Tochter behandelt, ist beschämend."

Celestina errötete und tat ihr Bestes, um ihr Grinsen zu verbergen, obwohl sie niemand beachtete. Sie hörte für einige Momente nur Stille, dann drang die leise Stimme ihres Vaters an ihre Ohren. „Ich habe mich bei Euch entschuldigt. Ich verspreche, Celestina mit äußerster Freundlichkeit zu behandeln. Nun zieht Eure Männer bitte zurück."

„Das werde ich nicht. Nach dem Gerangel, das gerade in meiner Burg stattgefunden hat, sollte ich eigentlich noch mehr Männer mit ihr schicken. Sie werden Celestina, die derzeit für meinen Hof von großem Wert ist, bewachen. Und lasst mich hinzufügen, dass ich Euer Verhalten leid bin, Baron Lunde. Ich habe andere Pflichten. Jetzt geht, wie ich es befohlen habe, sonst könnte ich es für angebracht halten, Celestina bis zu ihrer Hochzeit unter meinem Schutz hier in der königlichen Burg zu behalten."

Das schockierte Gesicht ihres Vaters rauschte an ihr vorbei, als er errötet und zielstrebig auf sein Pferd zusteuerte. Als er wortlos aufstieg, atmete sie erleichtert auf und stieg mit Hilfe einer der Wachen in den Karren, obwohl die Tatsache, dass ihr Vater sein Pferd ritt und nicht bei ihr in der Kutsche war, kein gutes Zeichen für sie war. Er schien die Situation endlich akzeptiert zu haben. Er sprach während der gesamten Heimfahrt kein Wort mit ihr und sie ging nach ihrer Rückkehr direkt in ihre Kammer.

Dort angekommen starrte sie aus dem Fenster und versuchte immer noch, die aufgewühlten Gefühle des Tages zu verarbeiten. Kaum zu glauben, dass sie erst vor Kurzem versucht hatte, ihr Leben zu beenden. Denn ebendieses Leben war in so kurzer Zeit völlig auf den Kopf gestellt und durcheinandergebracht worden. Der tägliche Unterricht in Anstand und Gehorsam, Struktur und Unterwerfung war von etwas durchbrochen worden, worin sie nicht erzogen worden und worauf sie nicht vorbereitet war: Liebe.

Natürlich klammerte sie sich an die bruchstückhaften Erinnerungen an die Liebe ihrer Mutter, wie sie es in Zeiten der Trauer und des Schmerzes immer tat, aber sie hatte längst akzeptiert, dass ihr Vater sie nicht liebte. Der Schmerz dieser harten

Erkenntnis hatte einen Schutzwall um ihr Herz errichtet. Sie hatte all diese Jahre dank dieses Walls überlebt und war sich nicht sicher, ob sie es ohne ihn könnte.

Celestina hatte an diesem Abend mehr Angst als jemals zuvor. Warum? Weil Brodie Grant gerade einen Riss in ihrer inneren Abwehr verursacht hatte. Er hatte es so einfach und schnell fertiggebracht. Wie sollte sie damit umgehen? Er hatte sie mit solcher Sanftmut und Fürsorge berührt … hatte ihr das Gefühl gegeben, dass sie etwas wert war. Wie reagierte man auf einen Mann wie Brodie? Verloren in diesem Meer völlig neuer Emotionen schloss sie die Augen und gab sich den Erinnerungen an ihn hin. Wenn sie seine Essenz in ihrer Erinnerung festigte, würde es das Leben mit ihrem neuen Ehemann vielleicht erträglicher machen.

Brodie hatte heute Abend frisch gerochen, nach Seife, Holz und einem kleinen Stück Himmel. Die Berührung seines Daumens auf ihrer Wange hatte ein Fieber hinterlassen, das ihre Sinne glühen ließ. Seine Lippen auf ihren hatten ihren Widerstand in einem Augenblick dahinschmelzen lassen und eine brennende Linie der Lust bis in ihr Innerstes gesandt. Sie hatten ihren Verstand benebelt und sie hatte nach ihm greifen, ihn in sich aufnehmen und für immer festhalten wollen.

Für Brodie Grant war Celestinas Existenz von Bedeutung. Sie war sich sicher, dass er sich um sie kümmerte. Andernfalls hätte er niemals so für sie gekämpft und sich ihrem Vater, ihrem Verlobten und dem König entgegengestellt. Es war ehrenhaft und mutig, dies getan zu haben.

Warum? Warum sollte ein hübscher junger Highlander sie wollen? Sie besaß keinen anderen Wert als ihre adlige Abstammung. Warum sollte er sein Leben riskieren, um ihr Leben zu retten? Er hatte sie im Fenster gesehen, aye, aber das beantwortete die Frage nicht. Nachdem ihr Vater ihr wiederholt gesagt hatte, dass sie wertlos war, konnte sie nicht begreifen, dass ein Mann sie allein ihrer selbst wegen wollte.

Ein leises Klopfen an der Tür riss sie aus ihren Gedanken. Als sie den Besucher hereinbat, war sie überrascht, Pater Padraig in der Tür stehen zu sehen.

„Kommt herein, Pater, bitte." Sie ging zur Tür und führte ihn zum einzigen Stuhl in ihrer Kammer. Inga kam hinter ihm hereingehuscht.

Pater Padraig nickte ihr zu. „Mylady, unser König hat mich gebeten, nach Eurem Wohlergehen zu sehen, und ich bin gekommen, um seinem Befehl zu folgen. Euer Vater erlaubt Euch nicht, diese Kammer zu verlassen, weshalb ich wohl oder übel zu Euch kommen muss." Er lächelte und setzte sich. „Bitte, Kind, setzt Euch. Ihr hattet einen äußerst ereignisreichen Abend und ein großer Tag liegt vor Euch. Bitte entspannt Euch etwas."

Celestina setzte sich auf das Bett und arrangierte ihre Röcke so, wie es ihr beigebracht worden war. Sie bedeutete Inga, sich neben sie zu setzen, aber diese lehnte weiter an der Wand, die Hände vor sich gefaltet. „Pater, es geht mir gut." Sie überlegte genau, bevor sie ihre nächste Frage stellte. „Wisst Ihr, wie es dem Grant-Bruder geht? Erholt er sich von seiner Verletzung?"

Vater kicherte. „Brodie? Oh, Mädchen, er ist ein harter Junge. Macht Euch keine Sorgen um ihn. Seine Brüder haben ihm schon härtere Schläge versetzt, glaubt mir."

Als Celestina nach Luft schnappte, hob er beruhigend die Hände. „Nay, Mädchen, ich rede von ihren Kampfübungen. Seine Brüder würden ihn niemals absichtlich verletzen, aber sie üben täglich den Schwertkampf. Darin sind die Highlander am besten und deshalb braucht der König die Grant-Krieger. Die drei Wachen des Königs haben Brodie Grant nicht körperlich verletzt. Das Einzige, was sie verletzt haben, ist der Stolz des jungen Mannes. Wenn die Männer ihre Schwerter auf Euch gerichtet hätten, hätte er sie alle drei mit bloßen Händen in Stücke gerissen."

Celestina errötete und starrte auf ihre Hände, die brav in ihrem Schoß gefaltet waren. „Es war mutig von ihm, für mich zu kämpfen, Pater."

„Aye, er ist ziemlich angetan von Euch, Mädchen."

Sie sah zu ihrem Gast auf. „Angetan? Ich verstehe nicht ganz."

„Celestina, Ihr seid wohlbehütet aufgewachsen. Der junge Mann verspürt Zuneigung für Euch … und nach seinen heutigen Handlungen zu urteilen, ist es eine starke Zuneigung."

Eine lange Pause hing in der Luft, als sich dieser Gedanke seinen Weg in ihren Kopf bahnte. Obwohl sie bereits erkannt hatte, dass Brodie Gefühle für sie haben musste, ließ diese Bestätigung ihr Herz höher schlagen und ihre Brüste schwollen in ihrem Oberteil an, obwohl sie nicht wusste, was sie von beiden Empfindungen halten sollte.

„Und erwidert Ihr seine Gefühle?", flüsterte Pater Padraig.

Celestina hob das Kinn und starrte an die Decke. „Selbst wenn ich es täte, könnte nichts daraus werden." Tränen wollten über ihre Wangen laufen, aber sie zwang sich, sie zu unterdrücken. „Ihr wart dabei, Pater. Meine Hochzeit wurde arrangiert. Ich soll einen Mann heiraten, der viel älter ist als ich und der weit weniger freundlich ist als die angeblich rauen Highlander. Aye, mein Verlobter ist attraktiv, aber das ist mir nicht wirklich wichtig. Ironisch, nicht wahr?"

Pater Padraig ergriff ihre Hände. „Ist Eure Verlobung der Grund, warum Ihr versucht habt, Euch das Leben zu nehmen?"

Celestina starrte auf ihre Hände und konnte dem Priester nicht in die Augen sehen. Sie nickte kurz und wischte über die Tränen in ihren Augen.

Er hob ihr Kinn, damit sie ihn ansah. „Versprecht Ihr mir, das nicht noch einmal zu tun? Ihr wisst, dass der Herr Euch liebt. Manchmal haben wir Schwierigkeiten in unserem Leben, die wir nicht verstehen. Jahre später werdet Ihr es dann vielleicht doch verstehen. Mir ist klar, dass dies eine verwirrende Zeit für Euch ist, aber Inga und ich lieben Euch sehr, auch wenn Ihr Euch vielleicht allein fühlt."

Die Freundlichkeit und Sorge in seinen Augen durchbohrte den gut errichteten Schutzwall um ihr Herz. Wieder liefen ihr Tränen über ihre Wangen, als sie zustimmend nickte. Sie konnte Inga schluchzen hören, bevor sie spürte, wie die Arme ihrer Freundin sie umarmten.

Der Pater stand auf und drehte sich zum Gehen um, sah dann aber noch einmal zu ihr. „In diesem Moment wird es für Euch schwer zu verstehen sein, aber Ihr müsst dem Herrn vertrauen. Er hat Möglichkeiten, auf Euch aufzupassen, die Ihr nie erkennen werdet. Manchmal ist der direkteste Weg nicht der beste. Ich vertraue darauf, dass sich die Dinge ändern und sich besser für Euch gestalten werden. Leider brauchen einige Dinge eben Zeit, meine Liebe."

Celestina sah dem Priester nach, als er ihre Kammer verließ.

Ein Gefühl des Friedens blieb zurück und sie ließ sich von ihm einhüllen. Warme Arme hielten sie und eine Brise flüsterte ihr ins Ohr: „Vertrau mir."

Brodie saß mit seinem Bruder in einem privaten Solar im zweiten Stock der königlichen Burg. Er saß mit hängenden Schultern auf einem Stuhl vor dem Kamin, wobei er die Beine überschlagen hatte. Seine Niederlage schien besiegelt, aber andererseits war Alex' Beziehung zu seiner Frau Maddie am Anfang auch holprig gewesen.

Vor den Brüdern knisterte ein warmes Feuer. Brodie starrte in die Flammen, als ob die Antwort, die er brauchte, in ihnen aufleuchtete. Alex saß auf einem Sofa und streckte die langen Beine über die gesamte Länge des Möbels. Er sah entspannt aus, wie ihn Brodie selten sah, seit er Laird war.

„Das lief nicht so, wie ich es mir erhofft hatte." Brodie brach schließlich die Stille und war gespannt auf die Gedanken seines Bruders.

„Nein, in der Tat, dein Hitzkopf ist dir in die Quere gekommen. Du reagierst vorschnell." Alex musterte seinen jüngsten Bruder mit einem unterdrückten Grinsen. „So handelt ein Mann, der verwirrt über seine Reaktion auf ein Mädchen ist."

„Oh, und was hättest du denn an meiner Stelle getan? Du hast doch gesehen, wie der Mann seine Tochter vor uns allen missbraucht hat! Er ist nicht ganz richtig im Kopf und sogar zu dumm, um sich für sein Verhalten zu schämen."

„Ich muss das leider sagen, aber es wird wohl einige Zeit dauern, bis wir diese Sache klären können. Krieg zieht herauf und es wird Chaos ausbrechen. Möglicherweise ändert sich das Schicksal zu deinen Gunsten, nachdem die Ehe geschlossen wurde und das Geld den Besitzer wechselt. Du musst geduldig sein."

„Ich kann nicht geduldig sein. Nicht, wenn das Mädchen derart missbraucht wird. Sie trägt an all dem keine Schuld und ist nur eine Spielfigur. Nay, ich konnte nicht länger zusehen, wie sie leidet."

„Du hast ihre Lage nicht verbessert. Ich habe die Umstände genauso bemerkt wie du, aber ich hätte meinen Plan, ihr zu helfen, mit mehr Bedacht umgesetzt. Dir sind deine Lenden dazwischengekommen." Alex grinste.

Brodie schoss von seinem Stuhl auf. „Was zum Teufel soll das bedeuten?"

„Es bedeutet, dass du dich genauso verhältst, wie ich es bei Maddie getan habe. Wenn es um sie ging, funktionierte meine Vernunft nicht. Ich habe so sehr gepoltert und geschimpft, dass ich das Mädchen damit verschreckt habe."

Brodie lachte und setzte sich wieder. „Aye, das hast du. Es ist ein Wunder, dass sie überhaupt jemals in deine Nähe gekommen ist. Erinnerst du dich an das eine Mal auf dem Kampfplatz, als sie kam, um dir dafür zu danken, dass du sie gerettet hast?" Brodie hielt inne, um wieder zu kichern. „Sie hat sich immer wieder bei dir bedankt, dass du niemanden in ihrem Namen verletzt hast. Sie hat dich wahnsinnig gemacht. Du sagtest ihr, was passieren würde, wenn die beiden Männer sie aus der Burg holen wollten. Du wurdest immer lauter, bis du geschrien hast: ‚Niemand wird dich je wieder anrühren.' Maddie drehte sich um und floh. Du hast so laut gebrüllt, dass jeder Wachmann mit seiner Arbeit aufgehört hat, um dich anzustarren." Brodie lachte so heftig, dass er sich auf seinem Stuhl zurechtrücken musste.

Alex kicherte. „Oh, danach hätte ich fast meinen Arm verloren, als ich gegen dich und Robbie gekämpft habe, nachdem sie gegangen war."

„Das macht sie immer noch."

„Was macht sie immer noch?"

„Sie geht, wenn du anfängst zu schreien."

„Aye, ich weiß. Und ich bin froh darüber. Worauf ich hinauswill ist, dass ich mich nicht beherrschen konnte, als ich Maddie kennengelernt habe. Diese Frau hat mich um den Verstand gebracht. Sie tut es immer noch."

Brodie neigte den Kopf zu seinem Bruder. „Wann wusstest du es?"

„Wann wusste ich was?" Alex lehnte sich zurück und stützte seinen Kopf auf das weiche Sofakissen.

„Wann wusstest du, dass Maddie die Richtige ist?" Brodie schwenkte sein kleines Glas Whisky und hoffte, dass die feurige Flüssigkeit ihn von seinem Verlust ablenken würde.

„Du stellst eine schwierige Frage, Bruder."

„Denk nach! Wusstest du es, als du sie zum ersten Mal gesehen hast? Oder erst später, nachdem sie in die Burg gekommen war?"

„Hm." Alex starrte an die Decke, bevor er antwortete. „Ein Teil von mir wusste es sofort, aber ich wollte es nicht zugeben. Ich wollte mir nicht eingestehen, dass ein Mädchen mich so kontrollieren kann, wie sie es getan hat – wie sie es immer noch tut."

„Sie kontrolliert dich?"

„*Kontrolle* ist vielleicht das falsche Wort. Sie ist so sehr ein Teil von mir geworden, dass sie meine Entscheidungen beeinflusst, ohne dass ich es merke."

Alex starrte in den karamellfarbenen Atem des Lebens in seinem Glas, bevor er einen weiteren Schluck nahm.

„Also, wann wusstest du es?", drängte Brodie.

„Du bist schon in Schwierigkeiten, Bruder, weil du nicht auf deine Vernunft hören willst, wenn es um dein Mädchen geht. Du hast heute Abend instinktiv reagiert und genau diese Reaktion kann dich umbringen. Sei vorsichtig." Er lehnte seinen Kopf zurück und runzelte nachdenklich die Stirn. Nach einem Moment sagte er: „Ich hätte es wissen müssen, nachdem ich sie vor ihrem Stiefbruder gerettet und in meinen Armen durch den Tunnel getragen habe. Maddie konnte kaum gehen. Es war das erste Mal, dass ich das Mädchen ansah, aber etwas passierte in mir, als ich sie trug, als ich ihr geschlagenes Gesicht bemerkte. Es war nicht nur Wut auf diejenigen, die sie auf diese Weise verletzt hatten. Es war so viel mehr. Es war anders mit Maddie. Schon immer."

„Du wusstest in diesem Moment, dass du sie heiraten würdest?"

„Oh, nay. Ich habe lange dagegen angekämpft. Ich wollte mir nicht eingestehen, wie sie meinen Verstand und mein ganzes Wesen einnahm, aber sie hat es von Anfang an getan."

„Wann wusstest du, dass du sie liebst?"

Alex verdrehte die Augen. „Jetzt klingst du wie meine Frau. Männer reden nicht über Liebesdinge."

„Aye, bis jetzt hat es mich auch nie interessiert. Aber ich frage dich erneut, Bruder. Wann wusstest du mit Sicherheit, dass sie die Richtige ist?"

„Hm." Alex starrte in die Flammen. Nach einem Augenblick erhellte ein Lächeln sein Gesicht und er nickte. „Du wirst es wissen, wenn es soweit ist, Junge."

„Wie?"

„Du wirst es wissen, wenn du sie die ganze Zeit bei dir haben willst, wenn du nur daran denken kannst, sie zu berühren, und ..."

„Und was?"

Alex grinste. „Wenn du mehr willst. Wenn du immer mehr willst, egal wie viel sie dir gibt. Du willst sie tagsüber bei dir haben, du willst sie nachts neben dir haben und du willst sie jeden Morgen sehen, wenn du aufwachst. Du willst einfach immer mehr."

Brodie nahm den Gedanken seines Bruders auf und dachte an seine Erfahrungen mit Celestina. „Nun, es scheint, als ob es Ärger geben könnte."

Alex legte den Kopf schief, um seinen Bruder anzusehen. „Warum?"

„Weil ich nach nur fünf Minuten mit dem Mädchen weiß, dass ich mehr will."

„Aye, das dachte ich mir. Aber es wird nicht leicht werden."

„Warum?"

„Weil ich nur einen Weg sehe, sie zu befreien: Wir müssen sie entführen, nachdem sie Ivarsson geheiratet hat. Und du solltest besser hoffen, dass unser König unsere Krieger dringend genug braucht, um ein solches Verbrechen gegen die Krone zu vergeben."

Brodie ließ verzweifelt seinen Kopf in seine Hände sinken, weil er wusste, dass sein Bruder recht hatte.

KAPITEL ACHT

Versprechungen, Versprechungen

ZWEI ABENDE SPÄTER schlich Brodie um das Turmhaus herum. Nach jahrelangem Training war er ein Experte im Heranpirschen. Die Wachen des Königs machten ihm keine Sorgen, denn nachdem er die drei Männer an der vorderen Steinmauer beobachtet hatte, wusste er, dass sie etwas zu tief in ihre Bierkrüge geschaut hatten. Im Vorhof sah es nicht anders aus – das Singen betrunkener Männer hallte von den Bäumen wider. Kein Wunder, dass der König auf die Ankunft von Alex' Kriegern wartete, um die Burg zu schützen. Diese Männer waren schlecht ausgebildet.

Er machte einen Knoten in das Seil, das er bei sich trug, und warf es in die Eiche. Wie es das Glück wollte, verfing sich das Seil schon beim ersten Wurf in einem dicken Ast. Brodie testete, ob es sein Gewicht halten würde, und kletterte das Seil zum Turmfenster hinauf. Entschlossen, das Mädchen nicht zu erschrecken, stand er einen Moment im direkten Mondlicht, nachdem er auf die Fensterbank geklettert war, in der Hoffnung, dass sie ihn erkennen und nicht aufschreien würde.

„Celestina?" Sein Flüstern hallte in der ruhigen Kammer wider. Sie schlief auf ihrer Seite liegend und er sah, wie sie in weichen Bewegungen atmete. Er wartete, sah sich in ihrer Kammer um und bemerkte Dinge, die ihm zuvor entgangen waren. Sie hatte keine Gegenstände, die normalerweise jemand von ihrem Stand hatte. Keine dicken Pelzbezüge auf ihrem Bett oder vor ihrem Fenster, keine schönen Wandteppiche. Die Binsen auf ihrem Boden waren schon lange nicht mehr gewechselt worden. Der Krug und das Becken auf ihrem Tisch waren alt und hatten

Risse. Er wiederholte ihren Namen und ihre Atmung veränderte sich.

Celestina setzte sich deutlich erschrocken im Bett auf und hielt inne, damit sich ihre Sicht an die Dunkelheit gewöhnen konnte. „Celestina, ich bin es, Brodie", flüsterte er. Sie rieb sich den Schlaf aus den Augen und winkte ihn schließlich zu sich.

Brodie nahm ihre Schönheit im Mondlicht auf, kam in die Kammer, setzte sich auf die Bettkante und fingerte an der abgenutzten Bettdecke herum. „Mädchen, wenn Ihr wollt, dass ich gehe, sagt es und ich werde es tun." Er hielt den Atem an und wartete auf ihre Antwort.

Celestina zog ihre Knie an ihre Brust, die dünne Bettdecke immer noch um sich geschlungen, und stützte ihr Kinn darauf. Sie lächelte und zog ihn mit ihrem schüchternen Blick näher an sich heran.

Ihr Flüstern streifte sein Ohr. „Warum seid Ihr hier, Brodie Grant? Ich fürchte um Euer Leben, sollte mein Vater Euch entdecken. Ihr wisst, dass ich bewacht werde, nicht wahr?"

Er rutschte auf dem Bett näher zu ihr und griff nach ihrer Hand. Er musste sie einfach berühren und ihre weiche Haut an seiner fühlen. Er atmete ihren blumigen Duft ein, bevor er antwortete. „Die fünf Minuten mit Euch haben mir nicht gereicht, Mädchen." Er grinste, als sie seine Hand drückte.

„Mir auch nicht. Ich muss mich noch einmal bei Euch dafür bedanken, dass Ihr versucht habt, mich vor meinem Vater zu retten." Sie strich mit dem Daumen über die kleinen offenen Wunden an seinen Knöcheln. „Ihr seid verletzt. Ist das in der Burg passiert, als Ihr versucht habt, mich vor meinem Vater zu schützen? Tut es nicht weh?"

„Aye Mädchen, es ist in der Burg passiert, aber es tut nicht weh." Er sah das Funkeln in ihren Augen im Mondlicht und fragte sich, was sie wohl dachte. „Es ist nichts."

Sie zog ihn näher an sich, hob seine Hand an ihre süßen Lippen und küsste jeden Finger. „Vielleicht ist es für Euch nichts, aber nicht für mich. Eure Finger sind kostbar und ich möchte Eure Schmerzen lindern." Als sie fertig war, ließ sie seine Hand los, streckte ihre Beine und schwang sie unter der Decke hervor.

Ihr weißes Nachtgewand war abgenutzt, aber sie sah unglaublich schön aus. Sie setzte sich neben ihn und legte ihre Hände zu beiden Seiten auf das Bett. „Wie ich wünschte, die Dinge könnten anders sein, Brodie Grant."

„Aye, das wünschte ich auch, Celestina. Ich fürchte, Eure Schönheit wird mich jede Nacht bis zu dem Tag verfolgen, an dem ich sterbe."

Sie kicherte und drehte sich zu ihm um, aber er hielt seinen Finger an ihre Lippen. „Leise, wir wollen nicht, dass die Wachen uns hören."

Brodie hatte nicht bemerkt, wie nah sie sich waren, bis er auf ihre rosigen Lippen nur Zentimeter von seinen hinabblickte. „Mädchen, was hast du nur mit mir getan?"

Er wiegte ihr Gesicht in seinen Händen und bedeckte ihre Lippen mit seinen. Er war machtlos gegen diese süße Sirene und musste sie einfach wieder kosten. Er schob seine Zunge zwischen ihre Lippen und sie öffnete sich ihm. Ihm entfuhr ein leises Stöhnen, bevor er es unterdrücken konnte. Brodie griff nach ihrer Taille und zog sie fest an sich. Sie trug nichts unter ihrem Nachthemd und die weichen Hügel ihrer Brüste drückten sich gegen seine Brust und entfachten ein Feuer in ihm, das seine Selbstbeherrschung bedrohte. Er sehnte sich schmerzhaft danach, sie zu seiner Frau zu machen. Sie keuchte sanft, als er ihren Mund mit seinem erforschte.

Er zog sich zurück und lehnte seine Stirn an ihre, als er zufrieden hörte, wie sie ein Stöhnen zu verbergen versuchte. „Du sollst wissen, dass ich dich mit jeder Faser meines Seins will, Celestina. Es gibt nichts, was ich mehr auf dieser Erde will, als dich zu meiner Frau zu machen. Wenn der König doch meiner Bitte nur zugestimmt hätte."

Er hielt ihr Gesicht wieder fest und sah, wie ihr Tränen in die Augen stiegen. Schnell küsste er sie fort. „Nay, bitte weine nicht. Ich kann es nicht ertragen."

„Brodie, ich möchte Fredrik Ivarsson nicht heiraten. Er macht mir Angst. Bring mich fort. Ich werde überallhin mit dir fliehen."

„Mädchen, das kann ich nicht. Der König würde mich hängen. Wir sind fast im Krieg mit den Nordmännern. Er würde uns finden. Von deiner Hochzeit hängt zu viel ab."

„Bitte, Brodie", flüsterte sie. „Mach mich zu deiner Frau. Wenn ich ihn schon heiraten muss, erlaube ihm bitte nicht, meine Jungfräulichkeit zu nehmen."

Brodie löste sich wieder von ihr, um in ihre Augen zu schauen – in ihre flehenden, schönen blauen Augen. „Überlege dir gut, worum du mich bittest. Celestina, ich kann nicht riskieren, dass dir etwas zustößt. Was würden Ivarsson und dein Vater tun, wenn sie herausfinden, dass du keine Jungfrau mehr bist?"

„Vielleicht würden sie mich aus diesem Albtraum befreien."

„Oder sie würden dich schlagen. Oder Schlimmeres. Ich könnte nicht mit mir selbst leben, wenn dir etwas zustoßen würde."

„Dann nimm mich bitte mit dir."

„Still, Celestina", flüsterte er. „Nichts würde mich glücklicher machen, als dich zu meiner Frau zu machen. Alex glaubt, dass der Krieg unmittelbar bevorsteht und der König Ivarssons Unterstützung braucht. Er hält es für das Beste, wenn du ihn heiratest. Der Mann hat dem König versprochen, dass er und viele andere auf den Westlichen Inseln die Schotten unterstützen werden, wenn er dich heiratet. Dein Vater braucht Ivarssons Geld und der König will die Schiffe und die Unterstützung der Inseln gegen Haakon. Er kann ohne sie nicht gewinnen. Heirate ihn, damit all das geschehen kann, und dann werde ich dich nach kurzer Zeit holen. Bist du bereit, mit mir in das Land der Grants zu ziehen?"

„Aye, ich werde überall mit dir hingehen."

Ihr Flehen machte es Brodie schwer, klar zu denken. „Aber Mädchen, willst du mich oder willst du nur, dass ich dich von hier fortbringe?" Er hielt aus Angst vor ihrer Antwort den Atem an.

Sie strich über seine Wange. „Brodie, ich will *dich*. Ich liebe dich. Ich weiß, dass du mir nicht glaubst, weil wir uns gerade erst begegnet sind, aber ich weiß, was in meinem Herzen ist, und das bist du. Du bist mutig und ehrenwert, du bist so stark und doch ist deine Berührung sanft. Ich möchte, dass du heute Abend deinen Samen in mich pflanzt."

Brodie schloss die Augen, denn nur so konnte er denken. „Celestina, ich will dich, aber ich kann die Familie meines Bruders nicht in Gefahr bringen. Der König würde eine Entschädigung fordern, wenn ich dich heute Nacht von hier fortbringen würde.

Du musst darüber nachdenken, bevor du beschließt, mit mir zu schlafen."

„Brodie, ich muss nicht nachdenken. Nimm mich, mach mich zu deiner Frau."

„Still, Mädchen, hör mir zu." Er hob seinen Daumen an ihre Lippe und hielt ihr Gesicht. „Ich werde tun, worum du mich bittest, aber nur unter einer Bedingung."

„Aye, alles. Ich werde alles für dich tun." Sie packte seine Beine fest.

„Ich werde deine Jungfräulichkeit nicht nehmen, ohne dir einen Eid zu leisten. Ich möchte das hier richtig machen. Ich werde dir mein Leben und meine Liebe versprechen, aber du musst bereit sein, dasselbe zu tun."

„Das werde ich. Nichts würde ich lieber tun als dir mein Leben zu versprechen." Die Verzweiflung in ihren Augen brach ihm das Herz.

„Denke bis morgen darüber nach. Wenn du dann immer noch einen Pakt mit mir schließen möchtest, lass eine Blume in deinem Fenster und ich werde nachts wiederkommen. Du musst dir sicher sein. Celestina, wirst du das tun?"

„Aye, aber ich weiß bereits, wie meine Antwort lauten wird. Versprichst du, morgen zurückzukehren?" Sie schloss die Augen und klammerte sich an ihn.

Er küsste ihre Augenlider, bevor er wieder sprach. „Ich verspreche es. Wir werden es richtig machen." Er stand auf, zog sie an sich und hielt sie fest. Sie passte perfekt in seine Arme. Er gab ihr einen letzten Kuss, schlich sich durch das Fenster zurück in die Nacht und rutschte das Seil hinunter. Unten angelangt, pfiff nach Nicol, der ihm geholfen hatte, seinen geheimen Besuch zu arrangieren, damit er sein Pferd brachte.

Er wusste, was er zu tun hatte, aber wie konnte er verhindern, dass sein Handeln ungewünschte Konsequenzen hatte? Brodie würde sich etwas einfallen lassen.

Er musste es tun.

KAPITEL NEUN

Eine unvergessliche Nacht

DIE BLUME LAG den größten Teil des Tages auf dem Fenstersims. Celestina hatte sie unzählige Male angesehen, ganz krank vor Sorge, dass sie herunterfallen könnte oder vom Wind weggeblasen werden würde und Brodie sie nicht sähe. Ihr Entschluss hatte kein einziges Mal geschwankt. Sie wollte in jeder Hinsicht Brodie gehören, um jeden Preis, und es musste vor dem Morgen geschehen.

Inga hatte ihr alles erklärt. Sie war nur ein paar Jahre älter als Celestina und hatte sie selbst noch nicht erlebt, aber ihre Mutter und Großmutter hatten ihr davon in allen Einzelheiten erzählt. Celestina hatte keine Angst. Sie vertraute Brodie und glaubte, ihn zu lieben. Obwohl Inga sie gewarnt hatte, dass der Verlust ihrer Jungfräulichkeit wehtun würde, vertraute sie Brodie. Er war so rücksichtsvoll und zärtlich mit ihr umgegangen, und sie wusste, dass er auch als Liebhaber so sein würde.

Ihre Unschuld mit ihrem Verlobten zu verlieren graute sie mehr als die möglichen Konsequenzen, es nicht zu tun. Die Vorstellung, den Akt mit Lord Ivarsson zu vollziehen, stieß sie ab.

Ganz im Gegensatz zur Vorstellung, es mit Brodie zu tun.

Sie ging wieder im Raum auf und ab und blieb schließlich vor dem Wasserkrug auf dem kleinen Ecktisch stehen. Nur das Feuer im Kamin beleuchtete die Kammer, da sie trotz der Dunkelheit keine Kerze angezündet hatte. Zum fünften Mal an diesem Tag putzte sie sich mit dem Tuch ihre Zähne. Da kam Inga hereingehuscht und schloss schnell die Tür hinter sich.

Celestina erschrak. „Was ist los, Inga? Ich sehe dir an, dass etwas nicht stimmt."

Inga griff nach Celestinas Händen. „Es ist nichts passiert, aber etwas geht draußen vor sich. Es gibt einen Aufruhr vor der Tür, aber ich glaube nicht, dass es mit den Grants zu tun hat."

Plötzlich schlich sich Nicol durchs Fenster und ließ das Seil los, das im Baum neben dem Turm festgebunden war. Nun zuckten beide Mädchen zusammen. Er hielt lange genug inne, um bei dem Anblick der sich aneinanderklammernden Frauen zu grinsen.

„Wer ist das, Celestina?", fragte Inga kichernd. Sie beugte sich vor, um ihrer Freundin ins Ohr zu flüstern: „Er sieht gut aus."

„Mein Name ist Nicol und ich bin Brodies Freund. Hört mir gut zu und beeilt Euch." Er zwinkerte Inga zu und warf Celestina einen Sack zu. „Zieht das über, meine Damen. Es ist nicht hübsch, aber so werdet Ihr keine Aufmerksamkeit erregen."

Celestina fing den Sack auf und holte zwei Hosen, Wolltuniken und Hauben hervor. Sie lächelte, als sie sie sah, rannte dann aber hinter die Trennwand, um sich umzuziehen. „Nicol, warum gibt es von allem zwei Stück? Ich brauche nur einen Satz Kleidung."

„Grant möchte, dass Ihr mitkommt, Inga. Wenn der Baron bemerkt, dass Celestina verschwunden ist, wird er Euch als Erste befragen wollen, und wenn Ihr ihm nicht sagt, was er wissen will, könnte er Euch verletzen. Das wird der Laird nicht zulassen. Also kommt Ihr beide mit."

Inga klatschte in die Hände und quietschte kurz vor Aufregung auf, bevor sie sich die Hand vor den Mund schlug. Es war das Aufregendste, was den beiden seit Langem passierte. Nicol warf ihr einen strengen Blick zu. „Still, Mädchen, sonst werdet Ihr uns noch verraten." Getadelt lief sie hinter die Trennwand und zog sich neben Celestina um. Als sie fertig waren, tauchten sie zusammen auf und kicherten beide über ihre Erscheinungen.

„Ladys, hört bitte damit auf! Wir müssen uns beeilen, sonst riskieren wir, entdeckt zu werden." Er schob die Pelze vor dem Fenster beiseite, aber bevor er hinauskletterte, flüsterte er Inga ins Ohr: „Die Kleidung steht Euch gut, Mädchen."

Celestina lächelte, verkniff es sich aber, zu kichern. Mochte er sie?

Brodie stand am Fuß des Seils und kletterte schnell herauf, sobald sie über den Rand des Fensters spähte. Dann tauchte sein Kopf am Sims auf und er lächelte. „Bist du bereit, Mädchen?"

Sie nickte und er hob sie mit einer Hand hoch. „Schling deine Beine um meine Taille."

Celestina tat, was er sagte, und Brodie rutschte am Seil zu Boden. Nicol und Inga folgten direkt hinter ihm. Als er landete, hielt Brodie das Seil für seinen Freund fest, aber vorher beugte er sich rasch vor, um Celestina einen flüchtigen Kuss zu geben. Sie schlang ihre Hände um seinen Bizeps und staunte über die Stärke seiner Arme. Sie hatte noch nie einen so starken Mann gesehen.

Sie sprach ein kurzes Dankgebet, als Brodie sie durch die Bäume zog. Bei seinem Pferd angekommen half er ihr, aufzusitzen, und sprang hinter ihr auf. Er warf einen kurzen Blick zurück, um sicherzustellen, dass Nicol und Inga ihnen immer noch folgten. Sie ritten eine Zeitlang und verfielen dann am Ende des Weges in einen wilden Galopp. Celestina drehte sich um, um Brodie etwas zu sagen, aber er legte einen Finger an ihre Lippen. Sie nickte und lehnte sich zurück, genoss das Gefühl des Windes in ihren Haaren und die starken Arme, die ihren Körper in die besondere Wärme hüllten, die nur er ihr geben konnte.

Als sie den Stadtrand erreichten, schlossen sich ihnen noch ein paar Grant-Krieger an. Sie glaubte, Brodies Bruder Alex zu erkennen, und hoffte, dass dies kein Problem zwischen den Brüdern verursachen würde. Das Letzte, was sie wollte war, sie oder ihren Clan in Gefahr zu bringen. Kurze Zeit später durchbrachen sie eine Baumgruppe und erreichten einen kleinen See. Als Brodie ihr half, abzusteigen, schaute sie auf das ruhige Wasser hinaus. Der See war von schroffen Felsen umgeben und der Mond spiegelte sich in seiner Oberfläche. Sie versuchte, sich jedes Detail dieses schönen Ortes einzuprägen, denn sie wollte nie vergessen, wo sie Brodie ihren Eid geleistet hatte.

Brodie ergriff ihre Hand, küsste sie auf die Wange und sagte: „Komm. Wir müssen uns beeilen. Ich möchte, dass diese Nacht nie zu Ende geht, aber das ist leider unmöglich." Brodie führte sie zu einem kleinen Wäldchen, in dem Alex mit Nicol, Inga und drei anderen Wachen stand. „Mädchen, in den Highlands ist der Laird nicht erforderlich, um die Handfeste rechtens zu machen, aber es ist in unserem Clan üblich, dass er Zeuge ist."

Celestina musterte Laird Alex Grant, der selbst ein erstaunlich gutaussehender Mann war, auch wenn er sie nicht so ansprach wie Brodie. Sie lächelte ihn an und war sich nicht sicher, was genau er tun würde. Sie war noch nie auf einer Hochzeit gewesen, also wusste sie nicht, was sie erwartete. Obwohl Inga es ihr ausführlich erklärt hatte, war es etwas ganz anderes, es selbst zu erleben.

Brodie stand rechts von Celestina und legte ihre Hand in seine. Die anderen bildeten einen Kreis hinter ihnen. „Oh, einen Moment noch, Mädchen." Er ließ ihre Hand los und rannte zu seinem Pferd, um mit dem Plaid seines Clans zurückzukehren. „Vielleicht wäre das schöner als die Hose, die du trägst?"

Celestina errötete und hielt still, während Brodie sie in sein Plaid wickelte und schließlich den letzten Teil über ihre Schulter warf. Die roten und grünen Farben waren wunderschön und sie strahlte ihren Verlobten an, glücklich darüber, dass er an dieses Detail gedacht hatte.

Alex fing an zu sprechen, während Brodie die letzten Falten des Tartans zurechtzupfte.

„Mädchen, die Handfeste ist das Versprechen, zu einem späteren Zeitpunkt zu heiraten. Es ist eine schottische Zeremonie, die mit oder ohne Zeugen durchgeführt werden kann. Aufgrund der besonderen Umstände deiner Verlobung mit Lord Ivarsson habe ich jedoch darauf bestanden, Zeuge deiner Handfeste mit meinem Bruder zu sein. Hast du irgendwelche Fragen?"

Celestina schüttelte den Kopf, überwältigt von ihrer Aufregung. Sie warf einen Blick auf ihren zukünftigen Gemahl und schwor, ihm alles zu sein, was eine Frau sein könnte, obwohl sie sich nicht ganz sicher war, was genau das beinhaltete. Seine dichten braunen Locken fielen ihm über die Schultern und sie wollte mit den Händen durch sie fahren. Sie dachte darüber nach, wie es sich anfühlen würde, wenn sich seine muskulösen Arme später um ihre Taille schlingen würden, und errötete.

Alex fuhr fort. „Diese Zeremonie entspricht einer Verlobung oder eines Versprechens. Ihr verpflichtet euch, zu einem späteren Zeitpunkt zu heiraten, aber sobald ihr die Verlobung vollzogen habt, geltet ihr als verheiratet, sowohl nach kirchlichem als auch nach schottischem Recht." Er warf einen Blick von Brodie zu Celestina. „Versteht ihr beide, was das bedeutet?"

Beide nickten. Brodie nahm ihre rechte Hand in seine linke und Alex nahm ein weiteres Grant-Plaid und wickelte es um ihre verschlungenen Hände.

„Schließt ihr beide freiwillig diesen Bund?"

Brodie antwortete mit Aye und wartete auf Celestinas Antwort. Alex fuhr fort, nachdem sie selbst ein schüchternes Aye gesprochen hatte. „Ich binde eure Hände zusammen als Beweis eures Seelenbundes. Ich binde euch in Liebe und Vertrauen aneinander und wünsche euch viele glückliche Jahre und viele gesunde Kinder. Eure Liebe hat einen schwierigen Weg gewählt, aber ihr dürft niemandem erlauben, eure Liebe zu zerstören, weil sie ein Geschenk Gottes ist. Wir sind alle Zeugen dieses Versprechens." Alex nickte jedem der Zeugen zu.

„Versprichst du, Brodie Grant, Celestina Lunde in Gegenwart Gottes und dieser Zeugen die Ehe?"

Brodie antwortete: „Aye, das tue ich." Er drückte ihre Hand und lächelte sie an. Jedes Mal, wenn er lächelte, bekam der Schutzwall um ihr Herz einen weiteren Riss.

„Versprichst du, Celestina Lunde, Brodie Grant in Gegenwart Gottes und dieser Zeugen die Ehe?"

Sie flüsterte: „Aye, das tue ich." Ihr Herz machte bei ihrer Erklärung einen Sprung, so als ob ihre Seele nun tatsächlich mit der ihres Geliebten verbunden wäre. Tränen trübten ihre Sicht, als sie ihren Mann ansah. Gerührt von der Feierlichkeit und Tragweite des Rituals klammerte sie sich an seine Hand und seine Stärke und war sich der Bedeutung dieser Zeremonie mehr denn je bewusst.

Alex lächelte. „Herzlichen Glückwunsch, in den Augen des Herrn seid ihr jetzt miteinander verbunden."

Brodie gab ihr einen keuschen Kuss auf die Lippen und Alex beugte sich vor und küsste sie auf die Wange. „Willkommen im Clan der Grants, Celestina", sagte er, „und auch in unserer Familie. Wir alle verpflichten uns, dir zur Seite zu stehen." Dann umklammerte er die Schulter seines Bruders und umarmte ihn. „Du hast gut gewählt, Bruder. Ich wünsche euch viele glückliche Tage."

Nach ein paar Tränen und vielen Umarmungen räusperte sich Alex und sagte: „Hinter diesem Wäldchen steht euch in dieser Nacht ein kleines Häuschen zur Verfügung, wenn ihr es möchtet. Wir werden von hier aus Wache halten und euch dann vor Tagesanbruch holen, um das Mädchen in ihre Kammer zurückzubringen."

Celestina sah niedergeschlagen zu Boden. „Du wirst mich also tatsächlich zurückbringen, Brodie?"

Alex antwortete an seiner statt. „Aye, ich habe darauf bestanden, dass er dich zurückbringt. Es ist im besten Interesse aller, dass du den Lord heiratest. Ich verspreche dir, dass wir dich innerhalb eines Monats nach deiner Hochzeit holen werden, wenn du es dann noch wünschst. Mädchen, es tut mir leid, aber ich kann meine Familie nicht in Gefahr bringen und ich kann keinen weiteren Krieg riskieren. Sobald deine Aussteuer ihren Besitzer gewechselt hat, sind wir in einer besseren Position, um dich von deinem Verlobten fortzuholen. Mach dir keine Sorgen, ich werde mich um alles kümmern."

Inga schlang ihren Arm um ihre Freundin. „Aye", bestätigte sie, „du bist in einer viel besseren Lage als noch vor einer Woche. Ich weiß, dass es schwierig wird, aber du musst nach vorn schauen."

Celestina nickte. „Im Augenblick möchte ich nicht weiter denken als an heute Nacht." Brodie küsste sie auf die Stirn, nahm sie in seine Arme und führte sie zum Haus.

Brodie öffnete seiner zukünftigen Frau die Tür, denn er betrachtete sie bereits als seine Gemahlin, nicht nur als seine Verlobte. Dies war seine Hochzeitsnacht. Celestina trat über die Schwelle und sah sich in der kleinen Hütte um.

„Ich weiß, es ist nichts Großes, Mädchen, aber es gehört für diese Nacht uns." Er warf einen Blick auf die alten Binsen auf dem Boden und den grob gezimmerten Tisch und Stuhl. Die alte Matratze des Bettes war mit frischen Laken bezogen worden. Nicol hatte ein Geschäft im kleinen Ort Ayr aufgesucht und dort Laken und Kerzen gekauft. Sie hatten viel Zeit damit verbracht, die Spinnweben und den Staub zu beseitigen. Jetzt, wo das Feuer im Kamin knisterte, sah es viel besser aus als zuvor bei Tageslicht.

„Brodie, es ist das schönste Häuschen, das ich je gesehen habe."

„Oh, dann hast du in deinem Leben noch nicht viele Häuschen gesehen."

„Nay, das habe ich nicht, aber dass du hier bist macht alles schön."

Brodie küsste sie auf die Wange. „Ich danke dir, Celestina, aber bitte nenn mich nicht vor meinen Brüdern schön."

Sie kicherte. „Du bist mutig und gutaussehend, aber dein Lächeln ist schön für mich."

Celestina zitterte und trat näher an das Feuer heran, da die Nacht für den Spätsommer etwas kühl war. Brodie wollte sein Vorhaben richtig angehen und rückte den Tisch und den Stuhl näher an die warmen Flammen. Auf dem Tisch stand ein Korb, und er holte ein kleines Fass Wein, ein Stück Käse und einen kleinen Laib Schwarzbrot hervor.

„Hast du Hunger, Mädchen?" Er setzte sich auf den Stuhl und zog sie auf seinen Schoß. Sie errötete bis zu den Haarwurzeln, wich aber nicht zurück. „Fühlst du dich wohl? Ich dachte, wir könnten uns ein bisschen unterhalten. Wir wissen nicht viel voneinander, nicht wahr?"

Celestina senkte den Kopf, als sie ein kleines Stück Brot abbrach. „Ich fürchte, es gibt nicht viel über mich zu wissen, Mylord."

„Der Name deines Mannes ist Brodie, *leannan*."

Sie runzelte die Stirn. „Was bedeutet *leannan*?"

„*Leannan* bedeutet *Liebste* auf Gälisch." Sie errötete und er fuhr fort: „Erzähl mir von deinen Eltern."

„Nun gut. Meine Mutter war die lieblichste Frau, die jemals in diesem Land gelebt hat. Ich habe sie sehr geliebt, aber ich habe sie verloren, als ich ungefähr sieben Jahre alt war. Seit ihrem Tod hat mich mein Vater mit jedem Jahr schlechter behandelt, auch wenn ich nicht weiß, warum."

„Hast du Brüder oder Schwestern?"

„Nein, ich bin Einzelkind."

„Ich habe noch nie gesehen, dass ein Vater seine Tochter so behandelt. Ich verstehe ihn nicht. Und es tut mir leid, dass du deine Mutter verloren hast, Celestina."

„Ich würde viel lieber über deine Familie sprechen. Wie viele Brüder und Schwestern hast du? Und was ist mit deinen Eltern?"

Er hatte bis jetzt nicht darüber nachgedacht, aber mit ihrer Verbindung würde sie tatsächlich eine große Familie dazugewinnen. „Meine Eltern sind vor fast fünf Jahren gestorben und Alex wurde Laird, da er der älteste Sohn ist." Er griff hinüber und schenkte einen Becher Wein ein, damit sie ihn teilen konnten. Brodie hielt ihn an ihre Lippen, damit sie an dem süßen Gebräu nippte, das Alex für sie aufgetrieben hatte. „Oh, du wirst meine Familie lieben. Alex und seine Frau Maddie haben drei Kinder, Zwillingsjungen und ein Mädchen. Robbie ist der mittlere Bruder, aber er ist noch nicht verheiratet, und ich habe auch zwei Schwestern, Brenna und Jennie."

„Ich werde zwei Schwestern haben? Wie aufregend. Ich habe mir immer eine Schwester gewünscht. Erzähl mir mehr über sie." Sie trank von dem Wein, während sie mit aufgeregter Miene zuhörte.

„Brenna ist zwei Jahre älter als ich. Sie ist mit Quade Ramsay verheiratet und hat eine Tochter. Sie ist Heilerin und bildet meine kleine Schwester Jennie aus, die zwölf Jahre alt ist."

Während er sprach, bemerkte er, dass ihre Augen feucht wurden. „Celestina? Ist alles in Ordnung?"

Sie nickte. „Aye. Wie ich wünschte nur, es könnte schon heute alles wahr werden und ich könnte deine Schwestern kennenlernen. Brodie, du hast mich in eine Welt gebracht, von der ich nichts weiß. Ich weiß nicht, wie ich eine Schwester sein soll. Ich weiß nicht einmal, wie ich deine Frau sein soll. Ich war so behütet, dass ich mich bei dir zu Hause verloren fühlen werde. Ich weiß nicht, ob ich in deine Familie passen werde. Was werde ich tun? Ich kann weder kochen noch weben. Wirst du mir helfen? Ich habe Angst davor, was deine Familie von mir denken wird."

„Mädchen, meine Familie wird dich genauso lieben wie ich. Du hast ein reines Herz und das ist alles, was zählt. Maddie und Brenna werden dich lieben. Mach dir darüber keine Sorgen." Er umfasste ihre Wangen und wischte ihre Tränen mit seinen Daumen weg. Sie sah ihn verwundert an und er küsste ihre weichen Lippen. „Du hast die schönsten Augen, die ich je gesehen habe, Celestina." Er küsste sie erneut und streifte ihre Lippen sanft mit seiner Zunge, bis sie sich für ihn öffnete. Als sein Kuss leidenschaftlicher wurde, erwartete er, dass sie sich schüchtern und zurückhaltend verhalten würde, aber das tat sie nicht. Ihre Zunge berührte seine vorsichtig, eine Geste, die ihm viel über seine neue Frau verriet. Sie würde leidenschaftlich sein, dessen war er sich sicher. Und sie gehörte ihm.

Ihre Brüste drückten sich gegen ihn, als sie ihre Arme um seinen Hals schlang und ihn näher an sich zog. Er sollte wahrscheinlich langsamer werden, aber er konnte es nicht, denn vorerst hatten sie nur diese eine Nacht zusammen. Brodie saugte an ihrer Zunge und erforschte ihren Mund, von dem jedes bisschen unglaublich war. Ihre Lippen, so empfänglich, so freudig, ihm zu antworten, ließen ihn sie noch mehr wollen. Er war steinhart unter seinem Plaid und erschreckte das Mädchen wahrscheinlich damit.

Er spürte, dass das Berühren und Erforschen eines Mannes eine völlig neue Welt für sie war. Nun, sie konnte diese Welt mit ihm erkunden. Die heiseren Geräusche, die ihrer Kehle entfuhren, sagten ihm, dass er jeden Augenblick, in dem er ihre Süße kostete, genießen würde.

Brodie zog sich zurück, um Luft zu holen, und küsste ihre Nase. Er durfte nicht die Kontrolle verlieren. Nein, er musste seinen Drang kontrollieren und diese Nacht wunderbar für sie machen.

„Weißt du, was zwischen Mann und Frau passiert, wenn sie verheiratet sind?"

Sie wurde rot, nickte aber. „Aye, Inga hat mir erzählt, was ihre Mutter ihr erklärt hat."

Er seufzte. „Ich möchte nicht auf die Einzelheiten eingehen, aber bist du dir sicher, dass du das hier möchtest? Es könnte morgen Probleme mit Ivarsson geben." Er hielt ihre Hände in seinen und streichelte die Innenseiten ihrer Handgelenke.

„Aye, bitte, Brodie. Ich möchte meine Unschuld nicht mit ihm verlieren. Du bist mein Ehemann." Sie dachte einen Moment nach, bevor sie ihn wieder ansah. „Es ist alles, was ich geben kann, und ich möchte es dir geben."

Er nickte und hob sie von seinem Schoß. „Komm, lass uns dort hinübergehen." Er zog die Decke zurück und half ihr, ihre Stiefel und die Hose auszuziehen. Er wollte sie nicht mit einem Mal komplett entkleiden, um sie nicht zu erschrecken, aber die Hose musste weg.

Sie lachte, als er sie ihr auszog. Dann löste er die Brosche an ihrem Plaid und seine eigene im selben Moment, sodass die Tücher zusammen zu Boden fielen. Sie half ihm, sein Hemd zu entfernen, und schon stand er ohne Kleidung vor ihr. Brodie löste die Bänder ihres Unterkleides und ließ es ebenfalls fallen, nachdem er sie so hungrig geküsst hatte, dass sie hoffentlich nicht einmal bemerkte, dass sie genauso nackt war wie er. Als seine Zunge ihre neckte, antwortete sie mit einem leisen Seufzen und er hob sie hoch und trug sie zum Bett. Sie schlang ihre Arme um seinen Hals und blickte staunend in seine Augen. Mit dieser Reaktion hatte er nicht gerechnet.

„Brodie, ich hatte keine Ahnung, dass es sich so schön anfühlt, wenn deine Haut meine berührt."

Brodie zeichnete einen Pfad mit seiner Zunge über ihren Hals. „Ich schwöre, du hast die weichste Haut der Welt." Er küsste sie wieder und eroberte ihren Mund, wobei er seinen Kopf so neigte, dass er sie noch mehr schmecken konnte. Ihre Hände fanden die Haare in seinem Nacken und sie strich mit ihren Fingern über seine Arme, packte seine Muskeln, strich über seine Seiten bis zu seinen Hüften und entfachte ein Feuer in ihm, das nicht gelöscht werden konnte.

Sie wölbte sich ihm entgegen, drückte ihre Hüften gegen sein Glied und ließ sein Blut kochen, bis er fürchtete, die Kontrolle zu verlieren. Sie war perfekt, absolut perfekt, und er wollte sie mehr als jemals zuvor ein Mädchen. Er wollte sich in ihr verlieren und fühlen, wie ihr Körper sich bis zur Erschöpfung um seinen Schaft bewegte.

Als sie ihre Lippen von seinen löste, hatte er Angst, er hätte sie mit seiner Leidenschaft erschreckt.

Stattdessen sah er, wie sich seine Leidenschaft in ihren Augen widerspiegelte, zusammen mit einem Hauch von Sorge. „Geht es dir gut, Mädchen? Du weißt, dass es beim ersten Mal ein bisschen wehtun wird?"

„Aye, ich bin sicher, dass es wehtun wird." Sie warf einen Blick auf seine Härte. „Du wirst niemals in mich hineinpassen, Brodie."

Er gluckste: „Aye, wir werden perfekt zusammenpassen. Vertrau mir."

Celestina verstand nicht alle Empfindungen ihres Körpers, aber das war ihr egal. Sie wollte nur, dass ihr Mann nicht mit dem aufhörte, was er tat. Als er sie nackt betrachtete, wäre sie fast gestorben vor Scham und Angst, er könnte etwas an ihr bemängeln. Sie war immer als hässlich bezeichnet worden, weshalb sie auf seinen prüfenden Blick instinktiv damit reagierte, sich so gut sie konnte mit ihren Händen zu bedecken.

„Bitte, *leannan*, bedecke dich niemals. Du bist zu schön dafür." Brodie beugte sich vor und bedeckte ihre Haut von ihrem Hals bis zu ihrer Brust mit Küssen. Sie umklammerte sein Haar, als er ihre Brustwarzen küsste und sie dann leckte, bis sie nass und verhärtet waren. Er saugte an einer Brustwarze und sie zuckte zusammen, schockiert darüber, was er da tat und wie wunderbar es sich anfühlte. Sie zog seinen Kopf näher und er kicherte.

„Gefällt die das, meine Süße? Lass mich dasselbe auf der anderen Seite machen."

Er saugte an ihrer anderen Brust, bis sie aufschrie. Ihre Fingernägel gruben sich in seine Arme, je mehr er saugte. Sie verstand nicht, was mit ihr geschah, aber es fühlte sich wundervoller an als alles, was sie jemals erlebt hatte. Sie schloss die Augen, als er mit seiner Zunge über ihren Bauch nach unten fuhr.

Dann küsste er sie an dieser besonderen Stelle und sie schrak auf. „Brodie, was machst du? Das muss falsch sein."

„Ganz ruhig, Liebes, es gibt nichts Falsches zwischen Mann und Frau, solange es beide wollen. Vertrau mir und genieß es."

Ihr ganzer Körper war erhitzt, als sie die Augen schloss und mit ihren Fingern durch seine Haare fuhr, als hätte sie Angst, ihn loszulassen. Seine Zunge berührte ihren empfindlichen Punkt und sie bäumte sich ihm entgegen. Er leckte, saugte und streichelte ihre winzige Perle, bis sie sich vor Vergnügen wand. Celestina schnappte nach Luft über ihre eigene Kühnheit und spreizte ihre Beine weit für ihn, damit er besser an ihr Innerstes gelangen konnte. Was er ihr antat, war pure Freude, reinste Glückseligkeit, und sie wollte mehr davon. Sie konnte sich keuchen hören, als sich die Hitze tief in ihrem Bauch sammelte, ein fieberhaftes Gefühl, das sie über den Rand in einen Wirbel der Ekstase drängte. Er steckte seine Zunge in sie und sie schrie seinen Namen, als Welle um Welle des Vergnügens durch sie hindurchrauschte.

Als sie ihre Augen wieder öffnete, sah sie überrascht, dass er sie auf seine Ellenbogen gestützt lächelnd ansah, bevor er ihre Nase und ihre Wangen küsste. „Hat dir das gefallen?"

Sie leckte sich die Lippen, um ihren trockenen Mund zu befeuchten. „Oh Brodie, ich hatte ja keine Ahnung… Aber was ist mit dir?"

„Mach dir um mich keine Sorgen." Er nahm ihre Hand und führte sie zu seiner Härte hinunter. „Siehst du, was du mir antust? Wie sehr ich dich will? Wir haben gerade erst begonnen, *leannan.*"

Ihre Finger umklammerten ihn und sie spürte, wie das Verlangen in ihm pulsierte. Sie riss hastig ihre Hand zurück. „Tue ich dir weh?"

„Nay, Mädchen. Ich liebe es, wenn du mich dort berührst." Er erzitterte, als sie ihn wieder in ihrer Hand hielt, ihn zuerst sanft streichelte und dann ihre Finger so bewegte, dass sie ihn fast kommen ließ.

Brodie küsste sie wieder, fuhr mit seiner Hand über ihre Brust und streichelte jede Brustwarze, bis sie quietschte, bevor er über ihre Hüfte zwischen ihre Beine wanderte. Er spürte ihre Feuchte, erforschte ihren Eingang mit seinem Finger und als er sie dort streichelte, kehrte das gleiche Gefühl von eben zu ihr zurück – diese Dringlichkeit und das Verlangen nach ihm.

Er ließ sich zwischen ihren Beinen nieder und neckte ihre empfindliche Haut mit seinem Schaft, der gerade genug in sie hinein und wieder heraus glitt, um sie auf die Folter zu spannen, bis sie um mehr bettelte.

„Brodie, ich brauche dich. Bitte. Lass mich nicht warten."

Er küsste sie und sah in ihre Augen. „Vertraust du mir? Es wird zuerst wehtun, aber dann wird es besser."

Sie nickte und er packte ihre Hüften und stieß durch ihre Unschuld in sie hinein. Sie zuckte bei dem flüchtigen Schmerz zusammen und stockte. Sie konnte spüren, dass er auf sie wartete, und diese Geste rührte sie und erfüllte sie mit Glück. Er war die rücksichtsvollste Person, die sie jemals gekannt hatte.

Er küsste sie auf die Stirn. „Geht es dir gut, mein Mädchen?"

Sie sah, wie er sich bemühte, sich zu beherrschen, wie er sich auf seine Ellenbogen stützte, um sie nicht zu verletzen. Schließlich verschwand der Schmerz und das Bedürfnis nach ihm kehrte zurück. Sie hob sich ihm entgegen, um zu sehen, wie es sich anfühlen würde, und dann konnte sie sich nicht mehr zurückhalten.

„Liebling, ich kann nicht aufhören, ich will dich zu sehr." Er packte sie an den Hüften und tauchte immer wieder in sie ein.

Jedes Mal, wenn er in sie eindrang, loderten die Flammen heißer in ihr. Brodie in sich zu haben fühlte sich unbeschreiblich an, so wahnsinnig mächtig, dass sie wollte, dass er niemals aufhörte. Sie packte seinen Hintern, als sich ein zweiter Höhepunkt in ihr ankündigte und als sie sich dem berauschenden Vergnügen hingab, das ihren Körper durchwogte, hörte sie, wie ihr Mann ihren Namen rief und einen wilden Rhythmus vorgab, der sie beide erschöpft und keuchend zurückließ, während sie sich aneinander klammerten.

So ineinander verschlungen, bis sich ihre Atmung wieder normalisierte, konnte sich Celestina nichts Schöneres vorstellen, als sich in der Liebe zu aalen, die sie gerade geteilt hatten.

Brodie rollte sich auf seinen Rücken und nahm ihren Kopf in seine Armbeuge. Kurz später drehte Celestina sich auf ihren Bauch, legte ihre Hand auf seine Brust und stützte ihr Kinn darauf, um in seine braunen Augen blicken zu können.

„Darf ich für einen Moment träumen?"

Er fuhr mit seiner Hand durch ihre seidigen Haarsträhnen. „Natürlich."

„Lass uns so tun, als wäre dieser Krieg bereits vorbei. Wo werden wir sein?"

„Ich hoffe, du bist bereit, mit mir in die Highlands zu kommen und bei meinem Clan zu leben."

„Erzähl mir von den Highlands. Ich bin noch nie irgendwohin gereist."

„Oh, Mädchen, du wirst die Highlands lieben. Die Landschaft ist nirgends schöner. Hügel und Täler, Seen mit frischem Quellwasser, Klippen und Heidekraut. Ich liebe die Highlands. Es würde mir das Herz brechen, wenn ich sie jemals endgültig verlassen müsste. Als wir jung waren, haben wir mit unseren Pferden auf den Wiesen gespielt."

„Was habt ihr gespielt?"

„Alex und ich spielten mit Brenna und Jennie. Robbie wollte nie mitmachen. Wir haben so getan, als würden die Mädchen gejagt werden, und wir waren die Ritter, die sie retten mussten."

Sie kicherte. „Was habt ihr gemacht?"

„Brenna und Jennie sind über die Felder gerannt und wir sind ihnen mit unseren Pferden gefolgt und haben sie noch im Ritt auf unseren Schoß gezogen."

„Und ihr habt sie nie verletzt?"

„Oh, jetzt wo du es sagst, denke ich, wir haben Brennas Arm einmal fast gebrochen. Auf diese Weise haben wir gelernt, dass der beste Weg darin besteht, dass die Mädchen die Hände über den Kopf heben. Auf diese Weise konnten sie uns auch packen. Wir hatten so viel Spaß dabei, mit unseren Pferden auf den Feldern zu reiten. Aye, es gibt so viel Schönes in den Highlands." Sein Daumen streichelte ihre Wange. „Du wirst es dort lieben, ich verspreche es."

„Du hast Glück, eine so große Familie zu haben, die du lieben kannst."

Er nickte. „Aye. Früher habe ich das nicht so gesehen, aber jetzt schon. Wir haben tolle Erinnerungen." Er strich ihr eine Haarsträhne aus dem Gesicht. „Was hast du am liebsten gemacht, als du jünger warst?"

„Oh, ich habe gern gelesen. Meine Mutter brachte mir das Lesen bei, eine andere Sache, die meinem Vater nicht gefiel. Aber Pater Padraig überzeugte ihn, dass es für den Adel angemessen ist. Er brachte mir auch viele Dinge zum Lesen. Sonst wäre ich verrückt geworden."

Nach ein paar Momenten der Stille sagte er: „Ich verspreche, dich von Ivarsson wegzuholen, hoffentlich innerhalb einer Woche. Es ist vielleicht nicht so bald, wie du es dir wünschst, aber ich verspreche dir, dass wir als Mann und Frau zusammenleben werden. Wir gehören zusammen, Celestina. Ich könnte dich nie verlassen. Irgendwie werden wir einen Weg finden. Glaubst du mir, Mädchen?"

„Aye." Ihre Augen trübten sich. „Du hattest recht. Ich habe an diesem Tag versucht, vom Turm zu springen, aber du hast alles für mich geändert." Sie fuhr mit den Händen durch die kleinen dunklen Haarbüschel auf seiner Brust. „Dank dir will ich wieder leben, Brodie. Ich vertraue darauf, dass du mich holen kommst."

Er schob sie vorsichtig zur Seite, stieg aus dem Bett, nahm ein Tuch aus dem Korb und tauchte den Zipfel in den mit Wasser aus dem See gefüllten Krug, bevor er zurückkehrte. Er setzte sich auf die Bettkante und sagte: „Lass mich dich säubern, *leannan*."

Obwohl sie sich nicht sicher war, was er meinte, vertraute sie ihm vollkommen, also setzte sie sich auf und legte ihren Arm auf seinen. Er lockerte die Laken um sie herum und zeigte auf ihren Oberschenkel. „Erlaube mir, das Blut deiner Unschuld zu reinigen."

Celestina starrte verwirrt auf ihr Bein und sah dann zu ihrem Gemahl auf.

„Das passiert in dem Moment, in dem ein Mann die Jungfräulichkeit der Frau durchbricht." Er zeigte auf sich. „Siehst du, das Blut klebt auch an mir. Ich werde dich zuerst reinigen. Lehne dich für mich zurück."

Sie fiel zurück und legte ihren Kopf auf das weiche Kissen, hielt aber seinen Arm fest, als hätte sie Angst, er würde sonst verschwinden. Sie errötete, als er sie säuberte, und wandte den Blick ab. Nachdem er fertig war, reinigte er sich und legte das Wasser und das Tuch beiseite.

Sie starrte an die Decke und ihre Hand umklammerte immer noch seinen starken Unterarm. „Er wird das Blut erwarten, nicht wahr?"

„Aye."

„Er wird nicht sehr glücklich darüber sein, wenn er entdeckt, dass ich keine Jungfrau mehr war, oder?"

Brodie rieb ihren Arm und zog sie an sich. „Nay, aber wie du gesagt hast, ist es deine Entscheidung, wem du deine Unschuld schenkst. Und du hast beschlossen, mich damit zu beschenken. Bereust du deine Wahl?"

„Nay!" Ihr Blick fand seinen. „Niemals, Brodie. Ich bin so froh, dass wir die Handfeste geschlossen haben. Ich bereue nichts."

„Mädchen, ich möchte dir ein paar Dinge erklären, und ich tue es nur, weil mein Bruder glaubt, dass wir bald in einer Notlage sein könnten. Ich möchte, dass du dich in diesem Fall vor Ivarsson schützen kannst."

„Brodie, ich könnte ihm nichts anhaben. Er ist viel größer als ich."

„Aye, du kannst etwas gegen ihn ausrichten und jeder normale Vater würde es seiner Tochter beibringen." Er grinste und zwinkerte ihr zu. „Und da ich nackt bin, kann ich dir genau zeigen, was ich meine."

Ihre Verwirrung musste sich auf ihrem Gesicht spiegeln, denn er küsste sie auf die Wange.

„Weißt du, was die Eier eines Mannes sind?"

Celestina schüttelte den Kopf und wurde rot.

„Aye, jetzt tust du es." Er zeigte auf seine eigenen, während er seine Erklärung fortsetzte. „Dies sind meine Eier, meine Nüsse oder mein Sack. Es gibt unzählige andere grobe Begriffe für sie. Wenn ein Mann dich misshandelt, kannst du ihn in seine Eier treten. Er wird für einen Moment gelähmt sein, sodass du ihm entkommen kannst."

„Wirklich? Aber tut das nicht weh?"

Seine Augen wurden groß und er hob verteidigend seine Hände. „Oh doch, es ist der schlimmste Schmerz, den ein Mann empfinden kann. Tu es nur, wenn du einen Mann auf die Knie zwingen musst. Falls Ivarsson dich verletzen will, hilft es dir, von ihm fortzukommen. Du kannst seine Eier mit deiner Faust schlagen oder sie treten – beides wird ihn aufhalten."

„Ich glaube nicht, dass ich jemals dazu imstande wäre."

„Nun, in meinem Fall hoffe ich das sehr!"

„Oh, niemals. Ich würde dich niemals verletzen, Brodie." Sie küsste seinen Bauch bis zu seinem Nabel und kicherte dann, als sie ihn vor ihren Augen wachsen sah.

Brodie warf sie auf den Rücken und sagte: „Bei allen Heiligen, ich werde nie genug von dir bekommen, Frau."

Einige Stunden später unterbrach sie ein leises Klopfen. Sie hatten beide nicht schlafen können, also hatten sie ihre gemeinsame Zeit damit verbracht, sich besser kennenzulernen.

Brodie stieg aus dem Bett und half ihr mit ihrer Hose. Er sah, wie sie gegen die Tränen ankämpfte. „Mein Liebling, das war die schönste Nacht meines Lebens." Er band die Bänder ihres Unterkleides zusammen und küsste sie auf die Wange.

„Für mich auch, Brodie. Ich werde keine Sekunde davon vergessen." Ihr Lächeln war tapfer, aber es erreichte ihre Augen nicht ganz.

Brodie fühlte genauso. „Vergiss nicht, ich werde versuchen, dich in einer Woche zu holen, aber es könnte etwas länger dauern. Es hängt davon ab, ob Krieg ausbricht oder nicht. Verstehst du, *leannan*?"

Sie nickte, als sie ihre Stiefel anzog.

Seine Finger streichelten ihre Wange. „Vergiss nicht, dass ich dich liebe und wir zusammen sein werden. Es tut mir so leid, dass ich dich darum bitten muss, aber bitte tu alles, um in Sicherheit zu bleiben. Tu nichts, um dich in Gefahr zu bringen, auch wenn es bedeutet, dass du dich unterwürfig zeigen musst."

Ihr Kopf sank gegen seine Brust und sie schluchzte leise. „Das werde ich. Versprochen."

„Komm, wir müssen dich zu deinem eigenen Schutz zurückbringen, bevor die Sonne aufgeht. Ich werde voller Sorgen sein, bis du für immer mein und wieder in meinen Armen bist." Er öffnete die Tür und führte sie zurück zu den Pferden.

„Ich liebe dich, Brodie Grant. Das werde ich immer tun."

KAPITEL ZEHN

Ein Tag zum Vergessen

INGA RÜTTELTE SIE wach. Celestina warf ihrer Magd einen Blick zu und vergrub ihren Kopf unter der Decke. Nein, das durfte nicht passieren. Nach der schönen Nacht, die sie mit Brodie verbracht hatte, würde sie nun Fredrik Ivarsson heiraten müssen.

Inga setzte sich neben sie und schlang die Arme um sie, als sie sich aufsetzte. „Es tut mir so leid, Celestina. Aber er hält es für das Beste, nay?"

Celestina kämpfte gegen die Tränen an. „Brodie sagte, ich müsse Ivarsson offiziell heiraten, um alle zu beschwichtigen. Dann verspricht er, mich zu holen."

Inga lehnte sich zurück und nahm ihre Hände in ihre. „Dann könnt Ihr Euch auf etwas freuen, aye? Liebt Ihr ihn?"

„Von ganzem Herzen. Die letzte Nacht war wunderbar." Sie sah zu Boden. „Ich hatte keine Ahnung, was wahres Glück ist, bis ich Brodie begegnet bin." Sie sah ihre Magd an und schüttelte ungläubig den Kopf. „Es wäre viel einfacher, wenn wir unser Leben so leben könnten, wie wir es wollen."

„Oh, seht nur, was er Euch in so kurzer Zeit gegeben hat. Vor einem Monat konntet Ihr nur auf Fredrik Ivarsson hoffen, und nun hat sich so viel geändert."

Celestina lächelte. „Du hast recht, Inga. Brodie hat mein Leben zum Besseren verändert. Ich muss nur diesen Tag überstehen. Er hat versprochen, mich wenn möglich innerhalb einer Woche zu holen, obwohl es etwas länger dauern kann. Ich werde meinen Kopf hochhalten und meinen Verlobten heiraten, obwohl mein Herz einem anderen gehört."

„Der König verlangt es von Euch. Nicol hat mir von Brodies

Plan erzählt und ich denke, das ist das Beste für Euch beide. Das Geld soll seinen Besitzer wechseln und alle sonstigen Versprechen sollen eingelöst werden, und dann könnt Ihr beide verschwinden. Kommt, Euer Bad ist bereit. Ihr werdet eine schöne Braut sein." Inga stand auf und zog Celestina aus dem Bett. Dann half sie ihr beim Ausziehen und bürstete ihre langen goldenen Locken, bevor sie sie in die Wanne setzte und ein paar Tropfen Duftöl ins Wasser gab.

„Es ist mir egal, ob ich gut rieche, Inga." Sie kicherte. „Vielleicht wird Fredrik sich von mir fernhalten, wenn ich stinke." Celestina seufzte, als das warme Wasser über ihre Haut wusch. Sie lehnte ihren Kopf gegen das weiche Kissen, das Inga für sie geholt hatte, schloss die Augen und durchlebte die besten Momente der vergangenen Nacht noch einmal. „Ich kann nur hoffen, dass Brodie bereits ein Baby in meinen Leib gepflanzt hat."

Celestina stand am Eingang der Kapelle und rang die Hände, während ihr Vater im kleinen Vorraum auf und ab ging. Sobald der Priester und Lord Ivarsson kämen, würden sie auf den vorderen Stufen heiraten. Sie warf einen Blick nach drinnen, auf die kunstvollen Fenster, die den Raum feierlich machten. Er war schön, aber nicht so schön wie die natürliche Umgebung, in der Brodie und sie letzte Nacht ihre Gelübde gesprochen hatten. Jedes Mal, wenn sie sich an das hübsche Gesicht ihres Mannes erinnerte, trübten sich ihre Augen über ihren Verlust. Sie hoffte, dass es nicht lange dauern würde, bis die Grants sie holten.

Das Jubeln ihres Vaters riss sie aus ihren Gedanken. „Endlich ist der Tag gekommen. Ich habe so lange darauf gewartet, dich loszuwerden. Endlich werde ich den Reichtum genießen können, den ich für all die Jahre verdient habe, in denen ich mich um dich gekümmert habe." Die Tiraden ihres Vaters ermüdeten sie immer mehr, aber sie füllte ihre Gedanken mit Erinnerungen an Brodie Grant, um seine bitteren Worte nicht an sich heranzulassen.

Celestina blickte zu Boden, wie es ihr beigebracht worden war, aber etwas in ihr hatte sich verändert. Sie erinnerte sich an die wunderbaren Dinge, die Brodie zu ihr gesagt hatte. Sie besaß einen Wert, so wie es ihre Mutter ihr vor vielen Jahren gesagt hatte. Brodie Grant liebte sie. Sie hasste ihren Vater genauso wie er sie und hoffte, ihn nie wieder zu sehen, doch plötzlich verspürte sie den Drang, die Frage auszusprechen, die sie seit Jahren plagte.

Sie hob ihren Kopf und sah in die kalten Augen ihres Vaters. „Warum? Warum hasst Ihr mich so, Vater?", flüsterte sie.

„Warum? Weil du ein Mädchen bist. Du solltest ein Junge sein. Alles, was ich von deiner Mutter verlangte, war es, mir einen Sohn zu schenken, aber dieses elende Weib konnte mir nicht einmal das geben. Stattdessen gebar sie mir ein weinendes, plärrendes Mädchen. Was sollte ich mit dir anfangen? Du hast mich täglich an den Sohn erinnert, den ich nie hatte. Ich wollte, dass ein Sohn meinen Titel erbt, kein schwaches Weib."

„Aber das ist nicht meine Schuld. Warum habt Ihr mich dafür bestraft?" Sie wusste, dass sie lieber schweigen sollte, aber sie konnte nicht. Seine Argumentation ergab keinen Sinn.

„Sei still! Ich habe dich bestraft, um dich erträglich zu machen, und stets kommen trotz allem, was ich für dich getan habe, nur Klagen aus deinem Mund. Sei still, du erbärmliche Kuh. So wie du in diesem Kleid aussiehst, wird es ein Wunder sein, wenn dieser Mann dich nicht ablehnt." Er wirbelte herum und sah zum Fenster.

Celestina dachte an die Handfeste, die sie mit Brodie geschlossen hatte. Sie hatte wundervolle Erinnerungen, die ihr durch diesen schrecklichen Tag helfen würden. Was sie an der Handfeste am meisten geliebt hatte, waren weniger Brodies Worte als sein Blick gewesen. Er hatte ihr bestätigt, dass er jedes Wort ernst meinte.

Als sie nun draußen auf den Stufen der Kapelle stand und bereit war, Gelübde mit Lord Ivarsson auszutauschen, versuchte sie, den Aufruhr in ihrem Magen zu beruhigen, hatte aber keinen Erfolg. Ihr Magen verkrampfte sich, als ihr klar wurde, dass sie im Begriff war, zu lügen und jemanden zu heiraten, obwohl sie bereits einem anderen gehörte. Doch daran durfte sie jetzt nicht denken, denn es war zu spät. Der liebe Gott würde ihr vergeben, weil er wusste, was sie durchgemacht hatte.

Sie warf einen Blick auf ihren Verlobten und fragte sich, wie er reagieren würde, wenn er die Wahrheit herausfand. Er sah ziemlich gut aus in seinem Hochzeitsgewand, aber das bedeutete ihr nichts. Wie konnte das hier mit einer schlichten Zeremonie unter den Bäumen verglichen werden, gehüllt in ein Tartan-Plaid?

Pater Padraig stand mit einem Lächeln vor ihnen und war der einzige angenehme Anblick um sie herum. Er sprach endlos über die Ehe und verfiel sogar einmal ins Gälische. Sie bemerkte die Bestürzung im Gesicht ihres Verlobten, als Pater Padraig in der Sprache der Schotten sprach und nicht auf Latein. Der Priester beeilte sich mit dem blumigen Vers und fragte sie schließlich, ob sie bereit sei, Ivarsson zu heiraten. Celestina erstarrte. Ihr war nicht bewusst gewesen, dass sie die Chance haben würde, Nay zu sagen. War das nicht der einfachste Ausweg? Warum lehnte sie ihn nicht einfach vor allen Leuten ab? Wie konnte sie einwilligen, wenn sie sich bereits einem anderen versprochen und sich ihm hingegeben hatte?

Ohrenbetäubende Stille erfüllte die Luft um sie herum. Als sie den Mund öffnete, um dem keltischen Priester zu antworten, spürte sie ein Zwicken im Arm und ihr Verlobter raunte ihr ins Ohr: „Wenn du mich ablehnst, ist dein Geliebter ein toter Mann."

Galle stieg in ihrem Hals auf und drohte, in die Blumen zu spritzen, die sie hielt. Ihr Blick flog zuerst zu Pater Padraig und dann zu ihrem Verlobten, dessen krankes Lächeln sie bis ins Mark erschütterte. Das Bild von Brodie Grant vor ihrem inneren Auge, wie er tot zu ihren Füßen lag, zwang sie zu sprechen.

„Aye", würgte sie schließlich hervor.

Die kleine Menge jubelte, als der Priester sowohl auf Gälisch als auch auf Latein erklärte, sie seien nun verheiratet, und ihr neuer Ehemann küsste sie förmlich. Ihr letzter Mut verließ sie. Celestina drehte sich in die Richtung, in die Ivarsson sie mit festem Griff um ihren Arm führte, und Schweiß brach auf ihrer Stirn aus, als sie die harte Realität traf.

Sie war jetzt die Ehefrau von Fredrik Ivarsson.

Das Paar war auf Drängen des Königs in der königlichen Burg geblieben. Fast eine Stunde später, nachdem Celestina unterwürfig an Ivarssons Seite gestanden hatte, damit alle Adligen ihnen gratulieren konnten, zog ihr Ehemann sie nach drinnen. Der König begrüßte beide mit einem Lächeln und Ivarsson mit einem lauten Klopfen auf den Rücken. Er führte sie in sein Solar, wo Celestinas Vater mit einem ungewohnten Grinsen wartete.

„Na, seht Euch das glückliche Paar an. Lächle, Celestina! Welches Mädchen lächelt an ihrem Hochzeitstag nicht?", zischte er.

Celestina tat ihr Bestes, um die Übelkeit zu beruhigen, die sie auf Schritt und Tritt zu überwältigen drohte. Sie wollte sich nicht übergeben. Sie musste stark bleiben. Ihr Vater würde sie nur noch schlechter behandeln, wenn sie ihn in Verlegenheit brachte. Sie sah ihn aus den Augenwinkeln heraus an und staunte über die Freude in seinen Augen, die er nur dann empfand, wenn es um Geld ging. Sie schloss die Augen, um ihre Übelkeit zu lindern, wurde aber von Fredrik Ivarsson zum Schreibtisch des Königs gezerrt.

Fredrik unterschrieb schnell das Pergament und reichte es dann ihrem Vater weiter. Dieser unterschrieb ebenfalls, ohne das Dokument auch nur ansatzweise zu lesen. Alles hier widerte sie an, vor allem Ivarsson. Sobald die Verträge unterzeichnet waren, öffnete sich die Tür und Inga kam mit zwei anderen Dienstmädchen herein. Ivarsson nickte den Frauen kurz zu, bevor er sich wieder ihr zuwandte. „Mach dich bereit, meine Liebe. Wir haben hier noch ein paar Dinge zu besprechen."

Panik erfüllte ihren ganzen Körper und das Grauen ließ ihr Blut schneller durch ihre Adern rauschen. Sie konnte nicht anders, als zu fragen: „Jetzt schon? Aber es ist immer noch hell draußen, Mylord."

Er hielt ihre Hand in seiner und quetschte ihre Knochen, ohne dass es jemand anderes bemerkte. Dann sah er sie von oben herab an. „Du wirst meine Entscheidungen nie wieder hinterfragen, meine Liebe. Hast du verstanden?"

Sie versuchte, ihre Hand zu befreien, aber er drückte nur noch fester zu. „Rühr dich nicht und beschäme mich nicht vor dem König", flüsterte er. Sie erstarrte unter den Schmerzen und erst da hörte er mit seiner Folter auf. „Jetzt geh mit den Dienstmädchen, wie ich es angewiesen habe. Mach dich bereit für deinen Ehemann."

Er nickte den Mädchen zu und sie begleiteten sie zur Tür hinaus. Celestina starrte Inga an und hoffte, einen Ausweg aus ihrer Notlage zu finden, aber sie befürchtete, dass es unmöglich war. Sie erinnerte sich an Brodies Anweisungen. Ihm war klar gewesen, dass sie sich Ivarsson unterwerfen musste, um nicht verletzt zu werden. Sie musste um seinetwillen stark sein.

Sie folgte den Dienstmädchen, als diese die breite Treppe im königlichen Bergfried hinaufstiegen. Bald befand sie sich in einer großen Kammer mit einem wunderschönen Himmelbett, so königlich, wie sie noch nie zuvor ein Bett gesehen hatte. Wein und Käse standen auf einer nahen Truhe und alles hier war einer Königin würdig, doch sie wollte nichts davon. Celestina war verwirrt und unsicher darüber, warum sie sich immer noch in der königlichen Burg befand.

Nach langem Frisieren und Parfümieren fand sie sich zwischen einem Kissenberg auf dem großen Bett wieder. Tränen drohten über ihre Wangen zu laufen, aber Inga griff nach ihrer Hand und sagte: „Versprecht mir, dass Ihr Eure Hoffnung nicht verlieren werdet."

Sie nickte Inga zu, obwohl ihr die Angst aus jeder Pore strömte, wenn sie nur daran dachte, mit Fredrik zu schlafen. Inga küsste sie auf die Wange und ließ sie mit zwei Dienstmädchen des königlichen Palastes zurück.

Sie sagte das Gebet auf, das ihre Mutter ihr vor Jahren über Stärke und Liebe beigebracht hatte, aber sie war sich immer noch nicht sicher, ob sie das hier überleben konnte. Celestina hatte sich der Liebe ihres Lebens hingegeben und sich ihrem wahren Ehemann verpflichtet. Die vergangene Nacht war so lieblich und zärtlich gewesen, aber jetzt wäre sie gezwungen, sich jemandem zu unterwerfen, den sie nicht im Geringsten respektierte. Sie schloss die Augen, zwang sich dazu, an Brodies lächelndes Gesicht zu denken, und holte tief Luft.

Plötzlich wurde die Tür aufgerissen und ihre Augen flogen auf. Ihr Ehemann kam mit einem Mann herein, den sie nicht erkannte. Ihre Sinne waren in höchster Alarmbereitschaft und sie fragte sich, was ein Fremder in dieser Kammer der königlichen Burg wollte, wenn sie nicht gekleidet war, um Besuch zu empfangen. Ihr Blick flog in der Hoffnung auf eine Erklärung zu

Lord Ivarsson, doch dessen Miene war ausdruckslos.

Er wandte sich an den kleinen, drahtigen Mann neben ihm und sagte: „Tut, was ich verlange, Doktor."

Celestina blickte den kleineren Mann an. Was ging hier vor sich? Seine Augen waren freundlich, aber er fühlte sich mit der Situation eindeutig genauso unwohl wie sie.

Er zog die Decke zurück und tätschelte ihr Bein durch ihr Kleid. „Spreizt Eure Beine, meine Liebe. Es wird nicht lange dauern."

Sie wandte sich an Fredrik. „Mylord? Ich verstehe nicht. Er kann mich nicht um das bitten, was ich denke. Ihr erlaubt es ihm?"

„Tu, was dir gesagt wird, Celestina." Er wandte sich von ihr ab und sah aus dem Fenster.

Der Arzt zog ihre Knie auseinander, hob den Saum ihres Kleides und schob ihn nach oben.

„In fünf Sekunden wird es vorbei sein, Mylady. Ich verspreche, Euch nicht zu verletzen."

Celestina ließ ihren Kopf zurück gegen die Kissen sinken und schloss die Augen. Ivarssons unverschämtes Verhalten entsetzte sie. Sie hatte nicht damit gerechnet, dass eine solche Untersuchung durchgeführt würde. Ihre Beine wurden auseinandergezogen und sie spürte, wie die Finger des Arztes ihren privaten Bereich untersuchten.

„So, Mylady, ich bin fertig." Er lächelte ihr kurz zu, während er ihr Kleid wieder herabzog und sie zudeckte. Sie öffnete ihre Augen, als er die Kammer mit Fredrik dicht hinter sich verließ.

Brodie hatte ihr gesagt, dass es Probleme mit ihrer Jungfräulichkeit geben könnte. Sie hatte vorgehabt, sich selbst leicht zu verletzen, um ein bisschen zu bluten. Warum nur hatte Ivarsson einen Arzt hinzugezogen? Oh, wie sie sich wünschte, Inga würde kommen, aber sie wusste, dass es unmöglich war. Die einzigen Geräusche, die sie hörte, waren die gedämpften Stimmen von Ivarsson und dem Doktor direkt vor der Tür.

Plötzlich öffnete sich die Tür wieder, Fredrik trat ein, schloss die Tür und verriegelte sie hörbar. Celestina wurde flau im Magen. Sie lauschte dem Prasseln von Regentropfen auf dem Dach und dem Klackern der Pferdehufe auf dem Kopfsteinpflaster draußen. Sie spürte, wie ihre Achseln vor Angst feucht wurden, und als sie sich etwas tiefer in die Kissen vergrub, stieg ihr der leichte Geruch von Leinen in die Nase.

Sie wartete. Dies war ein Machtspiel – eine der liebsten Beschäftigungen ihres Vaters. Sie wartete einfach, so wie sie es gelernt hatte.

Ein Hund bellte kurz in den Wind, kurz bevor Ivarsson schließlich im Kommandoton befahl: „Zieh dich aus, Celestina. Sofort."

KAPITEL ELF

Die Wende

CELESTINA GEHORCHTE. NACHDEM sie ihr Kleid abge-streift hatte, zog sie die Bettdecke bis zum Hals hoch und wartete erneut.

Ivarsson kam langsam auf das Bett zu. Er leckte sich die Lippen, als er näherkam. „Ich habe lange darauf gewartet, deine Schönheit zu sehen. Wusstest du, welchen Ruf du hast? Ich hatte in Glasgow von deiner Schönheit gehört, aber ich habe den Gerüchten nicht ganz glauben können. Du hast selbst mich überrascht." Seine Hand griff nach der Decke und riss sie von ihr. Sein Blick wanderte genüsslich von ihren Brüsten bis zu ihren Zehen. „Meine Güte, du bist wirklich wunderschön. Ich kann kaum glauben, dass du mein bist und ich mit dir tun kann, was immer ich will." Sein schiefes Lächeln beschleunigte ihren ohnehin schon rasenden Herzschlag nur noch mehr.

Er setzte sich neben sie auf dem Bett, streckte die Hand aus und zog ihre Hände, mit denen sie sich bedeckt hatte, von ihrer Brust weg. Warum fühlte sie sich in seiner Nähe schmutzig und unrein? Sein Blick fiel auf ihre Brüste und sie spürte den brennenden Wunsch, so weit wie möglich davonzulaufen. Mit Brodie war ihre Nacktheit wunderschön gewesen, aber das hier? Es fühlte sich falsch an, verdorben. Mit einem einzigen Blick hatte dieser Mann sie entwürdigt.

Er streckte die Hand aus, um über ihre Brustwarze zu streichen, und sie zuckte zusammen, als er seinen Handrücken über die zarte Spitze streifte.

Nichts hätte sie auf das vorbereiten können, was er als Nächstes tat.

Er nahm ihre Brustwarze und drehte sie so fest, dass ihr ganzer

Körper vor Schmerz taumelte. Er kniff fest zu. „Dachtest du, ich wäre dumm genug, nicht zu bemerken, dass du keine Jungfrau mehr bist? Ich bin kein Narr." Er zog erneut an ihrer Brustwarze und ihr Rücken ruckte in Reaktion auf die Qual vom Bett hoch. Seine Stimme wurde nicht einmal lauter, als er redete, was seinen Missbrauch irgendwie nur noch erschreckender machte. „Wer? Wer war es?"

Ihr Vater hatte sie gut darin geschult, Schmerzen auszuhalten, und sie konnte fast alles ertragen, aber das? Das war so viel schrecklicher als alles, was ihr Vater ihr jemals angetan hatte. Trotzdem konnte sie nicht antworten.

„Ich frage noch einmal: Wer war es? Wer hat es gewagt sich zu nehmen, was mir zustand?"

Celestina schüttelte den Kopf. Sie würde niemals Brodies Namen sagen, denn sonst könnte Ivarsson Brodie dafür töten, dass er ihre Unschuld genommen hatte. Niemals. Er würde sie niemals brechen.

„Weißt du, wie viel ich für dich bezahlt habe? Dein Vater war mittellos. Ich habe ihm eine ganze Kammer voller Gold für das Recht auf deine Unschuld bezahlt, und du hast sie einfach einem schottischen Wilden gegeben, nicht wahr?" Er wechselte die Brustwarzen und sein wissendes Grinsen wurde immer breiter. „Er war es, oder? Du hast dich dem Grant-Krieger hingegeben. Deine Unschuld gehörte mir. Ich wollte dich bluten lassen und du hast mir dieses Recht verwehrt."

Sie wimmerte vor Schmerz und biss die Zähne zusammen, um seine Folter zu ertragen, ohne ein Geräusch zu machen, aber schließlich schrie sie doch auf. Da stieß er sie von sich weg, als würde ihn ihre Qual langweilen.

„Es ist nicht nötig, dass du antwortest. Ich weiß, wer es war." Er stand auf und ging zur Tür. „Zieh dich an. Wir gehen. Du wirst mich nicht noch einmal in Verlegenheit bringen. Pack deine Sachen, da wir eine weite Reise vor uns haben. Ich werde dich in einem Turm einsperren, bis du deine Blutung bekommst, um sicherzugehen, dass ich nicht jeden Tag das Kind eines anderen Mannes ansehen muss. Wenn du ein Kind von ihm erwartest, werde ich das Baby töten. Du wirst mich nicht in Verlegenheit bringen, indem du ein Kind gebärst, das mir nicht ähnelt."

Celestina war fassungslos über Ivarssons Wut. Sie konnte gerade erst wieder halbwegs Luft holen, nachdem er ihr so schreckliche Schmerzen verursacht hatte. Sie sank auf ihre Ellenbogen und starrte ihn an.

Er warf ihr einen letzten vernichtenden Blick zu, bevor er ging. „Du wirst für den Rest deines erbärmlichen Lebens mir gehören. Ich kann einen Monat warten. Bis dahin hoffe ich, dass du deine Gefangenschaft genießt."

Die Tür schlug zu und sie fiel zurück auf das Bett.

Wohin brachte er sie? Wie sollte Brodie sie jemals finden?

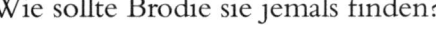

Celestina stand in der Mitte des kalten, kargen Raums und starrte auf die Stützbalken im Turmdach, unter dem sie gefangen war. Dies war der Anblick, der sie jeden Tag beim Aufwachen erwarten würde. Ihr neues Gefängnis drohte sie zu überwältigen, aber sie kämpfte um Ergebenheit und Gelassenheit und wollte nur, dass sich ihre zitternden Beine beruhigten. Sie schloss die Augen, um sich auf die Erinnerungen an Brodie, an sein Lächeln, sein Lachen und sein Versprechen zu konzentrieren. Sie konnte das hier schaffen.

Es fühlte sich an, als würden Ivarssons Worte immer noch von den Steinmauern widerhallen.

„Du hast deine Wahl getroffen. Du wirst hierbleiben, bis ich den Beweis habe, dass du nicht die Grant-Brut in dir trägst. Und dann", er war zur ihr herübergeschlendert, um ihre Wange zu streicheln, „wirst du vielleicht erkennen, wie schön dein Leben sein kann, wenn du einwilligst, dich gut mit mir zu stellen, Lady Ivarsson." Er hatte gegrinst, als er seine Hand zurückgezogen hatte. „Dein Vater versicherte mir, er habe dich gut erzogen. Ich habe meine Zweifel, aber sei versichert: Ich werde dich brechen, meine Liebe. Koste es, was es wolle."

Und damit war er zurück zur Tür gegangen und hatte noch einmal innegehalten. „Du wirst hier eingesperrt sein, bis du blutest. Dein einziger Kontakt wird deine Magd sein, wenn sie dir Essen und Wasser bringt." Nach einer kurzen Verbeugung sagte er kichernd: „Süße Träume, meine Hübsche."

Celestina war also nur von einem Turmgefängnis in ein anderes gebracht worden. Sobald sie allein war, atmete sie etwas auf. Ein

Fuß trat vor den anderen, als sie zu dem Einzelbett ging, das an einer Wand im Raum stand. Als sie sich auf die Seite sinken ließ, stieben Staubwolken auf und sie nieste dreimal. Die klumpige Matratze war nichts im Vergleich zu dem weichen Federbett, auf dem sie letzte Nacht in den Armen ihres wahren Gemahls verbracht hatte.

Mehrere schmale Schlitze in der Steinmauer waren die einzige Lichtquelle im Raum. Auf einem kleinen Tisch stand eine einzige Kerze und den Boden bedeckte ein dunkler, abgenutzter Teppich. Die Kleidertruhe, die ihr Vater geschickt hatte, stand in einer Ecke. Die Kammer hatte sogar einen eigenen Abtritt. Wie praktisch, dass sie überhaupt nicht vor die Tür musste.

Sie rieb sich die Arme und ging zum Kamin hinüber, um sich zu wärmen. Die Kälte in der Kammer sickerte durch ihre Haut und ließ sie erschauern. Sie ging zu ihrer Truhe, um nach einem Schal oder einer Decke zu suchen. Nachdem sie ihre Schultern mit einer dünnen Bettdecke bedeckt hatte, schlurfte sie zurück zum Kamin und kreischte erschrocken auf, als sich ein Spinnennetz in ihren Haaren verfing. Ihre Augen wanderten durch die Kammer, bis sie einen kleinen Besen in der Ecke bemerkte. Sie packte ihn und fegte die Weben weg, bis ihr die Tränen kamen.

Celestina weinte, wie sie es seit Jahren nicht mehr getan hatte. Sie weinte um ihre Mutter, um Brodie und um die Wendung, die ihr Leben an diesem Morgen nach ihrer Hochzeit mit Fredrik Ivarsson genommen hatte. Wie sollte Brodie sie hier jemals finden? Sie wusste selbst nicht, wo sie war, aber die Reise war lang gewesen und sie hatte allein im Wagen gesessen. Nun saß sie auf dem einzigen Stuhl, der am Tisch stand, stützte ihre Arme auf das harte Holz, legte ihre Stirn darauf und weinte, bis sie keine Tränen mehr hatte.

Als sie endlich den Kopf hob, dachte sie an alles, was geschehen war. Es könnte durchaus schlimmer sein. Zumindest musste sie an diesem Abend nicht das Bett dieses Mannes teilen. In seltsamer Weise hatte sich die Untersuchung ihrer Jungfräulichkeit in diesem Sinne als Segen herausgestellt. Sie würde Fredriks schleimige Berührung mindestens vierzehn Tage lang nicht ertragen müssen, und ihr Ehemann, Brodie, hatte versprochen, sie vorher zu holen. Sie dachte an ihre letzte Blutung zurück.

Aye, sie hatte einen wunderbaren Aufschub erhalten.

Aber der Gedanke an das, was er zu tun gedroht hatte, falls sie tatsächlich Brodies Kind in sich trug, ließ sie schaudern. Sie würde einfach auf ihren wahren Ehemann vertrauen müssen. Er würde sie rechtzeitig finden, um eine solche Tat zu verhindern.

Er musste es tun, sonst würde sie mit Gewissheit verrückt werden.

Einige Tage später stand Brodie mit seinem älteren Bruder Robbie und ihren beiden besten Kriegern Nicol und Tomas im Solar der Burg. Vor ihnen saß dieselbe Runde, die Alex und Brodie in der Woche zuvor begrüßt hatte, als sie zum ersten Mal zum König gerufen worden waren, um über den drohenden Krieg zu sprechen: der König selbst, Walter Stewart, Boyd of Kilmarnock und Mure of Rowallan.

König Alexander wandte sich mit gereiztem Ton an Brodie. „Ich versichere Euch, Grant, dass ich nicht weiß, wohin Ivarsson seine Frau gebracht hat. Sie sind noch am Nachmittag ihrer Vermählung aufgebrochen. Was interessiert es Euch? Habe ich Euch nicht geraten, sie zu vergessen, als Ihr Celestinas Namen zum ersten Mal erwähnt habt? Sie ist jetzt seine Gemahlin, und er wird mit ihr machen, was er will."

„Euer Gnaden, bei allem Respekt, schließt das auch ein, sie zu schlagen? Er ist bekannt dafür, ein grausamer Mann zu sein. Sie wurde von einem brutalen Vater erzogen und Ihr habt sie an einen brutalen Ehemann weitergereicht. Wie wollt Ihr wissen, ob er sie gut behandelt, wenn sie nicht in Ayrshire ist?"

Der Blick des Königs drohte ihn zu durchbohren. „Ihr habt das Glück, dass Schottland bald in den Krieg zieht und ich starke Anführer und Wachen brauche. Andernfalls würde ich Euch Eure Unverschämtheit nicht verzeihen. Stellt meine Entscheidungen nie wieder infrage. Sie ist irgendwo in North Ayrshire, aber wo genau, ist nicht wichtig. Das Mädchen gehört Euch nicht. Hier ereignen sich weitaus wichtigere Dinge und Ihr solltet Euch um Eure Arbeit kümmern, nämlich, meine Burg zu beschützen."

Brodie hatte beim Betreten der Burg bemerkt, dass die Zahl der königlichen Wachen sich erhöht hatte. Selbst der Weg durch die Stadt hatte ihn aufgewühlt. Die Leute wuselten hastig umher und viele kauften große Vorräte an Lebensmitteln. Die hektisch umherschießenden Augen der Leute hatten ihm viel über die Angst der Einwohner von Ayrshire verraten.

„Wo ist König Haakon? Habt Ihr Neuigkeiten erhalten?", fragte Robbie.

„Aye. Seine Flotte ist mächtiger als wir zuerst dachten. Haakon hat Berichten zufolge weit über hundert Schiffe und über zehntausend Männer. Dagegen kommen wir nicht an. Er hat in Orkney Halt gemacht, um den St.-Olafs-Tag zu feiern, aber meine Quellen berichten, dass er Orkney bereits verlassen hat und auf die Inseln zusteuert, um Verstärkung zu rekrutieren. Es heißt, Magnus wird König Haakon unterstützen. Noch nie habe ich es derart bedauert, im Recht zu sein. Haakon will meine Autorität durch eine Reihe geplanter Angriffe untergraben."

Boyd of Kilmarnock meldete sich zu Wort. „Wie viele Krieger habt Ihr mitgebracht, Grant?"

„Fast dreihundert", antwortete Robbie. „Alex bereitet weitere Männer vor."

„Wann wird er sie schicken?", fragte Mure of Rowallan. „Natürlich muss er einige zurücklassen, um seine Frau und die Burg zu beschützen, aber wir brauchen alle Männer, die wir bekommen können." Er stand auf und ging durch den langen Raum. Er wurde oft für militärische Diskussionen verwendet und die Binsen auf dem Boden waren ausgetreten.

„Aye", sagte der König, „sendet einen Boten an Grant, um ihn über die Anzahl von Haakons Truppen zu informieren. Wir wissen immer noch nicht, wo er seine Angriffe starten will, außer dass er wahrscheinlich auf den Äußeren Hebriden Halt machen wird, vermutlich auf Lewis."

„Wie viele Männer habt Ihr insgesamt?" Brodie zwang sich, die Möglichkeit eines Krieges zu erwägen. Vielleicht hatte Alex recht. Krieg würde Chaos auf den westlichen Inseln und in den schottischen Dörfern verursachen. Obwohl er nicht wollte, dass sein Land solche Umwälzungen erlitt, würde der Krieg das alltägliche Leben vielleicht genug durcheinanderbringen, damit er Celestina entführen und sie ohne große Konsequenzen in die Highlands führen konnte. Leider würde der Krieg auch bedeuten, dass er auf seinem Posten als Offizier von Ayrshire beschäftigt war.

Brodie vermisste Celestina so sehr, dass es schmerzte. Wie konnte er nach so kurzer Zeit derart an dem Mädchen hängen? Er hatte geplant, die Hochzeit aus der Ferne zu beobachten und sie zwei Nächte später zu holen. Aber als der König ihnen befohlen hatte, ins Dulnain Valley zurückzukehren, um die Krieger zu holen, die sie ihm versprochen hatten, war ihm klar geworden, dass seine Pläne warten mussten. Außerdem hätte er ihre Zeremonie niemals mitansehen können, ohne einzugreifen. Es hätte ihn umgebracht, Ivarsson dabei zuzusehen, wie er seine Frau auch nur mit einem Finger berührte.

Er betete, dass sein Mädchen stark bleiben würde, bis er es schaffte, ihren Standort in Erfahrung zu bringen.

„Im Augenblick haben wir nur zweihundert Männer, aber mit Euren Kriegern sind wir über fünfhundert Mann stark, was mich hoffen lässt, dass wir besser in der Lage sind, zu beschützen, was uns gehört." Der König stand auf und begann auf und ab zu gehen. Mure machte ihm sofort Platz.

Walter Stewart trat vor. „Brodie, wir haben zehn weitere Offiziere eingestellt, um die Burg zu schützen. Wir möchten, dass Ihr diese Gruppe leitet, aber wir planen auch, Euch ins Dorf zu schicken, um über alles, was dort vor sich geht, auf dem Laufenden zu bleiben. Findet heraus, was wir wissen müssen, und bedient Euch jeden Mittels, das nötig ist. Wir glauben, dass es da draußen viele Verräter geben könnte."

Der König fügte hinzu: „Robbie kann sich um die Krieger kümmern. Wenn Ihr reisen müsst, um die nötigen Informationen zu sammeln, senden wir Euch, wohin auch immer es erforderlich ist. Tut, was immer Ihr müsst, um die königliche Burg zu schützen. Was auch immer Ihr braucht, um die Verräter auszurotten – wir werden es Euch zur Verfügung stellen."

Brodie hätte nicht glücklicher sein können. Dieses Arrangement kam seinen Bedürfnissen sehr entgegen. Er würde die Verräter finden, aber noch wichtiger war, dass er seine Frau finden würde.

Er konnte es nicht ertragen, länger von ihr getrennt zu sein.

KAPITEL ZWÖLF

Der glückliche Loki

BRODIE UND NICOL standen im Stadtzentrum und Nicol beobachtete genau ihre Umgebung, während sein Freund jeden Zweig vom Boden aufhob und in Stückchen brach.

„Ich schwöre, wenn du nicht aufhörst, auf und ab zu gehen, wird jeder wissen, was du vorhast", lächelte Nicol.

Brodie blieb lange genug stehen, um seinen Freund anzustarren. „Und ich schwöre, wenn du nicht sofort mit diesem ewigen Grinsen aufhörst, werde ich es dir austreiben."

„Was hast du vor? Ivarsson ist ein reicher Mann und besitzt angeblich mehrere Häuser. Niemand weiß, wohin er sie gebracht hat." Nicol starrte die Straße auf und ab, als wollte er mit seinem Blick Informationen aus den Vorbeigehenden heraussaugen.

„Es muss doch jemand etwas wissen", knurrte Brodie. „Ich kann nicht glauben, dass das schönste Mädchen in ganz Ayrshire aus dem Dorf geritten ist, ohne dass es jemand bemerkt hat." Er suchte nach weiteren Stöcken, um sie zu zerbrechen, fand aber keine. Als er auf eine Baumgruppe zuging, stieß er gegen einen Jungen, der um die Ecke kam.

„Junge, pass doch auf, wo du hinläufst. Du kannst andere nicht einfach so anrempeln", rief Brodie, während er dem Jungen aufhalf.

„Ich habe Euch nicht angerempelt, Mylord. Ihr habt mich umgestoßen."

Die Frechheit des Jungen zauberte ein Lächeln auf Brodies Gesicht. Er musste zwischen sechs und acht Jahre alt sein, aber er stand da, als ob ihm halb Schottland gehörte. Er sah Brodie mit seinen Händen in die Hüften gestemmt herausfordernd an.

Brodie schlang seinen Arm um die Taille des Jungen, hob ihn

hoch und trug ihn unter dem Arm um die Ecke zu Nicol. Der Junge ruderte mit Armen und Beinen, bis Brodie ihn zu Boden sinken ließ. „Sieh, was ich in den Bäumen versteckt gefunden habe, Nicol. Ein kleiner Spion."

„Ich habe nicht spioniert." Das Kinn des Jungen streckte sich ein paar Zentimeter vor und er scharrte verlegen mit den Füßen.

„Doch, das hast du, Junge. Ich habe dich erwischt." Brodie versuchte sein Grinsen zu verbergen, konnte es aber nicht. Freche Jungs erinnerten ihn immer an seine eigene Kindheit.

Der Junge verschränkte die Arme und verzog das Gesicht, als er den großen Mann anstarrte.

„Ich wollte gerade aus meinem Versteck kommen. Ich habe nur gewartet."

„Worauf hast du denn gewartet?" Brodie hob erwartungsvoll die Augenbrauen.

„Ich habe darauf gewartet, dass Ihr bereit seid, mir eine große Münze für mein Wissen zu zahlen. Man muss den richtigen Zeitpunkt abwarten, bis jemand bereit ist, sich von seinem Gold zu trennen."

Brodie warf Nicol einen Blick zu, um seine Reaktion auf den jungen Wicht einzuschätzen. Die Augen seines Freundes funkelten erheitert.

„Und was weißt du, das eine Belohnung wert wäre?" Brodie wartete. Das hier würde sich als unterhaltsam erweisen. Wenn der Junge so gewieft war, wie er schien, könnte er ihn vielleicht benutzen, um ihnen zu helfen, die Verräter zu finden. Eine Vielzahl von Möglichkeiten kam ihm in den Sinn.

„Ich weiß über den Engel Bescheid."

Die Worte waren wie ein Schlag in die Magengrube für Brodie. Über den Engel? *Seinen* Engel? Er streckte die Hand aus und hob den Jungen vom Boden auf, bis sein Gesicht nur noch einen Zentimeter von seinem entfernt war.

„Welcher Engel? Raus damit, Junge, wenn du an deiner Zunge hängst."

Nicol packte ihn am Arm. „Ganz ruhig, Grant. Ich bin sicher, der Junge will es dir sagen. Setz ihn ab und lass ihn reden." Er zwinkerte Brodie zu. „Und wenn er es nicht verraten will, können wir ihn für eine Weile in diesem Baum sitzen lassen."

Obwohl er den sich windenden Jungen zwischen sie stellte, hielt Brodie ihn mit einer Hand fest. Er konnte es nicht riskieren, ihn zu verlieren, falls er sich entschied, abzuhauen. „Wie heißt du?"

Der Junge zerrte erfolglos an Brodies Hand. „Lasst mich los und ich werde es Euch sagen."

„Wohl kaum. Du wirst es mir jetzt sagen", drohte Brodie.

„Oh, lasst los! Bildet mich aus, um ein Grant-Krieger wie Ihr zu sein, und ich werde Euch alles erzählen, was ich weiß."

Brodie drückte seinen Arm ein bisschen fester. „Sag mir zuerst deinen Namen, dann werden wir verhandeln."

„Nun entspannt Euch doch! Loki, ich heiße Loki."

Brodie lockerte seinen Griff, ließ den kleinen Kerl aber nicht vollständig los. Er traute dem Lümmel kein bisschen.

„In Ordnung, Loki", sagte er. „Von welchem Engel sprichst du? Wenn es der Engel ist, den wir suchen, werde ich in Betracht ziehen, dich auszubilden."

„Sie ist der Engel von Ayrshire. Jeder kennt sie. Sie hat lange goldene Haare. Ihr Vater hielt sie im Turmhaus am Ende dieser Straße eingesperrt. Wir konnten sie ab und zu im Turm sehen. Ich habe sie dort beobachtet. Der traurige Engel."

„Und du weißt, wo sie jetzt ist?"

„Klar, ich weiß alles, was in dieser Stadt vor sich geht. Ich sah, wie der gemeine Bastard sie in einen großen Wagen zwang. Es war der größte, den ich je gesehen habe."

„Du hast eine ziemlich große Klappe für einen so jungen Burschen. Selbst wenn das, was du sagst, stimmt, heißt das noch nicht, dass du weißt, wohin der Wagen gefahren ist."

„Ha! Ich habe Euer Mondgesicht bemerkt, wann immer sie in der Nähe war, also habe ich beschlossen, ihr zu folgen."

Nicol lachte auf und Brodie war sprachlos. Sein Mondgesicht? „Lüg mich nicht an, Junge. Du bist ihr gefolgt, um den Mann zu bestehlen."

„Oh, das auch." Er schürzte die Lippen. „Aber Ihr seid leicht zu durchschauen. Ihr würdet ihr überall hin folgen. Ihr fragt Euch vielleicht, wie ich es angestellt habe. Nun, ich stieg unter dem Wagen in die Kiste und bin mitgefahren. Es war einer dieser feinen Karren mit einem separaten Raum darunter. Aye, ich weiß, wo sie ist, aber es wird Euch etwas kosten, Meisterkrieger. Ich wusste, dass Ihr sie suchen würdet. Ihr müsst mir versprechen, mich auszubilden."

Nicols Lachen hallte von den Bäumen wider. Dieser Junge hatte wirklich Mumm, das musste Brodie ihm lassen. Er war clever für sein Alter. Vielleicht könnte er ihnen tatsächlich von Nutzen sein.

„Einverstanden. Wo sind deine Eltern? Ich muss mit ihnen sprechen, bevor ich dich zu meinem Schüler machen kann."

„Ich habe keine Eltern, weder Mutter noch Vater."

„Wo sind sie, Loki? Krieger lügen nicht." Brodie schüttelte ihn sanft.

„Ich lüge nicht. Meine Mutter ist bei meiner Geburt gestorben. Meinen Vater habe ich nie kennengelernt."

Der Junge verstummte und starrte nach diesem Eingeständnis auf den Boden. Brodie hörte ein lautes Knurren aus seinem Bauch. „Und wo lebst du?"

„Da drüben", sein schmutziger Finger zeigte hinter ein nahes Gasthaus. „Ich habe da hinten eine Holzkiste, unter der ich mich im Regen verstecken kann. Ich komme schon klar. Ich kann auf mich selbst aufpassen. Aber ich möchte ein Grant-Krieger sein, wie ich schon sagte. Es heißt, Ihr seid die größten und besten Krieger aller Schotten. Ich habe Euch neulich zur königlichen Burg reiten sehen. Und ich habe den größten Laird im ganzen Land gesehen – Euren Laird, Alexander Grant. Ich möchte wie Ihr und Grant sein. Ich verspreche, hart zu arbeiten."

Brodie seufzte. Der Junge lebte auf der Straße und litt Hunger. „Nicol, hol dem Jungen eine Fleischpastete." Er gab seinem Freund eine Münze, bevor er seine Aufmerksamkeit wieder auf den Kleinen richtete. „Versprichst du mir, nicht wegzulaufen, wenn ich dir etwas zu essen gebe? Hier, ich habe einen Haferkuchen für dich, bis Nicol mit dem Essen zurückkommt."

Der Junge nickte nachdrücklich und Brodie sah fast, wie Loki das Wasser im Mund zusammenlief. Er packte sein Genick und setzte sich mit ihm unter eine nahe Eiche. Verdammt, warum ging ihm der Junge so zu Herzen? Und seit wann ließ sich sein Herz überhaupt rühren? So etwas geschah doch nur Mädchen ... oder zumindest hatte er das gedacht, bevor er Celestina begegnet war.

Loki griff nach dem Haferkuchen, murmelte ein Dankeschön und stopfte ihn blitzschnell in seinen Mund. Brodie dachte an seine beiden Neffen, Alex' Söhne. Was wäre, wenn sie hungern müssten?

Nicol kam mit der Fleischpastete und einem süßen Gebäck zurück. Brodie verdrehte die Augen. Anscheinend war er nicht der Einzige mit einem weichen Herzen.

Nachdem der Junge glücklich seine Belohnung genascht hatte, saßen Brodie und Nicol neben ihm im Gras. „In Ordnung, Junge. Wir werden dich ausbilden, aber du musst uns alles erzählen, was du über den Engel weißt, sobald du aufgegessen hast." Sie warteten geduldig, während der Junge sein Essen verschlang und ab und zu zufrieden schmatzte. Er wollte gerade das Gebäck verdrücken, als Brodie ihn zurückhielt.

„Oh nay, noch nicht. Zuerst rückst du mit der Sprache raus. Wohin hat der Mann den Engel gebracht?"

Der Junge starrte das Gebäck so sehnsüchtig an, dass Brodie den Blick abwenden musste. „Verdammt", murmelte er Zähne knirschend.

„Er hat sie in den Norden gebracht. Es gibt nördlich von hier eine alte Burg namens Creggan Hall mit einem Turm. Sie ist ungefähr eine Tagesreise mit dem Pferd entfernt, in der Nähe von Largs. Er hat sie in den Turm gesperrt."

„Er hat sie eingesperrt? Aber warum?"

Loki streckte die Hand nach dem Gebäck aus. Der Junge hatte ein gutes Gespür für den richtigen Zeitpunkt, das musste er ihm lassen. Er gab ihm den Leckerbissen.

Der Junge leckte das Sahnehäubchen ab, bevor er sprach. „Aye, er hat sie eingesperrt und er sagt, er wird sie nicht freilassen, bis er weiß, dass sie kein Baby trägt."

„Wie zum Teufel hast du das alles herausgefunden?" Brodie warf Nicol einen Blick zu. Könnte es wahr sein? Es ergab Sinn. Pater Padraig musste Ivarsson auf diese Idee gebracht haben. Er würde nachts besser schlafen, wenn er nicht daran denken müsste, dass dieser Mann seine Frau anfasste. Perfekt. Je mehr er über das Arrangement nachdachte, desto besser gefiel es ihm. Sie wäre mindestens vierzehn Tage lang in Sicherheit, was ihm genügend Zeit gab, sie zu entführen.

„Ich klopfte an die Hintertür und die Köchin gab mir Essensreste. Ich habe die Küchenmädchen darüber tratschen hören."

Eine Idee nahm in Brodies Kopf Gestalt an. Er grinste Nicol an, bevor er sprach. „Aye, Junge, hier ist der Plan. Du musst mir beweisen, dass du ein harter Arbeiter und klug bist. Findest du den Weg zurück zum Turm, wenn Nicol dich auf seinem Pferd mitnimmt?"

„Aye."

„Dann ist dies deine Aufnahmeprüfung. Ich habe etwas, das du dem Mädchen bringen musst. Dann musst du mit dem Beweis zurückkehren, dass sie es erhalten hat." Er nickte, während er sprach, plötzlich aufgeregt über diese neue Aussicht. „Wenn du Erfolg hast, beginnen wir mit deiner Ausbildung."

„Aye, Meister. Ich werde es tun." Loki zeigte auf Nicol. „Ihr habt sein Versprechen gehört."

„Junge, ich bin ein Grant. Ich breche mein Wort nicht. Mein Name ist Brodie, nicht Meister. Und das hier ist Nicol."

„Aye, Meister Brodie, sagt mir, was ich tun soll. Aber Ihr müsst mir auch zu Essen geben." Loki grinste ihn an. „Macht Euch keine Sorgen. Man nennt mich nicht umsonst den glücklichen Loki."

KAPITEL DREIZEHN

Die Welt verändert sich

CELESTINA GING IN ihrer Turmkammer auf und ab. Ihr Leben hier war nicht so schlimm, nur langweilig. Fredrik ließ sie in Ruhe und gab sich damit zufrieden, auf ihre Monatsblutung zu warten, bevor er sie belästigen würde. Inga durfte zweimal am Tag Essen und Wasser heraufbringen und ihr helfen, ihr Gefängnis sauber zu halten. Jeden Tag hatte sie die Hoffnung, von Inga Neuigkeiten über Brodie zu erhalten, aber die Tage verstrichen ohne Nachricht von ihm. Inga hatte ein kleines Buch stibitzt, damit Celestina darin lesen konnte. Sie versteckte es in ihrem Bett und hoffte, Fredrik würde nie herausfinden, dass sie lesen konnte.

Sie dankte Gott für die kurze Zeit, die sie und ihre Mutter zusammen verlebt hatten. All die Jahre, die sie allein in ihrer Kammer verbracht hatte, waren nur wegen ihrer Bücher erträglich gewesen. Pater Padraig und Inga hatten es immer geschafft, etwas zum Lesen für sie aufzutreiben. Das und ihre Handarbeiten waren ihr einziger Zeitvertreib gewesen.

Ein Kratzen im Abtritt ließ sie innehalten. Was um alles in der Welt war das? Sie beugte sich zu dem Geräusch hinüber und wollte sich nicht bewegen, bis sie herausgefunden hatte, woher es stammte. Das Geräusch wurde lauter, und noch schlimmer, es schien die Turmwand hinaufzukommen! Erschrocken hielt sie die Luft an. Was, wenn ein Tier oder vielleicht eine Schlange ihren Weg in ihr Kammer fand? Sie suchte nach dem Besen, packte ihn und hielt ihn vor sich, als würde er sie beschützen.

Niemand würde sie schreien hören. Sie zwang sich zu ein paar tiefen Atemzügen und erinnerte sich daran, dass sie im Grunde genommen seit ihrem siebten Lebensjahr allein war. Das hier war nichts anderes. Sie konnte und würde sich allem stellen, was sie erwartete. Ihr Herzschlag beschleunigte sich, als der Lärm zunahm. Sie zwang sich, näher an den Abtritt heranzugehen, und spitzte die Ohren. Das Kratzgeräusch kam definitiv von innen. Sie dachte daran, die Öffnung abzudecken, brachte es aber nicht über sich, näherzutreten. Ihr Mut wich und sie schreckte zurück. Schweiß lief ihr die Brust herab, als eine Prozession albtraumhafter Kreaturen durch ihre Fantasie marschierte. Plötzlich verstummte das Geräusch und sie seufzte erleichtert auf.

Dann tauchte auf einmal ein kleines Gesicht durch die Öffnung auf und ein kleiner Bengel landete direkt vor ihr.

Als der Junge seinen Finger an seine Lippen hielt, um sie zum Schweigen zu bringen, hielt sie inne. Eine Schlange oder eine Fledermaus hätten sie vielleicht zum Schreien gebracht, aber nicht ein Kind. Der kleine Junge war das niedlichste Kind, das sie seit Langem gesehen hatte, obwohl sie nicht viele Kinder kannte, mit denen sie ihn vergleichen konnte.

Celestina trat an den Tisch zurück, ohne den Jungen aus den Augen zu lassen. Als sie ihren Stuhl erreichte, drehte sie ihn und setzte sich ihm gegenüber. Nach einem Moment schlenderte der Junge zu ihr und flüsterte: „Guten Morgen, Engel. Ich bin der glückliche Loki. Mein Meister hat mich geschickt. Meister Brodie." Er kicherte und brachte sich dann zum Schweigen. „Wir müssen leise sein. Wenn ich erwischt werde, wird der Meister mich nicht zum Grant-Krieger ausbilden."

Celestina ignorierte den Geruch, der von dem Kleinen ausging, schluckte und lächelte den Jungen an. „Brodie? Du kennst meinen Gemahl, Brodie Grant?"

„Aye, er hat mich geschickt. Seht, was ich für Euch habe."

Der Bengel trat näher und hob sein Hemd hoch. Eine Notiz mit ihrem Namen darauf war zusammen mit mehreren Blättern leeren Papiers an seinem Bauch befestigt. „Das ist für Euch, Fräulein Engel. Nehmt die Blätter." Er streckte seinen kleinen Bauch vor und hob sein Hemd hoch über seinen Kopf.

Mit zitternden Händen löste sie die Schnur, doch es gelang ihr, die Papiere aufzufangen und auf den Tisch zu legen, bevor sie zu Boden fielen. Der Junge zog sein Hemd wieder herunter und reichte ihr eine Feder. „Meister Brodie sagt, ich muss auf

Eure Antwort warten. Er sagt, Ihr könnt schreiben. Stimmt das, Fräulein Engel?"

„Aye." Sie griff nach der Feder, immer noch fassungslos über das Erscheinen des Jungen, der mitten in ihrem Turmgefängnis stand. „Wie bist du hierhergekommen? Woher kommst du? Wie war nochmal dein Name?"

Er kicherte und ließ sich ohne zu fragen auf das Bett fallen. „Mein Name ist Loki. Meister Brodie schickte mich mit dieser Nachricht. Wenn ich ihm eine Nachricht von Euch zurückbringe, werden er und Meister Nicol mich zum Grant-Krieger ausbilden. Das hat er mir versprochen."

„Aber wie bist du hier hereingekommen?"

„Oh, das war einfach. Ich bin die Sprossen am Abtritt hochgeklettert."

Celestina rümpfte die Nase bei dem strengen Geruch, der von dem Jungen ausging. „Es gibt Sprossen im Abtritt?"

„Oh, aye, man kann sich im Falle eines Angriffs hinausschleichen. Ihr natürlich nicht, weil Ihr zu groß für das kleine Loch seid. Ich habe versucht, die Holzplatte zu bewegen, aber sie ist festgenagelt. Aber ich kann mich anschleichen." Er kicherte und sank auf das Kissen. „Ich werde meine Augen nur ein wenig ausruhen, während Ihr lest und schreibt, wenn es Euch nichts ausmacht. Weckt mich, wenn Ihr bereit seid, und ich werde Euren Brief zu Meister Brodie zurückbringen. Er hält mich sehr beschäftigt, wisst Ihr?" Er schloss die Augen und lehnte sich zurück.

Celestina lächelte den Jungen auf ihrem Bett an. Er war bei Weitem das Lieblichste, was sie jemals bei sich gehabt hatte. Es waren nur selten Kinder in ihre Welt getreten, und dieser Junge war definitiv das Beste, was ihr passiert war, seit man sie hier eingesperrt hatte. Sie griff nach der Notiz auf dem Tisch, hielt aber inne, fast ängstlich, sie zu öffnen. Hatte Brodie seine Meinung über sie geändert, nachdem die Hochzeit mit Ivarsson tatsächlich stattgefunden hatte? Sie schloss die Augen und sprach ein schnelles Gebet dafür, dass er sie immer noch liebte und ihr helfen würde, aus diesem Gefängnis zu entkommen.

Als würde er ihre unruhigen Gedanken spüren, öffnete Loki die Augen. „Keine Sorge, er ist total verliebt in Euch, Fräulein Engel." Er nickte und schloss die Augen wieder.

Celestina lächelte über die Erklärung des Jungen, griff nach der Notiz und faltete sie vorsichtig auseinander.

Meine Liebe,
es tut mir leid, dass es so lange dauert. Ich werde es später erklären, aber gib nicht auf. Ich werde dich retten. Vertraue dem glücklichen Loki. Er wird zu mir zurückkehren. Ich muss wissen, dass es dir gut geht und du unversehrt bist. Jetzt, da ich weiß, wo du bist, werden Nicol und ich deine Rettung planen. Hat er dir wehgetan? Hat er vor, dich an einen anderen Ort zu bringen?
Glaube an mich und sei stark. Ich liebe dich und vermisse dich. Schreib mir alles, damit ich weiß, dass es dir gut geht. Jetzt, wo ich dich gefunden habe, werde ich Loki mit Neuigkeiten über meine Pläne zurückschicken.
Dein treuer Ehemann.

Eine verlorene Träne lief über ihre Wange, bevor sie sie weg-wischte. Er hatte sie als „meine Liebe" bezeichnet. Sie würde diesen Brief für immer wertschätzen. Also liebte er sie und plante, sie zu retten. Wie hatte sie nur solches Glück gehabt, diesen wunderbaren Mann kennenzulernen und mit ihm die Handfeste zu schließen? Sie starrte an die Decke und sprach ein kurzes Dankgebet, bevor sie fortfuhr. Ihre zitternde Hand hob das Pergament und die Feder auf und begann zu schreiben.

An meinen geliebten Ehemann,
ich liebe und vermisse dich so sehr, dass es mir Angst macht. Sei bei allem, was du tust, vorsichtig, denn ich könnte es nicht ertragen, dich zu verlieren. Er hat mich noch nicht berührt. Er wartet ab, ob ich dein Kind erwarte. Soweit ich weiß, gibt es keine Pläne, mich an einen anderen Ort zu bringen, aber ich habe ihn seit unserer Hochzeit nicht mehr gesehen. Ich sehe Inga zweimal am Tag. Bitte beeile dich und sei vorsichtig, denn er ist in der Tat ein böser Mann. Bitte kümmere dich gut um unseren Boten Loki. Er ist ein süßer Junge.
Deine dich liebende Ehefrau.

Celestina musste beim Wort „Ehefrau" lächeln. Wie sehr sie sich wünschte, sie könnte dem Mann, der ihre Welt auf den Kopf gestellt hatte, oder besser gesagt, der sie endlich geradegerückt hatte, eine normale Ehefrau sein. Er hatte ihr Hoffnungen und Träume gegeben, von denen sie so wenig geahnt hatte. Sie warf einen Blick auf den schlummernden Jungen auf ihrem Bett. Durfte sie darauf hoffen, ein süßes Kind mit Brodie zu haben? Wie leer war ihr Leben gewesen, bis Brodie Grant an diesem schicksalhaften Tag unter ihrem Fenster aufgetaucht war.

Durfte sie wagen, davon zu träumen, dass sie und Brodie eines Tages mit einem Kind gesegnet werden würden, ähnlich diesem Jungen auf ihrem Bett? Obwohl sie ihn erst seit ein paar Minuten kannte, wusste sie, dass sie kämpfen würde, um diesen Jungen zu beschützen, der sich solche Mühe gegeben hatte, um ihr zu helfen. Sie streckte die Hand aus und strich über seine Haare, worauf er die Augen aufriss.

„Seid Ihr fertig mit Eurer Nachricht, Fräulein Engel? Ich werde sie mitnehmen, damit ich ein Krieger sein kann. Ihr werdet sehen, dass ich der Beste im ganzen Land sein werde."

Lokis Grinsen drang direkt in ihr Herz. Er hob sein Hemd wieder und sie befestigte vorsichtig das kleine Bündel für ihren Mann auf seiner winzigen Brust.

„Brodie sagt, Ihr sollt die Schreibsachen behalten, falls Ihr ihm eine Notiz schreiben müsst, bevor ich zurückkomme."

Sie nickte und versteckte die Dinge in den Falten ihres Rocks. Der Junge ging zum Abtritt und kletterte auf den Sitz. „Warte, Junge!"

Loki sah zu ihr auf, wartete und stützte sich auf dem Holzsitz ab.

„Bitte erlaube mir, dich für deine Bemühungen zu umarmen. Ich habe dir nichts anderes anzubieten."

Loki kehrte zurück, stellte sich mit den Armen an seiner Seite vor sie und strahlte sie verlegen an. „Aye, aber nur, wenn Ihr darauf besteht."

Celestina grinste und bemerkte, dass der Junge sich genauso nach einer herzlichen Umarmung sehnte wie sie. Als sie ihn endlich losließ, huschte er hinüber, um wieder auf den Holzsitz zu klettern, aber im letzten Moment drehte er sich um. „Meister Brodie wusste nicht, wie ich in den Turm gelangen soll, aber ich habe ihm gesagt, dass der glückliche Loki schon einen Weg finden würde. Ich komme wieder, Fräulein", flüsterte er mit einem breiten Lächeln.

Celestina ließ sich auf ihren Stuhl zurückfallen und seufzte. Ihr Mann hatte eine weitere gute Seele in ihr Leben gebracht.

Der August hatte die Beziehung zwischen Schottland und Norwegen bislang nicht verbessert. Brodie seufzte, als er seinen König in dessen Burg erwartete. Frustriert darüber, dass er sein Versprechen, Celestina innerhalb einer Woche zu retten, nicht einhalten konnte, kämpfte er um eine gefasste Haltung, die er brauchte, um seinen guten Stand beim König der Schotten nicht zu verlieren. Dank Loki machten sie jetzt zumindest Fortschritte. Celestina wurde in Creggan Hall in Largs gefangen gehalten, sie war in Sicherheit und noch hatte Lord Ivarsson sie nicht berührt.

Bei der Suche nach ihr waren Brodie und Nicol auch auf andere nützliche Informationen gestoßen. In Ayr war ein mutmaßlicher Verräter gesehen worden, der mit den Schwarzkutten gesprochen hatte. Dies war an sich nicht ungewöhnlich, da die Schwarzkutten die auserwählten Abgesandten zwischen den beiden Königen waren. Aber einer der Pater war mit einem Verdacht zu ihm gekommen. Er und Nicol hatten viel Zeit damit verbracht, dem mutmaßlichen Mönch zu folgen, in der Hoffnung, die Identität des Verräters aufzudecken. Bis jetzt hatten sie noch keine Gewissheit, weshalb er Walter Stewart noch keine Meldung gemacht hatte.

Eine Gruppe von Offizieren und Soldaten, darunter Mure und Boyd, war auf Befehl des Königs in die Burg gekommen, hoffentlich weil der König Neuigkeiten hatte. Während Brodie im Solar stand und auf Alexander wartete, spürte er, dass die Spannung unter seinen Kameraden seit der letzten Begegnung angewachsen war.

Robbie sprach zuerst. „Mir gefällt die Stimmung hier nicht, Brodie. Immer mehr Adlige kommen zusammen mit Lairds und Anführern. Hier gibt es einige Lairds, die ich nicht kenne. Das ist kein gutes Zeichen für die Schotten."

Brodie kratzte sich am Kinn. „Aye, aber je mehr sich zum Kampf versammeln, desto besser sind unsere Chancen. Gerüchten zufolge segeln über zwanzigtausend Männer auf Schottland zu. Wer weiß, wo sie angreifen werden?"

Beide richteten ihre Aufmerksamkeit auf die Tür, als von draußen Stimmen vernehmbar wurden. Walter Stewart riss die Tür auf und trat zuerst ein. Nachdem er einen Blick in die große Bibliothek geworfen hatte, trat er zurück, damit der König sicher eintreten konnte. Ihm folgte Alexander of Dundonald, ein hoher Verwalter und Berater des Königs.

Sofort herrschte Stille und die Gruppe wartete auf die Nachrichten ihres Königs. Dass Alexander of Dundonald den König begleitete, war ein Zeichen für den Ernst der Lage.

Der König ließ sich auf seinen Platz hinter seinem Schreibtisch sinken, bevor er sprach.

„Werte Herren, ich will Euch über die Ereignisse auf dem Laufenden halten, damit wir mit vereinten Kräften das Land unserer Vorfahren beschützen können."

Er winkte mit der Hand und zwei Bedienstete brachten Bier und trugen Platten mit Käse und Obst herbei. Brodie und sein Bruder nahmen jeder einen Krug und setzten sich auf Anweisung des Königs auf ein nahes Sofa.

Als die Diener gingen und die Tür hinter sich schlossen, wurde es still im Raum. „Wir haben die Nachricht erhalten, dass König Haakon mit ungefähr einhundertzwanzig Schiffen auf den Hebriden angekommen ist. König Dougal hat sich ihm angeschlossen und Magnus von der Insel Man plant, sich ihnen ebenfalls anzuschließen. Heute kam ein Bote der Schwarzkutten, die die ausgewählten Abgesandten in diesem Fall sind, mit einer Nachricht an, die keine Zugeständnisse von Haakon enthielt."

Brodie sah in die Runde. Wie würde die Gruppe reagieren? Ein Krieg schien unvermeidlich, wenn Haakon nicht einlenkte. Aber selbst mit all den Kriegern seines Bruders würden sie niemals annähernd den zwanzigtausend Männern des Feindes entsprechen. Und wie viele würde Haakon noch auf den Inseln rekrutieren? Brodie wurde flau im Magen. Er und seine Brüder wussten bereits, dass König Alexander III. keinen Rückzieher machen würde. Vielleicht würde er nicht alle Gebiete erobern, auf die er hoffte, aber er würde nicht aufhören, bis er nicht wenigstens Kintyre wiedererlangt hatte. Obwohl Alexander derzeit in einer Defensive war, hoffte er, dass er Haakon noch genug Angst einflößte, um die Kontrolle über einige der Westlichen

Inseln zurückzugewinnen.

Aber gab dies Brodie nicht die Chance, seine Frau zu retten? Wenn sein König sich auf den Krieg konzentrierte, würde er sich da noch um ein unbedeutendes Mädchen kümmern? Vielleicht würde er noch ein paar Tage warten, um sicherzugehen. Alex hatte ihm immer wieder geraten, sein Temperament zu zügeln und geduldig zu sein.

Robbie hatte ihn daran erinnert, wie oft er als Junge dafür gehänselt worden war, dass er kleiner war als einige der anderen Jungs. Sein Vater hatte ihm gesagt, er solle geduldig sein, dass er eines Tages die anderen einholen würde, aber er hatte oft die Beherrschung verloren und sich mit einem älteren Jungen angelegt. Fast immer hatte er diese Kämpfe verloren. Er lächelte, als er daran dachte, wie oft sein Vater ihn aufgehoben und seine Wunden gereinigt hatte, während er versucht hatte, ihm die eine Tugend zu vermitteln, die ihm so sehr fehlte – Geduld. Wenn sein Vater jetzt hier wäre, würde er ihm beweisen, dass er ihm gut zugehört hatte. Er würde Celestina erst dann holen, wenn der richtige Zeitpunkt gekommen war, denn es war entscheidend, dass ihre Rettung reibungslos verlief.

Der König musste so sehr mit den schottischen Staatsangelegenheiten beschäftigt sein, dass er sich nicht um ihn scherte. Das Geld hatte bereits direkt nach der Hochzeit den Besitzer gewechselt und der König musste inzwischen die Unterstützung erhalten haben, die er von den norwegischen Vasallen brauchte. Brodie würde Celestina mit Nicol und ein paar anderen Männern in das Land der Grants schicken. Maddie würde sie mit offenen Armen empfangen und sie würde dort auf ihn warten.

Oder etwa nicht? Wenn sie von anderen Menschen umgeben wäre, die sie liebten und schätzten, würde sie ihn immer noch wollen? Das Mädchen war so behütet aufgewachsen, dass sie behauptet hatte, sich in weniger als einer Woche in ihn verliebt zu haben. Würde diese starke Bindung anhalten, wenn sie Männer kennenlernte, die ihr mehr zu bieten hatten? Sie war die Tochter eines Barons. Selbst Robbie hatte ihr mehr zu bieten. Würde sie sich in seinen Bruder verlieben, wie viele der Mädchen, die er in der Vergangenheit zu umwerben versucht hatte?

Er schüttelte den Kopf, um seine dummen Gedanken zu verjagen. Celestina liebte ihn genauso wie er sie liebte. Dessen war er sich sicher. Loki hatte ihm erzählt, wie glücklich „Fräulein Engel" gewesen war, seine Nachricht erhalten zu haben. Sie hatte Tränen in den Augen gehabt, als sie seine Notiz gelesen hatte. Das musste doch ein gutes Zeichen sein. Er wusste nicht genau warum, aber er vertraute dem jungen Burschen.

Alexander of Dundonald riss ihn aus seinen Gedanken. „Unsere Antwort ist, dass es keine Konzessionen gibt", sagte er. Einige der Versammelten jubelten leise. „Wir wollen unser Land zurück und wir werden darum kämpfen, wenn wir müssen, so Gott uns helfe."

Walter Stewart sprach als Nächster. „Bereitet Euch alle darauf vor, unsere königliche Burg notfalls mit Eurem Leben zu verteidigen. Wir erwarten, dass Haakon die Inseln des Firth of Clyde hinauf nach Ayr reisen wird, sobald er seine Kräfte gesammelt hat. Wir erwarten, dass die königliche Stadt ein Hauptangriffsziel sein wird. Wir müssen bereit sein."

König Alexander fragte: „Wie viele Krieger haben wir bislang versammelt?"

Boyd antwortete. „Ungefähr tausend, weitere sind unterwegs. Wir kommen nicht einmal annähernd an die zwanzigtausend heran, die in unsere Richtung segeln."

Der König gluckste. „Es gibt etwas, das Ihr in Kriegszeiten nie vergessen dürft. Glaubt niemals den Geschichten über Euren Gegner. Die andere Seite wird immer Gerüchte schüren und ihre tatsächliche Anzahl mindestens verdoppeln. Meine Vermutung ist, dass es nicht mehr als fünftausend Männer sein können, aber unabhängig davon müssen wir vorbereitet sein. Unsere Männer sollen im Umgang mit Schwertern, Kampfäxten und Bögen ausgebildet werden und sowohl zu Fuß als auch zu Pferd kämpfen können. Ich bereite auch unsere Schiffe auf den Krieg vor. Wir müssen für jede mögliche Art von Angriff bereit sein."

Er sah in die Runde, bevor sein Blick auf Robbie fiel. „Der Rest von Euch darf gehen. Grant, ich muss mit Euch sprechen." Er kam herüber und stellte sich vor Robbie. „Sagt Eurem Bruder Bescheid. Ich will die Botenpferde zusammen mit weiteren hundert seiner Krieger so schnell wie möglich hier sehen."

„Aye, Euer Gnaden, ich werde einen Boten senden." Robbie

nickte, bevor er aufstand. Er wartete, während sich die Gruppe langsam auflöste. „Wen soll ich schicken? Bevorzugt Ihr jemanden?"

„Die Schwarzkutten. Schickt sofort einen von ihnen zu Eurem Bruder."

Robbie nickte dankend.

„Und sagt Eurem Bruder, dass ich ihn persönlich hier erwarte. Das ist ein Befehl."

Brodie warf Robbie einen Blick zu. Das waren keine guten Neuigkeiten.

KAPITEL VIERZEHN

Ein Fenster zur Seele

CELESTINA SASS AN ihrem Tisch und strich das Pergament vor sich glatt. Sie hatte beschlossen, Brodie eine Nachricht zu schreiben, damit sie Loki bei seiner Rückkehr etwas geben konnte. Sie schwor sich, das Leben des Jungen niemals zu gefährden, und obwohl es unwahrscheinlich war, dass er in ihrer Kammer erwischt wurde, da niemand außer Inga sie besuchte, wusste sie, dass es nicht sicher für ihn war, lange in der Turmkammer zu verweilen.

Mein liebster Ehemann,
du sollst wissen, dass es mir gut geht, soweit das ohne dich an meiner Seite möglich ist. Ich vermisse deine Berührung und das Gefühl deiner Arme, die mich in deine Wärme hüllen. Leider muss ich dir sagen, dass ich kein Kind unserer Verbindung erwarte, aber Inga hat Ivarsson über meine Blutung belogen, um ihn in Schach zu halten. Er nimmt das vorerst so hin, aber bitte beeile dich.

Inga kam in die Kammer gestürmt und riss sie auf die Beine. Sie stopfte ihr ohne weitere Erklärung eine gefaltete Decke in das Oberteil ihres Kleides.

„Inga, was machst du da?"

„Fragt nicht, tut einfach, was ich sage. Ich muss mich beeilen." Sie band die Decke mit Leinenstreifen fest und rannte zur Tür zurück. „Und versteckt das da", sagte sie und zeigte auf die Nachricht in Celestinas Hand, „er ist auf dem Weg zu Euch."

Celestinas Hand zitterte, als sie das Pergament faltete und es zusammen der Feder unter der Matratze versteckte. Verwirrt starrte sie auf ihren gepolsterten Bauch. Sie vertraute ihrer Magd blind, also musste Inga einen Grund gehabt haben, etwas derart Seltsames zu tun. Aber was konnte es sein?

Das Geräusch schwerer Schritte, die sich ihrer Tür näherten, verjagten sofort all ihre Gedanken und ließen nur Angst zurück. Sie wirbelte herum, als die Tür aufschlug, und ihr Atem stockte, als sie Ivarsson mit einem Mann sah, den sie nicht kannte. Bittere Galle drohte, in ihren Hals zu steigen, als sie sich an die Scham erinnerte, die sie mit dem drahtigen Arzt hatte ertragen müssen. Welche weitere Demütigung hatte er für sie geplant?

In Fredriks Augen lag sein üblicher verkorkster Humor. Sein kahlköpfiger und muskulöser Begleiter stand breitbeinig und mit verschränkten Armen an der Tür und sein Blick wich ihr aus. Sein Gesicht war ausdruckslos.

Unbewusst schaltete Celestinas Körper in den Schutzmodus um, ein Mechanismus, den sie entwickelt hatte, um die Brutalität ihres Vaters zu überleben. Sie kannte die Zeichen gut: Ihr Verstand war benebelt, ihr Herzschlag beschleunigte sich und ihre Sicht war getrübt.

Ivarsson kam zu ihr hinüber, ohne sie aus den Augen zu lassen. Schweiß brach auf ihrer Stirn aus und sammelte sich zwischen ihren Brüsten. Der Ausdruck in seinen Augen erschreckte sie, aber sein Verhalten sagte ihr noch mehr. Er hatte es satt, zu warten ... und er war alles andere als glücklich. Sie blieb stehen, die Hände vor sich gefaltet – so wie ihr Vater sie immer angewiesen hatte, wenn sie seine Strafe erhalten sollte. Irgendwie wusste sie, was auf sie zukam. *Herr, bitte hilf mir, das durchzustehen.*

„Deine Magd sagt, dass deine Blutung noch nicht eingesetzt hat. Ist das wahr, *meine Liebe*?"

Die Art und Weise, wie er die Worte „meine Liebe" aussprach, ließ sie frösteln. „Aye." Keine anderen Worte kamen ihr in den Sinn, außer *Herr, gib mir Kraft.*

Er riss ihren Rock auf der Vorderseite nach oben, schloss die Augen und steckte sein Gesicht zwischen ihre Beine. „Und du hast sie jetzt auch nicht, sonst könnte ich es riechen." Celestina schnappte nach Luft über sein unverschämtes Verhalten und den derben Kommentar und versuchte, ihren Rock herunterzuziehen. Sobald sein Kopf wieder aufgetaucht war, packte er ihre Hände und verdrehte sie schmerzhaft. „Fass mich niemals ohne meine Erlaubnis an", knurrte er, „und versuche niemals, mich daran zu hindern, mit meinem Eigentum zu tun, was ich will. Du gehörst mir. Du wirst immer mir gehören und ich werde mit dir tun, was ich will."

Er änderte seinen Griff um ihre Oberarme und zwang sie, sich auf die Zehenspitzen zu stellen und den Rücken zu wölben, um den Schmerz seiner rauen Behandlung zu ertragen. Sofort ließ er ihre Arme los, wirbelte sie herum und zog sie wieder an sich, ihren Rücken gegen seine Brust gepresst. Er riss ihre Arme fest hinter ihren Rücken, bis sie ihre Brüste und ihren Bauch vorstrecken musste.

Sein heißer Atem versengte ihr Ohr. „Habe ich dir nicht versprochen, dass du nicht das Kind eines anderen Mannes gebären wirst? Wie es scheint, müssen wir uns vergewissern, dass du mich nicht in Verlegenheit bringen wirst." Er drehte ihren Körper zu dem Mann an der Tür um. „Aldrik, tu, was ich dir befohlen habe."

Fredrik Ivarssons Geruch drang durch die feinen Härchen ihrer Nasenlöcher ein. Sie konnte den Schweiß aus seinen Poren riechen und hören, wie sein Atem vor Erwartung schneller wurde. Sein ganzer Körper spannte sich an, als der kahle Mann auf sie zukam. Der Blick dieses ungehobelten Klotzes ging direkt an ihr vorbei, als er näher kam, aber sie konnte ihre Augen nicht von seinem riesigen Bizeps abwenden, von seinen geballten Fäusten und dem zusammengepressten Kiefer. All das kannte sie von den Augenblicken, in denen sich ihr Vater darauf vorbereitet hatte, sie zu schlagen. Ihre Sicht verschwamm, aber sie zwang sich, an ihren wahren Ehemann Brodie Grant zu denken.

Aldriks Faust schoss in ihren Bauch und ihre Knie hoben sich reflexartig.

Fredrik schrie sie an. „Du Hure! Du bist nichts als ein Flittchen und ich werde dich für deine Vergehen bestrafen."

Sie schloss die Augen, als Aldriks Fäuste weiter ihren Bauch schlugen. Übelkeit wechselte sich mit stechenden Schmerzen ab. In der Hoffnung, zu einem von ihnen durchzukommen, wimmerte sie: „Bitte nicht." Doch ihre Worte wurden von Fredriks Lachen übertönt.

Er hielt seine Hand hoch, um Aldrik anzuzeigen, dass er aufhören sollte. „Dummes Mädchen, dachtest du wirklich, du könntest mich überlisten?" Er griff in ihr Kleid und zog die Decke heraus. Er warf sie auf den Boden und sagte zu Aldrik: „Noch einmal."

Celestina wurde schwarz vor Augen und sie kämpfte darum, das Bewusstsein zu bewahren, aber es war ein verlorener Kampf. Der nächste Schlag traf sie besonders hart und Übelkeit überkam sie. Aldrik bewegte sich gerade noch rechtzeitig und Ivarsson ließ sie zu Boden fallen, als Erbrochenes aus ihrem Mund spritzte.

„Danke, Aldrik. Du darfst gehen."

Celestina lag auf der Seite auf dem Boden, die Knie an die Brust gezogen und unfähig, sich zu bewegen. Ihr Blick folgte Fredrik, als dieser durch den Raum ging. Er flanierte genüsslich durch die Kammer, als erwarte er den Applaus einer großen Menge. Neben ihren Füßen blieb er stehen.

„Übrigens, du glaubst doch nicht, dass dein schottischer Lümmel sich noch um dich schert, oder? Da ich weiß, wie naiv du bist, erlaube mir, dir eine kleine Dosis der Realität zu verabreichen. Du hättest deine Unschuld jedem dahergelaufenen Mann auf der Straße anbieten können – er hätte sie genommen. Sex ist für Männer wichtiger als alles andere. Nachdem er dir deine Unschuld genommen hat, ist er losgelaufen und hat vor all seinen Freunden damit geprahlt. Du bedeutest ihm nichts. Dieser Junge hätte dich niemals geheiratet. Sei froh, dass du mich hast."

Bevor er ging, drehte er sich wieder zu ihr um. „Wir werden sehen, wie gut es dem Baby jetzt geht." Er machte auf dem Absatz kehrt und verließ den Raum.

Celestina stöhnte und richtete sich mit Mühe auf. Sie konnte sich so weit bewegen, dass ihr Rücken an der Seite der Matratze lehnte. Sie zwang sich, ihre schnelle, flache Atmung zu beruhigen, und kämpfte darum, nicht das Bewusstsein zu verlieren. Gott sei Dank erwartete sie kein Kind von Brodie, sonst wäre das Kleine sicher schon tot. Sie stützte eine Hand auf den Boden, um sich aufzurichten, und schrie vor Schmerzen in ihrem Bauch auf. Wenn sie es nur zum Bett schaffen könnte, um erst dort ohnmächtig zu werden.

Die Tür öffnete sich wieder und sie zuckte zusammen, bevor sie bemerkte, dass es Inga war. Ihre Magd eilte zu ihr und half ihr ins Bett.

„Danke, Inga.“

„Oh, Mädchen, dankt mir nicht.“

„Doch, ich muss dir danken. Die Decke, die du in mein Kleid gesteckt hast, hat mich während der ersten Hälfte der Schläge gerettet.“

„Armes Ding. Sagt mir, was ich tun kann, um Euch zu helfen.“ Sie brachte ein Tuch und frisches Wasser und wusch Celestinas Gesicht und spülte ihren Mund aus.

„Deck mich zu, ich muss schlafen.“ Sie hatte Mühe, wach zu bleiben, aber sie musste noch etwas tun. „Inga?“

„Aye, Mädchen.“

„Such mir das Pergament unter der Matratze. Ich möchte es festhalten.“

Inga fand die Feder und die Notiz und gab sie ihr. Während Inga den Boden putzte, hielt Celestina beides unter ihrem Kissen, aber sobald sie ging, zog Celestina die Nachricht heraus und kritzelte darunter:

Mein Liebster,
vergib mir, wenn ich es nicht schaffe. Ich liebe dich und nur dich. Wenn ich könnte, würde ich für immer und ewig bei dir bleiben. Es tut mir leid, aber ich denke, ich muss meiner Mutter folgen. Ich werde im Himmel auf dich warten. Dann werden wir zusammen sein, wie wir es sein sollten.

Sie hielt die Notiz in der Hand und wurde ohnmächtig.

Celestina versuchte, aus dem Bett aufzustehen, aber ihre Beine waren zu schwer, um sich zu bewegen. Sie öffnete die Augen und sah sich um. Eine Frau putzte den Tisch und summte dabei vor sich hin. Die Turmkammer sah etwas anders aus, aber es gab immer noch nur ein Bett und einen Tisch darin. Die Tür befand sich an derselben Stelle, aber der Teppich hatte eine andere Farbe und der Abtritt war verschwunden.

Überrascht merkte Celestina, dass die Frau nicht ihre geliebte Magd war. Goldene Zöpfe waren um ihren Kopf gewickelt. Eine Hand griff irgendwie in ihre Brust und drückte ihr Herz zusammen; es gab keine andere Erklärung für den Schmerz in ihr. Sie schloss die Augen und öffnete sie erneut, bevor sie ihren Blick zurück in die Mitte des Raumes zwang.

„Mama?", quietschte Celestina. „Bist du es wirklich, Mama?"

„Aber natürlich, meine Liebe. Warum ist meine kleine Puppe heute Morgen so müde?" Sie ging zu Celestinas Bett und strich ihr eine Haarsträhne aus dem Gesicht. Der Lavendelduft ihrer Mutter strömte in Celestinas Nase und sie schloss ihre Augen, als sie das herrliche Aroma einatmete und den Klang der Stimme ihrer Mutter genoss.

Ich muss im Himmel sein, dachte sie. *Ich habe es in den Himmel geschafft.* Der einzige Gedanke, der sie traurig machte, war die Aussicht, Brodie zurückzulassen. Sie liebte ihn so sehr. Dann drehte sie sich auf die Seite und schrie vor Schmerz auf.

Der Finger ihrer Mutter fuhren sofort an ihre Lippen. „Still, mein Kind, weck deinen Vater nicht auf. Wir brauchen ihn nicht hier bei uns. Was für ein elender Mann war er in letzter Zeit." Ihre Mutter ging zum Tisch und nahm ihre Notiz auf. „Ich habe diesen Brief auf deinem Bett gefunden. Ich bin so froh zu sehen, dass du schreibst. Du weißt gar nicht, wie wertvoll Notizen sein können. Schreib, was dir auf dem Herzen liegt, und die Buchstaben werden ein Fenster zu deiner Seele sein. Du bist noch zu jung, aber du wirst sehen, dass ich recht habe, ich verspreche es."

Celestinas Blick folgte ihrer Mutter durch den Raum, aus Angst, sie würde verschwinden.

„Ach, und Celestina? Suche. Suche immer weiter, und du wirst angenehm überrascht sein, was du findest." Sie ging zum Bett und küsste Celestina auf die Stirn. „Es wird alles gut, Liebes, du kannst jetzt schlafen. Denk daran, dass ich immer bei dir bin."

Sie schloss die Augen, als ihre Mutter immer noch summend zum Tisch zurückkehrte, und schlief dann zum Klang ihrer Stimme fest ein.

Celestina regte sich, als jemand an ihrer Hand zog.

„Engel? Fräulein Engel?"

Sie riss die Augen auf und Loki beugte sich über ihr Bett. Sein Gesicht war nur wenige Zentimeter von ihrem entfernt. „Hallo, Loki."

Er trat zurück und sie schob ihre Beine zur Seite des Bettes und versuchte sich zu setzen, stöhnte aber und umklammerte ihren Bauch. Erst da bemerkte sie, dass sie ihr Kleid nicht mehr trug und sich ihr Unterkleid bis zu ihren Brüsten hinaufgeschoben hatte. Sie griff nach der Decke, um sich zu bedecken, aber Loki sah die vielen blauen Flecken, die ihren Bauch, die Seiten und die Oberseiten ihrer Beine bedeckten.

„Oh je, Fräulein Engel. Meister Brodie wird nicht glücklich sein, wenn ich ihm davon erzähle. Wer hat Euch geschlagen? Diese blauen Flecken können nur von Fäusten stammen."

Celestina bedeckte sich, als sie die Erinnerungen an den Übergriff überwältigten, aber sie verdrängte sie. „Loki, warum bist du hier? Und woher weißt du etwas über blaue Flecken und Fäuste, Junge?"

Der Junge sah zu Boden. „Ich möchte nicht darüber sprechen."

Celestina verwuschelte seine Haare und küsste seine Wange. „Es tut mir leid, mein kleiner Freund."

Der Junge war für einen Moment still, aber dann plapperte er aufgeregt weiter. „Das braucht es nicht, es ist nicht mehr wichtig. Aber was ich Euch zu sagen habe, ist wichtig. Meister Brodie sagt, ich solle Euch sagen, dass er morgen hier sein wird, sobald die Sonne untergeht. Schlaft nicht ein und tragt Kleidung für die frische Nachtluft, Fräulein Engel."

„Loki, ich hatte eine Notiz für Brodie geschrieben, aber jetzt sehe sie nicht. Hast du sie gefunden?"

„Aye, ich habe sie schon um meinen Bauch gebunden. War es die auf dem Bett in Eurer Hand?"

Celestina nickte.

„Aye, ich habe sie an mich genommen."

„Loki, danke, dass du dein Leben erneut für mich riskiert hast." Celestina lächelte den jungen Burschen an.

„Es ist schon gut, Fräulein Engel. Jeder Grant-Krieger würde das Gleiche tun." Er nickte einmal mit dem Kopf, um seinen Worten mehr Bedeutung zu geben.

Celestina konnte nicht anders als über den kleinen Wicht zu schmunzeln.

Er drehte sich um und ging zum Abtritt, rannte dann aber zu ihr zurück und sagte: „Ich nehme an, Ihr müsst mich noch einmal umarmen, weil Ihr doch ein Mädchen seid." Auf seinem ernsten Gesicht lag das süßeste Lächeln, das sie jemals gesehen hatte. Sie umarmte ihn mit ihren Verletzungen so gut sie konnte und drückte ihm einen Kuss auf die Wange, bevor sie ihn losließ. „Bitte sag Meister Brodie, dass ich ihn liebe."

Er drehte den Kopf zurück, um sie anzusehen, nachdem er auf den Sitz des Abtritts geklettert war. Dann drückte Loki beide Augen zu und rümpfte die Nase, bevor er sagte: „Ich weiß, dass Ihr mich auch liebt, Fräulein Engel."

Damit und mit einem Kichern verschwand er.

KAPITEL FÜNFZEHN

Die Norweger kommen

BRODIE GING MIT seinem Bruder, Nicol, Tomas und mehreren Kriegern im Zentrum des Dorfes auf und ab.

Robbie schüttelte den Kopf. „Ich habe ein schlechtes Gefühl bei der Sache, Brodie."

„Bei welcher Sache?", fragte Brodie.

„Du hast es doch gehört. Haakon ist auf dem Weg zum Firth of Clyde. Was zum Teufel wird mit Ayrshire passieren, wenn der Kerl seine Männer die Küste plündern lässt?" Robbie fuhr sich mit der Hand durch die hellbraunen Haare und stampfte frustriert mit den Füßen auf.

„Wir werden kämpfen. Deshalb sind wir schließlich hier", antwortete Tomas.

Robbie wandte sich mit einem verärgerten Gesichtsausdruck an seinen Freund. „Verdammt, glaubst du nicht, dass ich das weiß, Tomas?"

„Was ist, wenn er seine Langboote aufteilt und sie an verschiedene Orte an der Küste schickt?", fragte Nicol. „Dann müssen wir vielleicht unsere Kräfte aufteilen, um sie abzuwehren."

„Nein, ich werde die Streitkräfte nicht aufteilen", erklärte Brodie. „Jeder Anführer weiß, dass die Macht in der Zahl der Männer liegt. Er wird einen geballten Angriff starten."

„Aber wo zum Teufel?" Robbie starrte in den Himmel, als ob die Antwort in den Wolken liegen könnte.

„Wahrscheinlich genau hier, in der königlichen Burg. Hier würde ich angreifen, wenn ich ein Land schwächen wollte." Nicol ging im Kreis auf und ab, als er sprach.

„Robbie, ich weiß, dass Geduld nicht mehr deine Tugend ist als meine", begann Brodie, „aber wir können nichts tun, bis ihre

Schiffe kommen. Die beste Art, unsere Zeit bis dahin zu verbringen, ist die Übung. Hast du die Nachricht des Königs an Alex geschickt?" Brodie saß auf einem nahen Baumstumpf und brach Zweige auseinander.

„Aye, aber du weißt, dass er nicht froh darüber sein wird."

„Aye, aber er muss vielleicht den Rest unserer Krieger herbringen", meinte Brodie. „Wir brauchen so viele wie möglich, um die Norweger davon abzuhalten, ins Landesinnere vorzudringen. Der einzig sichere Weg, Maddie und unseren Clan zu beschützen, besteht darin, sie an der Küste schnell zu besiegen, bevor sie Zeit haben, weitere Waffen oder Vorräte zu beschaffen. Wir brauchen Alex an unserer Seite. Du kennst seine Kraft."

Robbie legte seine Hand auf die Schulter seines Bruders. „Ich weiß, dass du auch an sie denkst, Brodie, aber mach dir keine Sorgen. Wir werden sie befreien. Sie ist eine Grant und wir werden sie da rausholen."

Eine Gruppe von Soldaten kam in den Hof, also ging Brodie nicht weiter auf die Worte seines Bruders ein. Weder der König noch sonst jemand außer seinen Grant-Kriegern durfte Kenntnis von ihren Plänen haben. In diesem Moment entdeckte er, als wären sie von ihrem vorherigen Gespräch heraufbeschworen worden, zwei kleine Beine, die sich in seine Richtung bewegten. Der Ausdruck auf Lokis Gesicht war wie ein Schlag in die Magengrube. Etwas war mit seiner Liebsten passiert.

Als Loki Brodie erreichte, warf er sich direkt auf ihn, einen Brief in der kleinen Hand. Brodie achtete auf die Wachen in der Gegend und stopfte den Brief in seinen Sporran. „Was ist los, Loki? Was ist passiert?" Mit zugeschnürter Kehle starrte er in Lokis verstörtes Gesicht.

„Meister Brodie, sie sieht so schlecht aus. Er hat sie geschlagen. Oder jemand hat sie geschlagen. Ich konnte sie nicht wecken." Der Kleine rieb sich die Augen.

„Ist sie tot?" Brodies Atem stockte in seiner Kehle, denn er fürchtete sich vor Lokis Antwort. „Lebt sie oder ist sie tot, Loki? Sag es mir!"

„Sie lebt, Meister, aber sie hat Schmerzen. Sie war eingeschlafen, als ich ankam, und ich konnte sie zuerst nicht wecken. Aber dann schrie ich in ihr Ohr und sie wachte auf."

„Gut gemacht, Junge. Was noch?" Als Brodie den Jungen absetzte, versammelten sich Robbie und seine beiden Freunde um sie.

„Nachdem ich sie aufgeweckt habe, versuchte sie, sich aufzusetzen, aber die Schmerzen waren zu stark. Dann sah ich ihre blauen Flecken. Überall auf ihrem Bauch und ihren Beinen." Loki schwang seine eine Faust in die offene andere Hand. „Dieser elende Bastard. Das werde ich ihm das eines Tages heimzahlen. Er darf unseren Engel nicht verletzen, ohne zur Rechenschaft gezogen zu werden."

Brodies Blut toste und sein Kopf schmerzte so sehr, dass er nicht mehr klar denken konnte. Wie konnte jemand ein solch unschuldiges Wesen wie seine Gemahlin verletzen?

Robbie tätschelte dem Jungen den Rücken. „Ist schon gut, junger Krieger. Sag uns, was du noch weißt."

„Es ging ihr gut, nachdem ich sie geweckt habe." Loki wischte sich über die Augen. „Und ich weine auch gar nicht."

„Nein, das wissen wir." Robbie verbarg ein Lächeln, als er Tomas ansah. „Du wirst ein guter Grant-Krieger sein, Junge. Überlege genau. Hast du ihr von unseren Plänen erzählt?"

„Aye, ich sagte ihr, dass sie sich morgen Abend warm anziehen und bereithalten soll."

„Gut gemacht, Loki. Wenn du etwas größer bist, trainieren wir dich im Umgang mit einem Schwert."

Brodie begann auf und ab zu gehen, während sich die anderen unterhielten. Gesprächsfetzen drangen an sein Ohr. Er wusste, dass Alex ihm sagen würde, er solle sich darauf konzentrieren, dass sie am Leben war, und sich später um den Rest kümmern. Er konnte die Worte seines Bruders in seinem Kopf hören. *Du hast eine Aufgabe zu erledigen. Konzentriere dich.* Trotzdem war er so verärgert, dass er nicht klar denken konnte. Es war schwierig, seinen Wunsch, Ivarsson zu finden und ihm das Herz zu durchbohren, zu verdrängen.

Brodie holte tief Luft, konzentrierte sich und kehrte zu Loki zurück. „Was ist mit den Wachen? Wie viele sind es?"

„Nicht zu viele, aber es gibt einen neuen Mann. Er ist groß und gemein. Alle in der Küche haben Angst vor ihm. Aldrik ist sein Name. Ich wette, er hat unseren Engel geschlagen. Wir müssen sie retten. Wir müssen es einfach!" Lokis große Augen blinzelten zu ihm auf. „Bitte, Meister Brodie, Ihr werdet sie retten, nicht wahr?"

„Ich muss dir eine wichtige Frage stellen, Loki. Glaubst du, dass sie allein gehen kann?", fragte Robbie.

„Ja, ich denke schon. Sie ist sehr stark für ein Mädchen."

Brodie gab Nicol eine Münze. „Geh und hol dem Jungen die größte Fleischpastete, die du finden kannst." Er wandte sich mit den Händen in die Hüfte gestemmt an seinen Bruder und Loki. „Mach dir keine Sorgen, Loki. Wir holen sie noch heute Abend."

„Nay, ändere deine Pläne nicht", sagte Robbie und legte eine Hand auf seinen Arm. „Wir haben alles für morgen Abend vorbereitet. Wir können heute Abend kaum rechtzeitig dort sein. Hab Geduld, Bruder, hab Geduld."

Brodie nickte, denn er verstand die Logik seines Bruders, doch dann zog er Celestinas Brief hervor, um zu sehen, ob er neue Informationen enthielt. Als er den letzten Teil der Notiz las, schoss seine Hand hoch und massierte seine Schläfen. „Robbie, wir haben keine Zeit. Er könnte sie töten."

„Nein, das wird er nicht", sagte Robbie mit ungewöhnlich leiser Stimme und packte die Schultern seines Bruders. „Er hat sie geschlagen, um sie dort festzuhalten. Er will sicherstellen, dass sie keine Kraft hat zu entkommen. Es sind schwierige Zeiten und nach dem, was Alex mir über Fredrik Ivarsson erzählt hat, ist er im Zentrum des Wirbelsturms. Er verlässt das Anwesen und will sicherstellen, dass sie bei seiner Rückkehr noch da ist. Er wird sie jetzt nicht töten, das verspreche ich dir."

Brodies Schultern sanken herab. Er musste warten – schon wieder.

Die kleine Gruppe von Anführern und Dorfmitgliedern, die sich auf der königlichen Burg einfanden, vertrat den reichsten Teil der Stadt. Die Wachen standen dicht vor der Burg und rund um sie herum. Im Inneren versammelten sich die Leute, andere schrien Befehle, dann kehrte Ruhe ein, Füße scharrten und überall wurde mit den Händen gerungen.

Etwas später als erwartet traf König Alexander zusammen mit Walter Stewart, dem Earl of Menteith und dem Sheriff of Ayr ein.

„Männer, es gibt Probleme, über die wir Euch informieren müssen. Die Informationen, die wir Euch mitzuteilen haben, sind nicht auf die leichte Schulter zu nehmen. Bitte trefft die nötigen Entscheidungen, um Eure Lieben zu schützen."

Im Raum war es mucksmäuschenstill, als der König in seiner Ansprache innehielt. „König Haakon ist auf dem Weg zum Firth of Clyde. Er hat seine Männer geschickt, um unser Festland zu plündern. Ich erwarte seine Ankunft innerhalb einer Nacht. Bis dahin müssen alle Frauen und Kinder in Sicherheit gebracht sein."

Ein überraschtes und ängstliches Keuchen hallte im Saal wider. Der Sheriff räusperte sich.

„Bitte beherzigt den Rat des Königs. Stellt Euch auf ein Blutvergießen ein. Schafft Eure Lieben von hier fort. Ich selbst bringe meine Frau aus Sicherheitsgründen auf eine der Inseln im Loch of Menteith."

Ivarsson starrte Baron Lunde an. „Ich muss meine Frau ebenfalls fortbringen. Das alles geschieht viel schneller als erwartet."

„Wohin bringst du sie?", fragte der Baron.

„Ich hatte gehofft, du hättest einen Vorschlag. Hast du nicht ein kleines Haus, das ich benutzen könnte? Meine Anwesen sind auf den Hebriden. Ich kann sie nirgendwo anders hinbringen, aber ich muss sie aus dem Chaos hier fortbringen, zumal diese Grant-Krieger frei hier herumlaufen. Ich kann nicht selbst bei ihr bleiben, denn es steht zu viel für mich auf dem Spiel."

Der Baron seufzte widerwillig. „Ich habe ein altes Anwesen in Lennox, Moubrey Hall. Es befindet sich in der Nähe von Loch Lomond. Es sollte weit genug im Landesinneren sein, damit sie dort sicher ist. Wenn du die nötige Dienerschaft hast, um das Haus zu bewirtschaften, kannst du es nutzen. Wenn die Bedrohung jedoch viel näher rückt, könnte ich selbst dorthin fliehen müssen."

Nebel waberte durch die dunkle Nacht, als der Mann auf dem Kopfsteinpflaster auf und ab ging. Er zwang sich anzuhalten, aus Angst, er würde genug Lärm machen, um die Aufmerksamkeit der Burgwachen auf sich zu ziehen. Das wäre verheerend. Eine getarnte Gestalt schlich ohne Vorwarnung auf ihn zu.

„Pater, müsst Ihr Euch so anschleichen?"

„Aye, das muss ich. Welche Botschaft soll ich dem Norweger übermitteln?"

„Sagt ihm, dass der Ort, an dem er den größten Reichtum erlangen kann, in der Nähe von Loch Lomond liegt."

„Und woher soll er wissen, wo das ist?"

„Wenn er durch Largs kommt, werde ich ihn irgendwo zwischen Largs und dem Loch treffen. Es ist eine der größten Wasserstraßen in der Gegend. Ich werde ihn finden."

„Noch etwas?"

„Das ist alles, Bruder. Erst Largs, dann Loch Lomond. Und ich erwarte die Hälfte der Beute, wenn wir befreit sind."

„Ihr stellt hohe Forderungen. Ich bezweifle, dass der Norweger dem zustimmen wird, aber das ist eine Sache zwischen Euch beiden. Ich werde Eure Nachricht weitergeben."

Mit einem Kopfnicken verschwand der Mönch in der Nacht.

Fredrik Ivarsson grinste. Alles fügte sich zusammen. Er wusste, dass Haakon die Gegend plündern und den Schotten auf jede erdenkliche Weise schaden wollte. Haakon war immer noch wütend über das, was auf Skye passiert war. Wenn die Schotten im Chaos versanken, würde niemand seine Beteiligung an diesem Plan nachvollziehen oder gar aufdecken können.

Er konnte nicht glauben, dass es ihm tatsächlich gelungen war, als wohlhabender Adliger, der angeblich der schottischen Krone treu war, im Solar des Königs zu sitzen und gleichzeitig zu planen, seinem nordischen König zu helfen, diese Narren zu besiegen. Er hatte Haakon Nachrichten über jede von Alexanders Bewegungen gesendet. Ivarsson kicherte und dachte daran, dass sich die beiden noch nie begegnet waren. Die Norweger wussten dank ihm und dem Mönch immer, wo die schottischen Streitkräfte sich befanden.

Jetzt würde er Celestina noch näher an die nordischen Schiffe bringen. Nachdem er das Geld zurückgeholt hatte, das er dem törichten Baron gezahlt hatte, würde er seine schöne Frau nehmen und mit ihr nach Orkney segeln. Sie würden nie wieder schottischen Boden betreten müssen. Wenn er erst von Haakon für seine Spionagedienste entlohnt wurde, wäre er ein reicher

Mann mit einer schönen, unterwürfigen Frau.

Celestina saß niedergeschlagen im Karren. Wie hatte das nur passieren können? Brodie hatte sie in dieser Nacht retten wollen, aber Fredrik hatte den Plan durchkreuzt. Am frühen Morgen hatte er sie und ihre Magd mit Aldriks Hilfe aus ihrer Kammer gezogen und sie in diesen Wagen geworfen. Alles war so schnell und leise passiert. Das einzige Geräusch war Aldriks Brüllen gewesen, als er seine Schuhe angezogen hatte und diese mit kleinen Steinchen gefüllt gewesen waren. Für jemanden, der so bösartige Schläge austeilen konnte, ging er mit seinen eigenen Schmerzen wenig tapfer um. Irgendwie musste sich Brodies Plan herumgesprochen haben. Aber wie? Sie machte sich Sorgen um ihren wahren Ehemann und um den kleinen Loki.

Als der Karren über die steinige Straße holperte, warf sie einen Blick zu Inga, die fast genauso verärgert aussah, wie sie sich fühlte. Dann sah sie wieder auf die Landschaft hinaus und spürte Tränen in ihren Augen, als sie versuchte, eine bequeme Position zu finden. Als die Räder in Schlaglöcher sanken, verspürte sie starke Schmerzen im Bauch, aber sie versuchte sie zu ignorieren. Sanfte Hügel zogen an ihnen vorbei. Wenigstens konnte sie weder Fredrik noch Aldrik sehen und sie hoffte, dass sie keinen von ihnen je wiedersehen musste. Mehrere Männer bewachten sie, aber sie erkannte keinen von ihnen wieder. Wie sie wünschte, sie hätte von diesem Umzug gewusst, denn er wäre der perfekte Zeitpunkt für ihren Mann gewesen, um sie zu befreien.

Inga griff nach ihren Händen. „Ärgert Euch nicht, Celestina“, flüsterte sie. „Er wird uns folgen. Brodie Grant ist ein guter Mann.“

„Und woher wird er wissen, wohin wir gefahren sind? Nicht einmal ich weiß, wohin wir gehen oder wo wir vorher waren. Ich bin hilflos, Inga.“

„Aye, aber er hat Euch schon einmal gefunden und er wird Euch wieder finden. Er liebt Euch. Fühlt Ihr Euch etwas besser?“

„Ein bisschen. Ich kann immer noch nicht essen.“

„Habt Ihr noch mehr Träume von Eurer Mutter gehabt?“

„Nay. Sie wirkte so real. Ich glaubte erwacht zu sein und sie gefunden zu haben. Aber es war nicht derselbe Raum wie der, in dem ich festgehalten wurde. Ähnlich, aber nicht gleich. Leider war es nur ein Traum. Wenn ich darüber nachdenke, glaube ich, dass ich schon einmal solche Träume von meiner Mutter gehabt habe … aye, es war immer im selben Raum." Sie überlegte angestrengt, kam aber zu keinem befriedigenden Ergebnis.

Celestina starrte aus dem Fenster. Was interessierte es sie noch? Brodie würde gezwungen sein, seine Suche nach ihr aufzugeben. Sie waren weit gereist und jetzt weit fort von Largs und Ayrshire. Als Offizier der königlichen Burg wäre es ihm unmöglich, ihr ins Landesinnere zu folgen.

Sie würde ihn vergessen müssen, da er sie jetzt auf keinen Fall finden konnte. Er musste seine Pflicht gegenüber seinem König tun und seine Familie brauchte ihn, damit er seinen Clan beschützte. Die Beleidigungen ihres Vaters hallten in ihren Gedanken wider. *„Du bist nichts weiter als eine wertlose Frau. Du hast keinen Verstand und keinen anderen Wert, als einem Mann einen Sohn zu gebären. Wie werde ich dich jemals loswerden? Du hast keine Persönlichkeit, du bist hässlich und dumm. Wer würde dich jemals wollen? Ich hasse dich für alles, was du mir angetan hast."*

Sie rieb ihre Schläfen, als sich die Worte immer wieder in ihrem Kopf wiederholten.

Ingas Stimme riss sie schließlich aus ihren Gedanken. „Ich habe Gerüchte in der Küche gehört. Ich wollte es Euch wegen Eurer Krankheit nicht eher sagen, aber ich kann es nicht länger geheim halten."

„Welche Gerüchte?", fragte Celestina flüsternd und umklammerte ihre Röcke.

Inga sah ihre Freundin an. „Die Norweger kommen. Zwanzigtausend von ihnen wollen den König angreifen."

Celestina schnappte nach Luft. „Unseren König? Brodie hat mir ein wenig davon erzählt, warum er hier ist. Aber bist du dir sicher, dass es wirklich zwanzigtausend Kämpfer sind?"

„König Alexander will Kintyre und die westlichen Inseln von Norwegen zurückkaufen, aber der König von Norwegen hat sich geweigert. Unser König weigert sich, ein Nay als Antwort zu akzeptieren, und hat versucht, die Treue mehrerer Lairds und Lords zu gewinnen. Darüber hinaus haben unsere Männer vor nicht allzu langer Zeit die Isle of Skye verwüstet, und König

Haakon hat beschlossen, eine Flotte von Schiffen zu sammeln, um uns anzugreifen."

„Aber Brodie sagte, Ivarsson würde König Alexander helfen, Unterstützung für ihn zu sammeln, wenn ich ihn heirate. Das war einer der Hauptgründe, warum die Hochzeit stattfinden musste. König Alexander wollte Unterstützung von einigen nordischen Vasallen von Ivarsson. Ich verstehe das alles nicht."

„Nun, das ist wohl der Grund, warum der König seine Unterstützung brauchte. Er wusste, dass eine Flotte norwegischer Schiffe unterwegs ist. Aber das spielt jetzt keine Rolle mehr."

„Warum nicht?"

„Weil die Norweger den Firth of Clyde heraufkommen, um gegen König Alexander zu kämpfen. Sie greifen bereits an, nicht weit von Ayrshire entfernt. Dies ist der Grund, warum wir fortgeschafft werden. Der König will, dass alle Frauen und Kinder von der Küste fortgebracht werden. Er ruft seine Soldaten zusammen, um die Burg zu schützen und die Eindringlinge zu bekämpfen."

Celestina schloss die Augen. Brodies Leben war in Gefahr. Und Lokis auch.

Was sollte sie tun, wenn sie die beiden verlor?

KAPITEL SECHZEHN

Ein Traum wird wahr

BRODIES MÄNNER HATTEN den Familien im Dorf geholfen, die Karren zu packen und ins Landesinnere zu ziehen. Er hatte gehört, dass Baron Lunde seine Tochter aus Largs umsiedeln ließ. Brodie hatte ein paar Wachen losgeschickt, um Loki zu finden, aber sie kehrten mit leeren Händen zurück. Nachdem er das Dorf nach dem Jungen durchsucht hatte, musste er einsehen, dass der Junge verschwunden war. Er war außer sich vor Sorge um Celestina und Loki.

Robbie stand vor den Toren der königlichen Burg und bemühte sich ohne Erfolg, seinen jüngeren Bruder zu beruhigen. Brodie ging auf und ab, fluchte, warf blind kleine Steine und traf fast eine seiner Wachen im Gesicht, sodass er seinen Zorn eindämmen musste. „Wo ist sie? Wohin hat er sie gebracht? Wir müssen ihr sofort folgen!" Brodies Fäuste ballten sich an seinen Seiten.

Nicol hatte sich so gut er konnte umgehört. „Niemand weiß etwas. Wir haben versucht, mit den Bediensteten in Creggan Hall zu sprechen, aber sie reden nicht."

„Wo ist Loki? Ist er noch irgendwo im Dorf? Er könnte etwas wissen. Der Bengel könnte überall sein." Brodie suchte den Bereich nach seinem kleinen Freund ab, sah ihn aber nicht.

„Das ist ein weiteres Problem. Wir können ihn nicht finden. Er hat letzte Nacht nicht unter seiner Kiste geschlafen." Robbie stemmte seine Hände in die Hüften.

„Ich dachte, du hast ihn bei dir behalten? Ich habe ihm versprochen, dass er ein Grant-Krieger wird und bei den anderen Wachen schlafen kann. Du solltest ihn doch bei dir behalten. Im Gegensatz zu uns kennt er die Gegend hier."

Robbie starrte seinen Bruder an. „Loki hat mir gesagt, dass er zu dir geht. Ich habe versucht, ihn bei uns zu behalten, aber der kleine Wicht ist mir entwischt. Er ist schnell, nicht wahr?"

„Verdammt, aye, das ist er. Ich brauche ihn."

„Bruder, du bist auf dich allein gestellt. Ich habe den Befehl, zweihundert Krieger in den Süden zu bringen. Es heißt, die Norweger könnten das Festland angreifen. Der König schickt uns, um sie aufzuhalten, bevor sie Ayrshire erreichen. Zwei weitere Clans schließen sich uns südlich von hier an."

Brodie erstarrte. Es war also tatsächlich wahr: Sie waren im Krieg. Das Leben seines Bruders könnte auf dem Spiel stehen. Er packte Robbies Schultern und sagte: „Viel Glück, Bruder. Ich weiß, dass du uns stolz machen wirst. *Beannachd leat.*"

„Aye, und du? Wie lauten deine Befehle?" Robbie zog die Augenbrauen hoch. „Bitte vergiss deine Pflicht nicht. Das Mädchen wird immer noch da sein und auf dich warten, wenn du sie holst. Sie ist eine Kämpferin. Wie Maddie. Frauen können dich täuschen. Sie mögen weich und zart aussehen, aber viele von ihnen haben eine wahre Kämpfernatur. Alex sagt, dass sie Maddie sehr ähnlich ist."

Brodie nickte. „Aye, das ist sie. Meine Befehle lauten, neue Informationen zu beschaffen. Ich bin der Einzige, dem befohlen wurde, die Burg zu verlassen. Alle anderen sollen sich in einem bestimmten Radius aufhalten."

Robbie stieg auf sein Pferd und ritt zum Tor. „Sei vorsichtig, Bruder. Ich rechne damit, dich bald wiederzusehen."

Brodie sprang auf sein Pferd und überholte seinen Bruder auf dem Weg zum Tor.

„Wohin zum Teufel willst du?", rief Robbie ihm nach.

Brodie warf ihm einen grinsenden Blick über die Schulter zu. „Ich werde Loki finden."

Celestina wurde müde, als sie an verschiedenen Festungen und Tälern vorbeikamen. Inga tat ihr Bestes, um sie bei Laune zu halten, aber Celestinas Bauch hatte von all dem Auf und Ab angefangen, furchtbar zu schmerzen. Jedes Mal, wenn ein Rad gegen einen Stein schlug, schnappte sie nach Luft.

Der Karren wurde langsamer, als sie ein weiteres Dorf erreichten, das größer war als die vorherigen. Sie spähte aus dem

Fenster, um die Häuser zu sehen, als sie an ihnen vorbeifuhren. Sie sah auch ein paar Burgen, die von Hüttenreihen umgeben waren, aber meistens waren es nur strohgedeckte Bauernhäuser. Trotzdem konnte sie an der Größe der Ländereien und dem durchgehenden Steinwall erkennen, dass dies eine größere Stadt war. Inga zeigte auf einen See oder einen Meeresarm zu ihrer Linken mit einigen kleinen Fischerhütten in der Nähe.

Im Zentrum der Stadt befand sich eine der größten Burgen, die Celestina je gesehen hatte, umgeben von mehreren Nebengebäuden. Sie fragte sich, wer der Baron hier war. Viele Straßen zweigten von der ab, die sie befuhren, aber für sie sah alles gleich aus. Sie suchte nach einigen charakteristischen Merkmalen in der Umgebung, von denen sie Brodie berichten konnte, aber außer einem See und der Burg gab es keine.

Nachdem sie einen Großteil der Stadt durchquert hatten, bogen sie schließlich in eine kleine Straße mit zahlreichen Fahrrinnen und tiefen Löchern ab, die ihrem angeschlagenen Magen nicht guttaten. Trotzdem war sie entschlossen, nicht zu schreien oder zu weinen oder den Wachen einen Grund zu geben, den Wagen anzuhalten. Nachdem er endlich zum Stillstand gekommen war, sahen Inga und Celestina sich an. Als die Wache endlich kam, um ihr zu helfen, holte Celestina tief Luft, bevor sie aus dem Wagen stieg. Die Sonne schien hell auf die tiefgrünen Wiesen und das Heidekraut. Als sie sich endlich die Zeit nahm, einen Blick auf den Bergfried vor ihnen zu werfen, erstarrte sie. Ein altes Steingebäude ragte vor ihr auf, das ihr aus irgendeinem Grund bekannt vorkam. Sie sah sich um und war erfreut, keine Spur von Ivarsson oder Aldrik zu sehen, nur eine Gruppe fremder Männer. Ihre kleine Tasche stand auf den Stufen des Steinhauses.

Obwohl die Mauern von Unkraut überwuchert waren, hatte dieser Bergfried Potenzial. Sie konnte ihn sich umgeben von lila Blumen und Glockenblumen, leuchtendem Gelb und Orangetönen vorstellen, die die Besucher ins Innere locken würden. Die einzigen anderen Gebäude in der unmittelbaren Umgebung waren ein kleines Lagerhaus und ein Stall für die Pferde. Sie schlich zur Tür und hielt inne. Der Türklopfer war ein verzierter Kreis aus Lorbeerblättern. Gerade als sie sich vorbeugte, um das schöne Detail näher zu betrachten, flog die Tür auf und ihr Vater stand vor ihr. Sie war schockiert, ihn anstelle von Lord Ivarsson zu sehen, und suchte nach einer vernünftigen Erklärung.

„Mach dir keine Hoffnungen, Mädchen. Ivarsson hat mir strenge Anweisungen gegeben. Er hat mir in allen Einzelheiten erzählt, was sich seit eurer Heirat ereignet hat. Hol deine Sachen und beweg dich."

Mit all den Blutergüssen an ihrem Bauch war es ihr fast unmöglich, sich zu bücken, also griff Inga für sie nach ihrer Tasche. Sie nahm Ingas Ellenbogen, um sich beim Gehen abzustützen. So sehr sie auch versuchte, völlig aufrecht zu stehen, sie scheiterte. Gebeugt ging sie langsam die Innentreppe hinauf, aber zumindest war Erleichterung in Sicht. Wo auch immer sie sich niederlassen sollte, es musste eine Verbesserung gegenüber dem holpernden Wagen sein.

Celestina war natürlich nicht erfreut, ihren Vater zu sehen, aber er war selbst in seiner schlimmsten Verfassung besser zu ertragen als Aldriks Bestrafungen. Ihr Vater hatte sie noch nie so sehr verletzt.

Er führte sie durch den großen Saal und die Treppe zu einem kleinen Turm hinauf. Bevor er die Tür zu ihrer zugewiesenen Kammer öffnete, drehte sich Baron Lunde zu ihr um. „Tochter, die Befehle deines Mannes sind eindeutig. Ich soll dich in diesem Raum einsperren, bis er ankommt. Wir können nicht wissen, wann das ist, da Krieg auf uns zukommt. Inga muss bei den Küchenarbeiten helfen, bis die schwer beladenen Karren eintreffen. Ich werde sie dir zweimal am Tag mit deinem Essen schicken. Davon abgesehen rate ich dir, mich nicht zu belästigen, da ich mich nicht um dich kümmern werde."

Er machte auf dem Absatz kehrt, öffnete die Tür und trat beiseite, damit sie eintreten konnte. Celestina holte tief Luft und überquerte die Schwelle zu ihrem neuen Gefängnis. Doch sie wandte sich noch einmal zu ihrem Vater um. „Wessen Haus ist dies, Vater? Es kommt mir bekannt vor. War ich schon einmal hier?"

„Dies ist eine meiner kleinen Burgen, aber du warst noch nie hier. Der König hat befohlen, dass alle Frauen und Kinder die Küstendörfer verlassen sollen. Wir werden hierbleiben, bis diese dummen Highland-Wilden die verrückten Norweger in die

Flucht geschlagen haben.“

Er gab ihr einen kleinen Stoß in die Kammer und flüsterte dann: „Tochter, dein Mann hat mir auch von deinem Vergehen berichtet. Wie ich sehe, wurdest du hart dafür bestraft, aber das soll mich nicht kümmern. Ich bin nicht länger für dich verantwortlich.“

Betäubt starrte Celestina ihren Vater an, als er die Tür schloss. Ein paar Momente vergingen, bevor sie sich umdrehte, um ihr neues Gefängnis zu mustern. Sie schloss die Augen und versuchte, die starken Emotionen zu kontrollieren, die ihren Körper überschwemmten.

Ihr neues Gefängnis war die Kammer aus ihrem Traum.

Brodie hatte bei seiner Suche nach Loki in der gesamten Stadt nichts über den kleinen Burschen herausfinden können, aber er hatte von einem Verräter erfahren, der den Norwegern Informationen zuspielte. Niemand konnte ihm sagen, wer es war, aber ein Mitglied der Dominikanischen Schwarzkutten war mit ihm gesehen worden. Brodie hatte vor, Pater Padraig aufzusuchen, um zu fragen, ob dieser etwas wusste. Dabei war ihm ein Gedanke gekommen. Durfte er hoffen, dass sich Ivarsson als der Verräter entpuppte?

Er und Nicol saßen mitten in der Stadt, in derselben Gegend, in der sie Loki zum ersten Mal begegnet waren. In der Hoffnung, ein Zeichen des Jungen zu entdecken, verbrachten sie fast eine Stunde damit, die Gegend abzusuchen und diejenigen zu befragen, die in der Nähe lebten. Niemand hatte ihn gesehen und das war seltsam, denn der Bursche war allen wohlbekannt.

Es war fast zwei Tage her, seit Celestina fortgebracht worden war, und Brodie hatte immer noch keine Ahnung, wohin Ivarsson sie geschickt hatte. Die Sonne, die über dem Horizont aufging, erinnerte ihn daran, wie schnell sich die Ereignisse zutrugen. Die Norweger rückten mit jeder Stunde näher und wurden von den Highlandkriegern nicht aufgehalten. Während Berichten zufolge die Grant-Krieger zusammen mit den Boyd-Wachen die Plünderung der Küste erfolgreich gestoppt und den Angriff auf die dortigen Städte und ihre Bewohner verhindert hatten, hatte das den Norwegern ihren Schwung nicht genommen. Sie waren nicht lange nach der Ankunft der schottischen Krieger zu ihren Langbooten zurückgekehrt.

Brodies Bruder Robbie war angeblich wohlauf, aber es hieß, die Schiffe befänden sich jetzt auf direktem Kurs zur königlichen Burg.

Brodie nickte Nicol zu, um ihm zu bedeuten, dass es Zeit war, anderswo weiterzusuchen, und setzte gerade seinen Fuß in den Steigbügel, um aufzusitzen. Doch als er sein rechtes Bein hinaufschwang, drang Lokis Stimme an seine Ohren. Er sprang sofort vom Pferd und drehte sich in die Richtung der kleinen Stimme.

Loki rannte blitzschnell in seine Arme.

„Wo zum Teufel warst du, Junge?", fragte Brodie barsch. „Es gibt einige Dinge, die du erledigen musst. Du kannst kein Grant-Krieger sein, wenn du die ganze Zeit verschwindest." Insgeheim war er froh zu sehen, dass der Junge in guter Verfassung war, aber er musste ihm dennoch die Ohren langziehen, damit er in Zukunft besser auf ihn hörte.

Der Junge stupste ihn an. „Oh, ich bin sehr wohl ein Grant-Krieger. Ihr habt es mir versprochen. Ihr könnt es nicht einfach zurücknehmen, wann Ihr wollt."

Brodie konnte nicht anders, als den lebhaften Kleinen zu mögen. Trotzdem konnte Loki nicht einfach nach Belieben verschwinden. „Grant-Krieger tun, was ihnen aufgetragen wird, und hauen nicht einfach ab."

Loki nahm die Haltung eines Kriegers ein und die beiden Männer kicherten. Die Stirn des Burschen runzelte sich und sein Blick wanderte zwischen ihnen hin und her. „Ich dachte, Ihr sagtet, dass ein Highlandkrieger die Unschuldigen jederzeit beschützen muss."

„Aye, das haben wir gesagt", nickte Nicol. „Aber wir haben auch gesagt, dass ein Highlander Befehle befolgt, weil sein Anführer klüger ist."

Loki wich zurück, als würde er sich darauf vorbereiten davonzulaufen. „Ihr sagtet auch, ein Highlander sollte stets das Ehrenhafte tun und die Schwachen beschützen."

Brodie hielt seine Hand hoch, um Nicols nächste Worte zu stoppen. Seine Stimme wurde zu einem Flüstern, als ihm die

Erkenntnis dämmerte. „Aye, das haben wir getan, Loki. Sag uns, was du getan hast."

„Ich habe jemanden beschützt, der sich nicht selbst schützen kann."

„Wen, Loki?" Hoffnung blühte in Brodies Bauch auf. Würde der Junge ihm erneut aus der Klemme helfen?

„Fräulein Engel." Er zeigte auf Brodie. „Ivarsson würde Euch töten, wenn er Euch sieht. Aber ich kann ihr folgen."

„Hast du das getan? Bist du ihr aus dem Turm gefolgt? Weißt du, wo sie ist?" Brodie musste sich zwingen, den Jungen nicht mit Fragen zu löchern.

„Aye und aye!" Loki grinste breit und nickte, offensichtlich ziemlich stolz auf sich. Brodie wollte den Jungen am liebsten küssen, aber er hielt sich zurück, da der Kleine ihn gebeten hatte, ihn zum Krieger auszubilden.

„Woher wusstest du, dass sie gehen würden?", fragte Nicol verwundert.

„Es war einfach. Ich habe ein paar kleine Steine in Aldriks Schuhen versteckt. Ich wusste, dass er laut aufschreien würde, wenn er seine Schuhe anzieht und auf die Steine tritt." Loki erzählte verschmitzt weiter. „Die Steine mussten ihm wehtun." Er warf den Kopf in den Nacken und gluckste. „Ich hatte Angst, ich könnte einschlafen, wenn ich über Fräulein Engel wache. Ich wollte wissen, ob sie gehen würden. Wenn der böse Draugr verschwindet, hätte ich mich zu ihr schleichen können, um zu sehen, ob es ihr gut geht. Deshalb habe ich kleine Steinchen in die Schuhe von Aldrik, dem Draugr, gesteckt, damit er laut genug schreit, um mich zu wecken, wenn er seine Schuhe anzieht. Er kann schließlich ohne Schuhe nirgendwo hingehen, nicht wahr?"

Brodie und Nicol grinsten und nickten gleichzeitig. „Gut gemacht, Junge. Aber jetzt raus mit der Sprache."

„Also, Aldrik brüllte, denn die Steine haben ihn böse gepiekt." Er legte seine Hand über seinen Mund, um seine Schadenfreude zu verbergen. „Entschuldigung. Als er schrie, wurde ich im Gebüsch wach und wusste, dass sie mit Fräulein Engel fortgehen würden. Deshalb war ich zur Stelle, als sie sie mit ihrer Magd in den Wagen schubsten. Ich wusste nicht, dass sie das vorhatten, aber es war gut, dass ich dort war, Meister Brodie. Ivarsson ist nicht mitgefahren."

Brodie hockte sich vor den Jungen und stützte seine Arme auf seine Beine. „Junge, sag mir, dass du weißt, wo sie ist, und ich werde dir das größte Gebäck des Landes kaufen."

Loki nickte mit dem Kopf, bevor er sich den kleinen Bauch rieb. „Und auch eine Fleischpastete? Es war harte Arbeit, diesem Wagen zu folgen, bis ich herausgefunden habe, wohin sie wollten."

„Aye, zwei Fleischpasteten, du kleiner Trickser. Wo ist sie?"

„Im Haus ihres Vaters in Lennox in der Nähe von Loch Lomond. Ich hörte die Wachen darüber reden. Und Ivarsson ist immer noch hier in Ayr."

Brodie hob Loki hoch und schwang ihn auf seine Schultern, bevor sie zum Bäcker mitten in der Stadt gingen. „Gut gemacht, Junge. Ich bin stolz darauf, dich einen Grant-Krieger nennen zu dürfen. Also, wo gibt es diese Fleischpasteten?"

KAPITEL SIEBZEHN

Ein wahrer Schatz

CELESTINA ERWACHTE MITTEN in der Nacht mit einem Schrei und stolperte aus dem Bett. Es schien kein Mond und sie konnte nichts in der Kammer erkennen. Als sie sich den Schlaf aus den Augen rieb, erinnerte sie sich daran, dass sie in das Haus ihres Vaters in Lennox umgezogen war. *Richtig, ich bin in der Kammer aus meinen Träumen.* Sie drehte sich im Kreis und orientierte sich langsam. Als ein leises Geräusch durch den fast leeren Raum hallte, wirbelte sie herum und fragte sich, warum sie so aufgeschreckt war. Sie hatte wieder geträumt, aber dieser Traum war ganz anders gewesen. Sie hatte Tiere darin gesehen, oder nicht?

Sie schloss die Augen und versuchte, sich Teile des Traums in Erinnerung zu rufen. In diesem Moment streifte etwas ihren Knöchel. Sie schrie auf, stolperte durch den Raum und fiel auf die andere Seite des Bettes. Sie landete hart, schaffte es aber, ihren Sturz mit den Händen abzufangen. Ihre rechte Hand stockte, als sie einen losen Stein fast unter dem Beistelltisch unweit des Kamins fand. Verängstigt und vorsichtig kniete sie nieder und raffte mit der linken Hand das Nachthemd um die Knöchel.

Nachdem sich ihre Augen an die Dunkelheit gewöhnt hatten, stellte sie fest, dass sie allein war und keine Tiere über den Boden huschten. Das seltsame Streifen, das sie gefühlt hatte, musste ein Überbleibsel ihres Traums gewesen sein. Mit der rechten Hand wollte sie sich abstützen, merkte aber, dass sich der Boden bewegte. Sie zuckte erschrocken zurück und zog ihre Hand dicht an ihren Körper. Dann streckte sie sie zögernd wieder aus, um den Stein zu berühren, nur um festzustellen, dass er an einer Seite eine hohle Stelle hatte.

Celestina griff über sich, fand eine Kerze und zündete sie an der Glut im Kamin an, bevor sie sie neben sich auf den Boden stellte und an dem Stein zog. Er war überhaupt nicht mit den anderen verputzt und löste sich leicht. Sie spähte darunter und fand ein kleines Fach mit einer Schachtel darin. Ihre Hände zitterten, als sie hineingriff und die Dose heraushob, bevor sie den Stein wieder an seine Stelle schob.

Sie stand auf und trug die Dose und die Kerze zu dem größeren Tisch neben dem Fenster. Die mit Staub bedeckte Schachtel schien seit Jahren nicht mehr berührt worden zu sein. Was war darin? Gold? Nein, sie war zu leicht, um mit Münzen gefüllt zu sein. Sie öffnete den Riegel und hob den Deckel an.

Briefe. Ein Stapel Briefe befand sich sorgfältig gefaltet darin. Sie zog den obersten hervor, öffnete ihn vorsichtig und strich ihn dann auf der Tischplatte glatt.

Geschrieben in Largs.

Mein Liebster, ich fürchte, unsere Briefe wurden entdeckt und ich muss dir dies schnell übermitteln. Mein Mann ist außer sich vor Wut und hat mich eingesperrt. Wir leben jetzt in Largs, aber ich weiß nicht, wie ich dir den Ort genauer beschreiben soll. Unsere Tochter ist wohlauf, sie ist eine wahre Schönheit. Wie ich wünschte, du könntest sie sehen! Sie hat deine blauen Augen. Ich fürchte um ihre Sicherheit. Ich weiß nicht, wie ich sie anders beschützen soll, als dich zu bitten, uns zu holen. Bitte beeile dich.

Du sollst wissen, dass ich dich von ganzem Herzen und mit ganzer Seele liebe. Wir gehören zusammen. Es tut mir so leid, dass wir uns erst nach meiner Heirat begegnet sind. Ich wäre mit dir davongelaufen und hätte alles aufgegeben, nur um bei dir zu sein. Unsere Liebe ist ewig, und wenn ich aus irgendeinem Grund nicht überlebe, werde ich im Himmel auf dich warten, wo wir gewiss zusammen sein werden. Bitte versprich mir, dass du dich um unsere Tochter kümmern wirst. Kümmere dich um unsere Celestina, unseren Engel des Lebens, der uns vom Herrn geschenkt wurde.

Der Brief fiel ihr aus den Händen und sie schlug erschrocken eine Hand vor den Mund. Ihre Mutter hatte diesen Brief geschrieben. Sie hob ihn wieder auf und las ihn noch einmal, um sicherzugehen, dass sie nichts falsch verstanden hatte. Aber jedes

Mal, wenn sie die Worte las, kam sie zu dem gleichen Schluss. Ihre Mutter hatte einen anderen Mann geliebt, und dieser andere Mann war ihr wahrer Vater.

Baron Lunde war gar nicht ihr Vater!

Die Puzzleteile fügten sich in Celestinas Kopf zusammen und Tränen liefen über ihre Wangen. Langsam begann ihr Leben einen Sinn zu ergeben. All die Schläge, der Hass, der Spott und die Strafen hatten einen einzigen Grund gehabt, und es war nicht, weil sie ein Mädchen war und der Baron einen Jungen gewollt hatte. Nein, er hasste sie, weil sie die Tochter eines anderen Mannes war. Jetzt verstand sie alles. Er verabscheute sie, weil sie ihn täglich an die Untreue ihrer Mutter erinnerte. Ihre Mutter hatte einen anderen geliebt. Sie presste ihre Hände auf den Mund, um ihr Schluchzen zu beruhigen.

Aber was war passiert? Und wer war ihr wahrer Vater? Die Art und Weise, wie ihre Mutter in dem Brief von ihr sprach, klang, als wäre sie damals noch ein Baby gewesen, als die Zeilen geschrieben wurden. Wenn ihre Mutter sie in ihren Träumen besuchte, waren sie in diesem Raum. Waren sie hier zusammen eingesperrt gewesen? Und warum war ihr wahrer Vater nicht gekommen, um sie und ihre Mutter zu retten, so wie sie ihn in dem Brief gebeten hatte? Wenn er sie wirklich geliebt hatte, warum war er nicht gekommen, um sie zu holen? Doch da sich der Brief in der Schachtel befand, war er eindeutig nie abgeschickt worden.

Celestina legte ihn nieder und zog den nächsten Brief aus dem Bündel. Sie kaute auf ihrem Daumen, als sie ihn auf dem Tisch glattstrich.

Meine geliebte Tochter,

Worte können nicht ausdrücken, wie sehr ich dich liebe. Du bist das Licht meines Lebens in einer so trostlosen Welt. Ich schreibe dir diese Briefe, weil ich fürchte, ich werde den Tag nicht erleben, an dem du erwachsen wirst. Du bist inzwischen fast drei Jahre alt und ich fürchte um mein Leben.

Es ist Zeit, dir meine Geschichte oder besser gesagt unsere Geschichte zu erzählen, so wie sie sich tatsächlich zugetragen hat. Der Baron, der nicht dein Vater ist, droht mir, und ich fürchte, er wird einmal so wütend werden, dass er mein Leben beenden wird. Wenn das passiert, wird er dich vermutlich genauso behandeln, wie er mich behandelt – wie eine Gefangene, die in einem Raum eingesperrt ist. Ich schreibe dir diese Briefe und verstecke sie in der Hoffnung, dass du eines Tages zufällig auf sie stoßen wirst.

Ich bin Norwegerin und mein Vater war ein reicher Mann. Er gab mich Walter Lunde zur Braut, weil der Baron Land besaß, das mein Vater wollte. Es war ein Geschäft, in dem ich das Zahlungsmittel war, wie es in so vielen Ehen der Fall ist, und ich mache meinem Vater keine Vorwürfe wegen dieses Arrangements. Zunächst verlief unsere Ehe normal. Wir waren nicht verliebt, aber wir verstanden uns und wir schienen uns zu mögen. Wir lebten in einem Haus in Ayr, das mit gefiel. Wir besuchten die Kirche und lokale Jahrmärkte. Walter nahm mich gern mit zu Minnesängern. Wir pflegten einen freundschaftlichen Kontakt zu unseren Nachbarn. Ich hatte gehofft, bald nach unserer Hochzeit schwanger zu werden, aber leider sollte es nicht so sein.

Als wir eines Tages von einem örtlichen Markt zurückkehrten, wurden wir von einer Gruppe von Vogelfreien angegriffen. Irgendwie hatten sie herausgefunden, dass der Baron eine Menge Münzen in seinen Mantel eingenäht hatte, also schlugen sie uns beide und stahlen alles, was er bei sich trug. Walters Kopf wurde bei dem Angriff so schwer verletzt, dass er fast gestorben wäre. Ich habe ihn gesund gepflegt, aber er wurde nie wieder derselbe.

Der freundliche Baron Lunde verwandelte sich in einen verbitterten, zornigen Mann. Ich versuchte so gut ich konnte, es ihm rechtzumachen, aber es war nie genug. Er fing an, mich ohne Grund zu schlagen. Ich hatte Angst, ihn zu verärgern, also hielt ich mich so gut ich konnte von ihm fern.

Hier endete der Brief, also zog Celestina die nächste Seite aus der Schachtel. Völlig versunken in die Geschichte ihrer Mutter las sie weiter:

Eines Tages fuhren wir mit unserem Wagen zu einem Jahrmarkt, weil Walter gern den Wettkämpfen der Highlander zusah. Wir waren beide beeindruckt von der Muskelkraft und Stärke dieser Männer. Sie hatten so viel trainiert und kämpften mit den größten Schwertern, die ich je gesehen habe. Ein junger Mann schien sich für mich zu interessieren und sah oft zu mir herüber.

Als der Baron das bemerkte, war er alles andere als glücklich.

Ich habe nichts getan, um den Jungen zu ermutigen, aber er konnte seine Augen nicht von mir abwenden. Nachdem wir den Markt verlassen hatten, hielt Walter den Karren in der Nähe eines Wäldchens an und zog mich zwischen die Bäume, um mich zu schlagen. Er beschimpfte mich und schlug mich, bis ich mich nicht mehr bewegen konnte.

Und dann ließ er mich zum Sterben zurück.

Zwei Tage später wachte ich in der Burg dieses Highlanders auf und eine Heilerin saß an meiner Seite. Die Heilerin pflegte mich wieder gesund und der Highlander, Ranald MacLaren, besuchte mich oft an meinem Krankenbett. Was kann ich sagen, außer zuzugeben, dass Ranald und ich uns ineinander verliebt haben und dass ich bei ihm leben wollte. Er und sein Clan versuchten mich davon zu überzeugen, dass ich frei war, einen anderen Mann zu nehmen, da der Baron mich tot glaubte, aber Baron Lunde, der ursprünglich aus England stammt, hat ein anderes Verständnis des Ehegelübdes.

Schließlich erreichte ihn die Nachricht, dass ich seine Schläge überlebt hatte und schwanger war. Also kam er zur Burg der MacLarens, um seine Frau zu holen. Er brachte den Richter mit und zwang mich, mit ihm in seine Heimat zurückzukehren.

Ich habe versucht, mit Ranald in Verbindung zu bleiben, denn ich wusste, dass du sein Baby bist und nicht das von Baron Lunde. Die Wut im Gesicht des Barons, als er entdeckte, dass du nicht sein Kind bist, möchte ich nie wieder erleben. Natürlich fühlte er keinerlei Reue darüber, mich geschlagen und vermeintlich dem Tod überlassen zu haben. Er brachte uns nach Largs, damit Ranald und ich uns nicht finden konnten.

Ich habe dich in Largs zur Welt gebracht. Ich gebe mein Bestes, um dich nur mit meiner Mutterliebe zu erziehen, aber ich hoffe immer noch, dass Ranald eines Tages kommen wird, um uns nach Hause zu holen. Die ständigen Schläge des Barons schwächen mich und ich fürchte, eines Tages wird er anfangen, auch dich zu schlagen.

Du sollst wissen, dass ich dich von ganzem Herzen liebe und mit aller Kraft versuche, uns ein besseres Leben zu ermöglichen.

Deine dich liebende Mutter

Celestina legte diesen Brief nieder und dachte darüber nach, was sie gelesen hatte. Warum war ihr wahrer Vater sie nie holen gekommen? Die Highlander lebten doch für ihr Ehrgefühl. Wenn er Brodie auch nur im Geringsten ähnelte, hätte er ihre Mutter vor dem verdammten Baron Lunde gerettet.

Über den nächsten beiden Briefen lag eine kurze Nachricht.

Meine Celestina,

Ich hinterlasse dir diese beiden letzten Briefe als Beweis dafür, wie sehr deine Eltern dich geliebt haben. Wenn mir etwas zustößt, bevor du erwachsen wirst, sollst du wissen, dass es zwei Menschen gibt, die dich sehr lieben und sich danach gesehnt haben, dir zu zeigen, wie wichtig du uns beiden warst.

Sie nahm den nächsten Brief mit großem Zögern in die Hände. Sie hatte fast Angst, ihn zu lesen, doch sie zwang sich, die sorgfältig gefalteten Ecken zu öffnen, und war überrascht, eine fremde Handschrift auf dem Pergament zu sehen.

Mylady,

dieser Brief soll Euch darüber informieren, dass Ranald MacLaren von einem Eber angefallen wurde. Wir gehen davon aus, dass er diese Nacht nicht überlebt. Er fragt nach Euch und wir hoffen, dass Ihr den Weg zur Burg der MacLarens findet, um an seiner Seite zu sitzen. Es könnte die letzte Gelegenheit sein, ihn lebend zu sehen.

Er hat Euch den beigefügten Brief für den Fall geschrieben, dass ihm etwas zustoßen sollte. Ich leite ihn an Euch weiter, denn er hat mich in seinen letzten Atemzügen darum gebeten.

Donald MacLaren, Ranalds Bruder

Ein weiterer Brief in einer anderen Handschrift lag darunter.

Meine Liebe,

es bricht mir jeden Tag das Herz, wenn ich daran denke, dass du nicht dort bist, wo du hingehörst — in meinen Armen. Du musst wissen, dass meine Liebe zu dir in der Zeit, in der wir getrennt sind, nicht im Geringsten nachgelassen hat. Ich danke dir für alles, was du tust, um unser Kind zu beschützen, und freue mich auf den Tag, an dem ich dich und unsere schöne Tochter in meine Arme schließen kann. Bitte sei versichert, dass ich alles in meiner Macht Stehende tue, um dich holen zu kommen. Ich werde dich ewig lieben.

R.

An den Brief war eine weitere Nachricht angehängt.

Celestina,

dein Vater, Ranald MacLaren, war mit mehreren Wachen aus seiner Burg aufgebrochen, um uns zu holen, als dieses tragische Ereignis stattfand. Als der Baron von dem Unfall erfuhr, brachte er mich von Largs nach Lennox in Moubrey Hall, in der Hoffnung, mich daran zu hindern, zum Sterbebett deines Vaters zu eilen.

Mein Herz ist in so viele Teile zerbrochen, dass ich nicht weiß, wie ich weitermachen soll. Ich danke Gott für dich, meine Celestina. Ohne dich könnte ich es nicht ertragen, die Liebe meines Lebens verloren zu haben.

Ich möchte dir folgenden Rat geben: Wenn du jemals die Gelegenheit hast, auf dein Herz zu hören und den Mann deiner Träume zu lieben, dann tu es. Es macht mich traurig zu sehen, wie viele Ehen wegen Geld, Land, Macht und Kontrolle geschlossen werden.

Heirate jemanden, mit dem du nicht nur deine Liebe, sondern auch deine Träume teilen kannst. Ich bereue es nicht, Ranald begegnet zu sein und dich als Beweis unserer Liebe geboren zu haben. Ich bedaure nur, dass wir unsere Liebe nicht in ihrer ganzen Pracht genießen konnten. Ich wünsche dir solch eine Liebe und solch ein Leben.

Deine dich liebende Mutter.

Also war ihr Vater doch gekommen, um sie zu holen. Verwirrt las Celestina die Briefe noch einmal, bis sie genau verstand, was passiert war. Die Liebe, die sie von und für ihre beiden Eltern empfand, raubte ihr den Atem.

In ihrem Traum hatte ihre Mutter sie zu diesen Briefen geführt. Sie hatte gewollt, dass sie die wahre Liebe kennenlernte und sie wollte ihr etwas noch Wichtigeres erzählen. Sie hatte ihren Eltern viel bedeutet. Sie besaß einen Wert. Dessen war sie sich nun sicher. Celestina Lunde war zum Teil Norwegerin und jetzt wusste sie noch etwas über sich. Ihr Vater war ein Highlander, genau wie ihr Ehemann. Das bedeutete, dass sie in doppelter

Hinsicht in die Highlands gehörte.

Sie hatte nie etwas tun können, um es Baron Lunde rechtzu-machen, denn seine ständige Kritik hatte nichts mit ihr zu tun – sie richtete sich gegen ihre Mutter.

Celestina wischte sich die Tränen aus den Augen und ver-brachte eine weitere Stunde damit, die Briefe zu lesen. Sobald sie sie auswendig kannte, legte sie sie wieder in die Dose zurück, behielt aber den letzten Brief aus Largs und drückte ihn fest an ihr Herz. Sie würde ihn nie verlieren und ihn oft lesen, um sich daran zu erinnern, wer sie war.

Und jetzt würde sie um ihren Ehemann Brodie kämpfen.

KAPITEL ACHTZEHN

Überraschungen

ÜBER EINE WOCHE später wartete Brodie unter einer alten Eiche vor der königlichen Burg und hoffte, seinen Bruder Robbie zu sehen. Es hieß, die Highlander würden zurückkehren, nachdem sie die plündernden Norweger erfolgreich auf ihre Schiffe zurückgedrängt hatten. Gesandte des schottischen Königs waren zu Friedensgesprächen mit König Haakon geschickt worden. Nun hatte König Alexander III. ein Treffen seiner Offiziere und Clananführer einberufen, um sie über den Stand der Verhandlungen zu unterrichten.

Brodie hoffte, dass sich die Lage beruhigen würde, damit er seine Frau holen und mit ihr zu seinem Clan in den Highlands zurückkehren konnte. Er hatte nur aus drei Gründen beschlossen, Celestina im Haus ihres Vaters in Lennox zu lassen. Zum einen hatte Nicol herausgefunden, dass sie während ihrer Gefangenschaft dort unverletzt geblieben war, zum anderen würde der König ihn an seinen Kronjuwelen aufhängen lassen, wenn er Ayr verließ, solange eine Flotte nordischer Schiffe nicht weit des Firth of Clyde wartete. Außerdem blieb auch Fredrik Ivarsson in Ayr. Brodie traute dem Mann nicht und hoffte, ihn bei etwas zu erwischen, aber das konnte er nicht, wenn er nicht in der Stadt war. Verräter wurden gehängt und er konnte sich kein besseres Ende für Ivarssons finsteres Leben vorstellen.

Er sah Robbie nicht, aber sein Blick fiel auf die fließenden Gewänder eines Priesters, der zum Tor ging. Brodie rannte den Weg entlang und fing Pater Padraig ab, bevor dieser die Burg betreten konnte.

„Pater Padraig! Darf ich einen Moment mit Euch sprechen?"

„Natürlich, mein Sohn. Wobei kann ich Euch behilflich sein?"

„Pater, eine Quelle hat mich über einen Verräter in der Stadt informiert. Er wurde dabei gesehen, wie er mit einer Schwarzkutte sprach. Dem Mann ist nicht zu trauen und ich habe mich gefragt, ob Ihr wohl eine Ahnung habt, wer dieser Schuft sein könnte."

„Nein, ich kann Euch nicht helfen, Brodie. Ich habe keine Ahnung, da wir hier so viele Mönche haben. Viele sind an den Verhandlungen mit den Norwegern beteiligt. Unter ihnen ist ein Verräter, sagt Ihr?"

„Aye, und ich hatte gehofft, Ihr könntet mir sagen, dass es dabei sich um Fredrik Ivarsson handelt."

„Ihr seid wohl immer noch in das Mädchen verliebt?" Der Pater grinste und zwinkerte Brodie zu.

Brodie zögerte, bevor er weitersprach. Er musste dem Priester der keltischen Kirche vertrauen, immerhin war er ein Mann Gottes, ein Culdeer, Mitglied eines der angesehensten Orden in den Highlands. Er hatte auch eindeutig eine besondere Beziehung zu Celestina. „Pater, ich liebe Celestina und sie empfindet genauso. Wir … nun … haben in der Nacht vor ihrer Hochzeit mit Ivarsson die Handfeste geschlossen. Ich weiß, dass Ivarsson kein guter Mann ist. Er schlägt sie und ich muss sie von ihm fortholen und sie nach Hause zu meinem Clan bringen. Die offiziellen Heiratsdokumente, denen zufolge sie seine Frau ist, sind mir egal. Sie gehört nicht zu ihm, sie gehört zu mir. Und ich habe vor, sie bald zu holen."

„Oh, mein Junge", er griff in seine Robe und zog ein Stück Pergament heraus, „sprecht Ihr von dieser Heiratsurkunde?"

Brodie nahm das Pergament an sich und starrte es an. Baron Lunde hatte es unterschrieben, Ivarsson ebenfalls, aber es ergab keinen Sinn. Es war in Latein und Gälisch, seiner Sprache, verfasst, aber die gälischen Wörter waren wirres Zeug, keine Eheerklärung. Er starrte Pater Padraig an.

„Dieser Teil ist auf Gälisch, Vater, aber er sagt gar nichts aus." Er schüttelte verwirrt den Kopf.

„Das weiß ich, und das wisst Ihr, weil wir beide Gälisch sprechen, aber weder Celestina noch Ivarsson wissen es." Pater Padraig lachte heiter. „Oh, Junge, seht mich nicht so überrascht an. Das Geld und die Schiffe mussten ihren Besitzer wechseln.

Ich musste den König glücklich machen, aber dafür musste ich nicht das Leben zweier junger Menschen ruinieren, oder?"

Brodie umarmte den Culdeer-Priester und kicherte. „Sie sind nicht verheiratet, nicht wahr, Pater? Verstehe ich Euch recht?"

„Sagt Ihr es mir. *Tha am pòsadh sin an aghnaidh an fhacal Dhè.* Das waren meine letzten Worte bei Ivarssons Hochzeit mit Celestina." Der Pater sah ihn mit erhobener Augenbraue an, während er auf Brodies Übersetzung wartete.

„Diese Ehe ist in den Augen Gottes nicht gültig? Ist das wahr, Pater Padraig?" Brodie starrte ihn an und konnte nicht glauben, was der Priester ihm da sagte. Celestina war gar nicht mit Fredrik Ivarsson verheiratet!

„Richtig, mein Freund. Genau das habe ich am Ende dieser albernen Zeremonie gesagt. Leider musste das Mädchen den Kuss ertragen, aber ich habe sehr hart gearbeitet, um zu verhindern, dass mehr passiert."

Des Paters selbstgefälliges Lächeln sagte ihm alles, was er wissen musste. Brodie packte die Arme des Priesters und wollte ihm um den Hals fallen, war sich aber nicht sicher, ob es angemessen war. Sie war frei!

„Aye, sie sind nicht verheiratet. Ich bin eine Art Beschützer von Celestina und ich konnte nicht guten Gewissens zulassen, dass sie diesen Hund heiratet. Ich passe auch jetzt noch auf sie auf, dort, wo sie ist, und mir ist klar, dass Ihr im Augenblick nicht viel für sie tun könnt. Aber macht Euch nicht allzu viele Sorgen um sie. Sie wird auf Euch warten, wenn die Schotten nicht Krieg führen, aber bis dahin müsst Ihr für Euer geliebtes Land und Euren Clan kämpfen."

Brodie nickte begeistert. Er und Celestina könnten heiraten, sobald dieser Krieg vorbei wäre.

„Junge, ich nehme die Urkunde wieder an mich. Sie wird mir vielleicht noch nützlich sein. Es gibt noch etwas, das Ihr wissen müsst." Pater Padraig sah sich um, um sicherzugehen, dass sie nicht belauscht wurden, und steckte die Rolle wieder in seine Kutte.

„Aye, Pater?"

„Baron Walter Lunde ist nicht ihr wahrer Vater."

„Was?" Brodie war sprachlos. Was das über die Enthüllung der nichtigen Ehe mit Ivarsson hinaus bedeutete, war fast zu viel für ihn. „Woher wisst Ihr das, Pater?"

„Vertraut mir, mein Sohn. Ich weiß es."

„Weiß Celestina davon?" Der Bastard, der sie schlug, war also nicht ihr Vater?

„Nein, sie weiß es noch nicht. Aber da ist noch mehr." Der Pater machte eine Pause und musterte Brodie lange, bevor er schließlich seufzte. „Ich vertraue darauf, dass Ihr diese Informationen für Euch behaltet."

„Aye, Pater, Ihr habt mein Ehrenwort als Grant. Was ist es?"

„Celestinas Vater ist ein Schotte und er lebt noch. Er will sie kennenlernen."

„Ich weiß nicht, was ich dazu sagen soll. Sollte sie das nicht entscheiden? Obwohl ich ahne, wie ihre Antwort lauten wird."

„Aber da ist noch mehr. Ihre Mutter lebt auch noch. Wenn dieser Krieg vorbei ist, müsst Ihr ihr erlauben, ihre Eltern zu sehen. Das Kind muss das schreckliche Leben bei Baron Lunde hinter sich lassen und seine wahre Familie kennenlernen. Es gibt viel zu erklären, aber das kann warten. Bis dahin müsst Ihr mir versprechen, dass Ihr das hier zu Ende bringt. Habe ich Euer Ehrenwort als Grant, dass Ihr ihr kein Wort davon sagen werdet, bis ich es Euch erlaube?"

„Aye, Ihr habt mein Wort." Brodie wusste, wie sehr es Celestina wehtun würde, herauszufinden, dass er solche Informationen vor ihr geheim gehalten hatte, aber welche Wahl hatte er?

„Und habe ich Euer Versprechen, dass Ihr alles tun werdet, damit Celestina mit ihren wahren Eltern wiedervereinigt wird?"

Brodie nickte. „Aye." Es war ein Mann Gottes, der ihm diese Fragen stellte. Er hatte keine andere Wahl, als seine Wünsche zu respektieren.

„Eine letzte Sache, mein Sohn." Pater Padraig legte seine Hand auf Brodies Schulter. „Ich danke Euch für alles, was Ihr für meine Nichte getan habt. Ich bin ihr Onkel."

Brodie starrte den Priester an. Das ergab natürlich Sinn, er war nur einfach noch nicht so weit, so viel auf einmal zu verarbeiten.

Pater Padraig kicherte. „Ich sehe, ich habe Euch genug Informationen für einen Tag gegeben. Lasst uns nach drinnen gehen, Junge, und sehen, welche Neuigkeiten der König für diejenigen von uns hat, die noch hier sind. Ich schätze diese Treffen. Bitte grämt Euch nicht so sehr. Ihr Herz gehört immer noch Euch."

Der Priester und der Krieger gingen schweigend zusammen den Burgweg entlang und traten ein. Als sie ins Solar geführt wurden, rieb sich Brodie immer noch die Stirn, um alles zu verarbeiten, was er gerade erfahren hatte. Er war begeistert darüber, dass Celestina nicht mit Ivarsson verheiratet war, aber eine neue Sorge machte ihm nun zu schaffen. Wenn sie erfuhr, dass ihre Mutter und ihr Vater noch am Leben waren, würde sie dann immer noch seine Frau sein wollen oder würde sie sich dafür entscheiden, bei ihren Eltern zu bleiben?

König Alexander III. trat zusammen mit Alexander of Dundonald ein. Sie standen vor den Versammelten, aber der König sprach zuerst. „König Haakon von Norwegen hat Rothesay Castle auf Bute erobert und fordert, dass wir seine Herrschaft über diese Insel zusammen mit vielen anderen westlichen Inseln in einem formellen Vertrag anerkennen. Ich werde ein solches Dokument niemals unterschreiben. Wir haben Wochen damit verbracht, Schwarzkutten-Gesandte durch den Firth hin und her zu schicken, um zu verhandeln. Ohne Erfolg. Er wird keine unserer Inseln freigeben und ich bin nicht länger bereit, seine Vorherrschaft über sie anzuerkennen. Ich vermute, Haakon plant immer noch, Schiffe hierherzuschicken. Ich habe die Verhandlungen so lange wie möglich hinausgeschoben, aber es ist fast Ende September und ich bezweifle, dass er noch viel länger warten wird. Ich hoffe, dass einige unserer wunderbaren schottischen Wale genau zum richtigen Zeitpunkt auftauchen und ein paar seiner Schiffe versenken werden, aber nur der Herr weiß, ob das passieren wird. Derzeit liegt seine Flotte vor Arran vor Anker, wo er mehrere Burgen eingenommen hat, aber ich vermute, er wird eine Gruppe von Schiffen direkt hierherschicken. Die Highlander sind auf dem Weg zurück zu uns und werden ganz Ayrshire beschützen. Wir sind uns nicht sicher, wo genau die Langboote ankommen werden, deshalb müssen wir auf jede Bewegung in der Gegend achten.

Meine Herren, bereitet Euch auf den Krieg und auf das Schlimmste vor. Die Norweger sind auf dem Weg hierher."

Zwei Wochen, nachdem Celestina die Briefe ihrer Mutter gefunden hatte, ging sie in ihrer Kammer auf und ab. Die frühe Morgendämmerung war ihre Lieblingszeit, da die Erinnerungen an ihre in dem kleinen Raum herumwuselnde Mutter dann am stärksten waren. Sie hatte noch einmal alle Briefe gelesen. Die Wahrheit befreite ihren Geist auf eine Weise, die ihr Vater niemals verstehen würde. Jetzt verstand sie, warum ihre verzweifelten Versuche, ihrem Vater zu gefallen, scheitern mussten.

Sie befand sich in fast derselben Position, in der sich ihre Mutter vor all den Jahren befunden hatte. Sie hatte das Problem analysiert, fand aber keine schnelle Lösung. In ihrem Herzen wusste sie, dass Brodie der Mann war, den sich ihre Mutter für sie gewünscht hätte. Er war sanftmütig, freundlich, zärtlich und doch stark. Er war immer liebevoll und beschützerisch und ein Mann, den man bewundern musste. Und jetzt, da sie wusste, dass sie Schottin war, hatte die Zeremonie der Handfeste für sie noch mehr Bedeutung.

Bald würde Fredrik Ivarsson kommen, um die Ehe zu vollziehen, doch nach der vielen Angst ließen ihr Gewissen und ihr Glaube ihr nur eine Wahl.

Zu kämpfen. Sie würde sich gegen Fredrik wehren. Inga hatte ihr gesagt, dass eine Ehe annulliert werden konnte, wenn das Brautlager nicht vollzogen wurde, also musste sie dafür sorgen, dass es niemals so weit kam. Ihre Entschlossenheit war eisern und die Gewissheit, dass ihre Mutter und ihr richtiger Vater sie geliebt hatten, bekräftigte sie noch mehr.

Sie würde für ihre wahre Liebe, Brodie Grant, kämpfen, in der Hoffnung, dass sie eines Tages das Leben zusammen leben könnten, das sich ihre Mutter für sie gewünscht hatte. Dass sie ihre Liebe genießen und sie mit ihren Kindern teilen könnten.

Celestina hatte den Baron seit ihrer Ankunft in der Burg nicht oft gesehen und zum Glück war auch Fredrik nicht aufgetaucht. Ihre einzige Informationsquelle über den eskalierenden Konflikt war Inga und ihrer neuesten Information nach waren die Verhandlungen zwischen Schottland und Norwegen gescheitert und König Haakon, der vor Arran vor Anker lag, hatte eine Flotte von Schiffen nach Ayr, in die königliche Stadt, geschickt. Da sie so weit von Ayr entfernt war, hatte Celestina keine Ahnung, wie lange es dauern würde, bis sie Brodie wiedersah. Sie betete täglich dafür, dass er, sein Bruder und Loki in Sicherheit wären. Sie vermisste den kleinen Burschen, tröstete sich aber damit, dass er bei Brodie war.

Nachdem sich Celestina gewaschen hatte, zog sie ihren einfachen Wollrock an. Das Blau war einmal hübsch gewesen, aber jetzt war es verblasst. Sie war kaum wie die Frau eines reichen Mannes gekleidet, aber es war ihr egal. Das Einzige, was sie tragen wollte, war das schöne rote Plaid ihres Gemahls.

Sie hatte gerade den Brief ihrer Mutter in der Nähe ihres Herzens verwahrt, als die Tür aufflog. Der Baron stand vor ihr und schnappte nach Luft.

„Sie kommen", keuchte er.

„Wer?" Die Angst im Gesicht des Barons gefiel ihr nicht.

„Die Norweger! Wilde Männer, die danach hungern, Frauen und Kinder zu töten. Sie plündern Dörfer in Küstennähe. Wir haben Glück, so weit im Landesinneren zu sein. Hoffentlich hält man sie rechtzeitig in Schach und wir bleiben verschont."

„Was werden wir tun?" Erschrocken rieb sie sich die Kehle, als sie daran dachte, dass Brodie gegen solche Kreaturen kämpfen musste. Er musste überleben, er musste zu ihr zurückkehren.

„Wir werden unsere Wertsachen verstecken, weil sie sonst alles stehlen werden. Ivarsson ist auf dem Weg hierher, vermutlich um ihnen zu entkommen. Ich erwarte seine Ankunft noch heute. Bereite dich auf deinen Ehemann vor."

Und damit schlug der Baron die Tür zu und drehte den Schlüssel im Schloss um.

KAPITEL NEUNZEHN

Die Schlacht beginnt

DAS TREFFEN DER Offiziere im großen Saal der königlichen Burg hatte gerade begonnen. Brodies Gedanken überschlugen sich, während er dem Sheriff von Ayr zuhörte. „Haltet Euch bereit. Die Schiffe wurden gesichtet. Wir erwarten sie am Mittag hier in Ayr." Die Spannung nach Walter Stewarts Erklärung nahm zu und er konnte die Nervosität seiner Kameraden spüren.

„Sheriff, wo sind all die Highlandkrieger?", fragte einer der Offiziere. „Sollten sie nicht zurückkehren, um die königliche Stadt zu beschützen, bevor die Norweger kommen? Wir können die Burg beschützen", er deutete mit einer ausschweifenden Geste auf den Saal mit über hundert Männern, von denen viele vom König neu angeheuert worden waren, „aber was ist mit dem Rest von Ayrshire?"

Viele in der Gruppe nickten zustimmend. Der Sheriff antwortete, indem er finster abwinkte. „Die Grant-Krieger sind auf dem Rückweg, ebenso wie die Männer Boyds und die Montgomerys. Grant schickt weitere Krieger, zusammen mit seinem gepanzerten Pferd, und die Campbells und Camerons sind ebenfalls auf dem Weg. Wir haben auch die Stadtwache. Vergesst nicht, dass Euer Posten hier in der Burg ist. Eure Aufgabe ist es, Euren König zu beschützen. Das schließt Euch ein, Grant."

Brodie nickte und fragte sich, wo sein Bruder war und ob er wirklich überlebt hatte, wie aus den Berichten hervorging. Er hätte inzwischen zurück sein sollen. „Wie viele Männer haben wir verloren?" Er brauchte Gewissheit.

„Nicht so viele wie die Norweger, aber sie haben nur wenige Schiffe an Land gelassen. Die Hälfte ihrer Flotte wartet immer noch in der Nähe von Arran. Wenn sie alle an Land gehen, könnten wir in Schwierigkeiten geraten." Seine Stimme endete im Flüsterton. „Aber denkt daran, dass Ihr alle hier in der Burg bleiben sollt. Das ist alles für den Moment. Haltet Eure Posten."

Als sie den großen Saal gerade verlassen wollten, schoss ein junger Bursche in den Raum und schnappte nach Luft. „Verzeihung, Sheriff."

„Sprich schon, Junge." Die Gruppe wartete auf Neuigkeiten über die nordische Route.

„Es heißt, die Schiffe sind in verschiedene Richtungen unterwegs. Diejenigen, die hierhersteuern, sollten in ein paar Stunden hier sein. Viele fahren gen Norden."

Der Sheriff wandte sich an seine Gruppe. „An die Waffen, Männer. Bereitet Euch darauf vor, Euren König zu verteidigen."

Brodie konnte den Worten des Jungen kaum glauben. Er trat ins Freie und rief nach Nicol. Sein Freund rannte durch das Burgtor auf ihn zu, Loki dicht hinter ihm. „Grant, ist es wahr? Die Norweger werden bis Mittag hier sein?"

„Nein, sie werden schon früher ankommen. Hol meine Waffen." Er wandte sich an den jungen Burschen, dessen Augen groß wie Untertassen waren. „Loki, du wirst deine erste Aufgabe als Knappe erledigen und mir helfen, mich zu rüsten."

Loki stieß einen Schrei aus und eilte mit ungewöhnlich schnellen Beinen hinter Nicol her. Die Begeisterung des Jungen brachte Brodie zum Lachen, aber er war sich nicht ganz sicher, was er mit dem kleinen Kerl anfangen sollte, wenn der Kampf begann.

Nicol kam mit seinem jungen Schatten zurück. „Meister Brodie, diese Rüstung ist aber schwer", sagte der kleine Junge mit einem Pfiff. „Wie könnt Ihr sie tragen?"

Als Loki die Rüstung zu seinen Füßen fallen ließ, fuhr ihm Brodie durch das Haar. „Das ist der Grund, warum die Krieger so hart auf dem Kampfplatz üben müssen. Wir müssen lernen, mit all dem zusätzlichen Gewicht zu kämpfen. Hör Nicol gut zu und hilf ihm."

Nicol gab dem Jungen ein Kleidungsstück. „Hilf du ihm mit seiner Hose und ich ziehe ihm das Wams an." Während der Kleine sein Bestes gab, um Brodie mit der Hose zu helfen, hob

Nicol das gesteppte Wams über seinen Kopf. Als nächstes kam sein Kettenhemd, dann eine Ledertunika mit dem Wappen der Familie Grant. Es zeigte drei Kronen mit der Aufschrift „Haltet Stand".

Nachdem er Brodie mit den Beinschienen für seine Oberschenkel und der Polsterung für seine Arme geholfen hatte, setzte Nicol die Kettenhaube über seinen Kopf. Loki versuchte tapfer, die Haube zu heben, aber Brodie lachte und sagte: „Keine Sorge, Junge. Das brauche ich noch nicht."

Brodie ging auf und ab, um alles zurechtzurücken, bis es gut saß.

„Was macht Ihr da, Meister Brodie?" Loki starrte ihn an und seine Augen waren voller Ehrfurcht vor dem vertrauten Mann, der jetzt völlig mit Metall bedeckt war.

„Ich sorge dafür, dass meine Arme frei sind, um mit meinem Schwert kämpfen zu können, Kleiner."

„Ich bin nicht klein. Nennt mich nicht so." Er runzelte die Stirn bei seinen Worten und Brodie musste ein Lächeln unterdrücken.

„Nay, Junge, du bist so mutig wie jeder Grant-Krieger, den ich kenne. Du sollst während der Kämpfe bei Nicol bleiben. Hast du das verstanden?"

„Aye. Seht nur, wir sind schneller als die anderen, Meister Brodie." Er zeigte auf den Burghof, auf dem viele andere noch mit der schweren Ausrüstung zu kämpfen hatten. „Wir haben gewonnen."

Nachdem Nicol sein Pferd aus dem Stall geholt hatte, stieg Brodie auf und nahm Loki für einen kurzen Galopp vor den Toren der Burg mit. In der kleinen Stadt herrschte unheimliche Stille. Die Leute hatten sich in ihre Häuser zurückgezogen, worüber er froh war, aber etwas an der Ruhe hier kam ihm falsch vor.

Eine Stunde später ritt er immer noch durch die Gegend um die Burg, als die Schreie eines Stadtausrufers die Straße zu ihnen hinunter hallten. Er folgte der Stimme, bis er die Worte des Mannes erkennen konnte. „Sie sind in die andere Richtung gesegelt! Es war eine Täuschung. Wir werden nicht angegriffen. Über zwanzig Schiffe wurden nördlich von Arran gesichtet.

Keines kommt gen Süden."

Brodie spornte sein Pferd an und galoppierte zu dem Boten. „Wo? Wo wurden die Schiffe gesehen? Wohin fahren sie?"

„Die Schiffe wurden in der Nähe der Insel Great Cumbrae bei Largs gesichtet, Mylord. Sie sind auf dem Weg nach Loch Lomond."

In Ayr brach totales Chaos aus, als alle Dorfbewohner, die den Angriff in ihren Häusern hatten ausharren wollen, losjubelten. Bauern drängten sich auf den Straßen, umarmten ihre Lieben und tätschelten freudig Brodies Pferd, aber Brodie feierte nicht.

Die Schiffe steuerten direkt auf seine Frau zu.

Celestina zuckte zusammen, als sie die Haustür zuschlagen hörte. Inga war auf den Dorfmarkt geschickt worden, um Essen einzukaufen, und sie war allein mit dem Baron im Haus. Am Fuß der Treppe stritten sich Männerstimmen und sie begann, unruhig im Kreis zu gehen, und stolperte fast über den Sack, den sie vorbereitet hatte, falls Brodie sie holen kommen sollte. Ihre schlimmste Angst trat ein. Der Mann, den sie wie niemanden fürchtete, war angekommen – Fredrik Ivarsson.

Nach einer Weile schwang ihre Tür auf und er stand vor ihr, Aldrik dicht hinter ihm. „Nun, wenn das nicht meine hübsche kleine Frau ist." Er kam mit einem verschlagenen Grinsen auf seinem Gesicht auf sie zu. „Freust du dich nicht, mich zu sehen, meine Liebe? Wo bleibt der herzliche Empfang meiner mich liebenden Frau?" Er blieb vor ihr stehen und fuhr mit seinem Finger über ihr Kinn, bevor er ihr geflochtenes Haar packte und ihren Kopf zurückkriss. „Du siehst nicht sehr glücklich aus. Ich muss wohl sehen, was ich tun kann, um dich zum Lächeln zu bringen." Er zwinkerte ihr schnaubend zu.

Der Baron kam hinter ihm durch die Tür. „Bist du verrückt geworden? Es ist, wie ich dir sagte, die Nordländer plündern sich ihren Weg den Firth hinauf. Sie werden in kürzester Zeit hier sein. Wir müssen uns verstecken. Wohin können wir fliehen?"

Fredrik ließ sie los und drehte sich zu Baron Lunde um. „Sei still, alter Mann. Die Norweger werden uns nicht belästigen. Dafür habe ich gesorgt."

„Was?" Der verwirrte Blick des Barons sagte ihr, dass er auch nicht mehr wusste als Celestina.

Fredrik stemmte die Hände in die Hüften, als er auf den älteren Mann zuging. „Ich habe ihnen gesagt, wo meine Frau versteckt ist. Sie haben geschworen, sich von deiner Burg fernzuhalten."

Der schockierte Gesichtsausdruck des Barons brachte Fredrik zum Lächeln. „Dachtest du wirklich, ich will mein Leben als Schotte verschwenden? Ich bin ein norwegischer Adliger. Ich bin nur aus einem Grund hier – um reich zu werden. Ich habe König Haakon gesagt, wo in dieser erbärmlichen Gegend die meisten Reichtümer zu finden sind. Er und seine Männer werden viel Zeit haben, um Lennox auszurauben, während ich endlich im süßen Geschmack meiner Frau schwelge." Er warf einen Blick über seine Schulter und zwinkerte seiner Frau zu. „Ich warte schon so lange darauf, dich vollkommen zu meinem Besitz zu machen."

Er schüttelte seinen Umhang ab, bevor er zur Tür winkte. „Baron, lass uns allein. Ich habe Bedürfnisse, die ich erfüllen muss, bevor meine Frau und ich mich meinen Landsleuten auf ihren Schiffen anschließen."

„Du bist ein Verräter? Du hast schottische Geheimnisse für Geld preisgegeben?" Der Baron rührte sich nicht von der Tür und schien zu fassungslos über die Wendung der Ereignisse zu sein, um sich überhaupt bewegen zu können.

„Eines Tages wirst du es verstehen, Dummkopf. In jedem Krieg und in jeder Schlacht gibt es ein Vermögen zu machen, aber nur für die, die klug genug sind, sich nicht erwischen zu lassen." Er ließ Celestina für einen Moment aus den Augen, um den Baron anzustarren. „Und ich bin ein kluger Mann. Ich hatte den Norwegern, meinen Landsleuten, etwas zu bieten, und ich werde dafür sehr gut bezahlt. Jetzt raus hier, alter Mann. Ich habe mich um eine wichtige Angelegenheit zu kümmern – um meine schöne Frau – und ich habe nicht viel Zeit."

Celestinas Kopf drehte sich, als Ivarssons Worte wirkten. Schwindel drohte sie zu Boden zu werfen, aber sie kämpfte darum, auf den Beinen zu bleiben. Er hatte ihr gerade noch mehr Grund gegeben, sich zu wehren. Sie war Halbschottin und würde weder ihre Heimat noch ihren wahren Ehemann verlassen.

Der Baron wich aus dem Raum zurück und kurz bevor sich die Tür schloss, schrie Fredrik ihm noch nach: „Und stör mich nicht. Mach dich darauf gefasst, deine Tochter schreien zu hören, aber versuch nicht, uns zu unterbrechen, sonst werde ich dich töten."

Celestina hörte, wie der Riegel von innen vor die Tür geschoben wurde und sie, Fredrik und Aldrik drinnen einschloss. Fredrik drehte sich zu ihr um. „Nun, meine Liebe, lass uns zur Sache kommen. Ich habe als dein Ehemann bestimmte Rechte und ich werde sie geltend machen. Mach dir keine Sorgen um Aldrik, er sieht gern zu."

Fredrik öffnete die Knöpfe seines Hemdes auf. Seine haarige Brust glänzte schweißgebadet über seinem flachen Bauch. Celestina konnte ihn quer durch den Raum riechen. Übelkeit stieg in ihr auf und ihr Puls toste so heftig in ihrem Kopf, dass dieser zu explodieren drohte. Aber sie konnte das hier schaffen. Sie würde für Brodie, für Loki und für ihre Mutter und ihren Vater, mögen die beiden in Frieden ruhen, kämpfen und überleben. Sie wusste, dass ihre Eltern über sie wachten und sie beschützten. Sie sprach ein stilles Gebet zu Gott und zu den Engeln im Himmel oben, damit sie ihr in diesem Moment beistanden.

Sie wischte den Schweiß von ihren Händen an ihrem Wollkleid ab, als er auf sie zukam.

„Zieh dein Kleid aus, Celestina. Ich will dich sehen, bevor ich dich nehme."

Celestina antwortete weder noch bewegte sie sich.

„Tu, was dir gesagt wird, Weib!"

Sein Gebrüll schüchterte sie nicht so ein, wie er es beabsichtigt hatte. Sie würde stark bleiben. Celestina nahm all den Mut zusammen, den sie besaß, und flüsterte: „Nay."

Fredrik erstarrte. Er wandte sich mit einem Grinsen an Aldrik, bevor er sich zu ihr zurückdrehte und weiter auf sie zuging. „Ich muss mich wohl verhört haben. Wiederhole, was du gerade gesagt hast, Celestina."

Sie räusperte sich, bevor sie erneut sagte: „Nay."

Er stand nun direkt vor ihr und flüsterte ihr ins Gesicht: „Habe ich gerade gehört, dass du deinen Ehemann zurückgewiesen hast?"

Celestina sah ihm in die Augen. Sie würde jetzt keinen Rückzieher machen. Er würde sie schlagen müssen.

„Sag das noch einmal, bitte. Ich kann einfach nicht glauben, dass du so unverfroren bist." Er legte den Kopf schräg, als hätte er Schmerzen.

„Nay. Ich sagte Nay. Ich werde mich nicht für dich ausziehen. Du bist nicht mein wahrer Ehemann." Celestina schluckte die Galle, die aus ihrem Bauch stieg. Sie hatte keine Ahnung, wie er reagieren würde, aber sie war klug genug, um auf die Bewegungen seines dominanten Arms zu achten.

„Aldrik, hast du gehört, was meine Frau gerade gesagt hat?" Er wandte sich an seinen Kumpan. „Meine Frau hat mich gerade zurückgewiesen. Ich kann es kaum glauben, aber ich denke, sie hat es tatsächlich getan." Er lächelte Aldrik an, der daraufhin kicherte.

Fredrik packte ihre Arme und presste seinen Mund auf ihren. Er biss in ihre Lippe, damit sie sich ihm öffnete, aber sein Speichel ließ sie würgen und er löste sich von ihr. Angewidert sah er sie an und ohrfeigte sie. „Aldrik, ich glaube, ich brauche deine Hilfe. Wir müssen meiner Frau beibringen, wie sie ihrem Ehemann zu gehorchen hat."

Celestinas Gesicht brannte, aber sie weigerte sich, aufzugeben. Dies war die neue Celestina, ein Mädchen, das für sich eintreten würde, das ihren Mann und ihre Eltern stolz machen würde. Sie erwiderte Fredriks eisigen Blick mit einem angewiderten Ausdruck. Sie würde sich ihm nicht unterwerfen.

Aldrik huschte hinter sie und legte seine Hände auf ihre Schultern.

„Knie nieder, Weib", bellte Fredrik.

Sie konnte nicht gegen Aldriks Druck auf ihren Schultern ankämpfen. Ein Bein knickte ein, aber sie versteifte das andere.

„Ich sagte, knie nieder!" Aldrik zwang sie auf die Knie. Tränen liefen über ihre Wangen, aber sie kämpfte mit aller Willenskraft gegen sie an.

Als sie vor Fredrik kniete, schlossen sich Aldriks Knie von hinten um ihre Schultern. Sie schrie auf in der Hoffnung, dass Baron Lunde sich – und sei es nur aus einem Funken Anstand heraus – gezwungen fühlen würde, ihr zu helfen, aber sie hatte keinen Erfolg. Ivarsson griff in seine Hose, zog sein erregtes Glied heraus und streichelte sich, während er sich dicht vor ihr aufstellte.

Brodies Anweisung war fest in ihrem Kopf verankert. Sie hatte die Bedeutung seiner Worte damals nicht wirklich verstanden, aber jetzt tat sie jetzt. Sie wartete, bis Fredrik näher trat, dann riss sie ihren Arm von Aldrik los und schlug mit all der Kraft, die sie hatte, gegen Fredriks Hoden. Die Überraschung zwang Aldrik, sie für einen Moment freizulassen, und so schwang sie ihren Ellenbogen zurück und erwischte auch ihn mitten im Schritt. Beide Männer heulten auf und fielen zu Boden, und während sie handlungsunfähig waren, packte Celestina ihren Umhang und ihren Sack und stürmte aus dem Raum hinaus und die Treppe hinunter.

KAPITEL ZWANZIG

Freiheit

BRODIE HATTE SEIN Pferd noch nie so verzweifelt geritten wie an diesem Tag. Nachdem der König geklärt hatte, dass keine Schiffe in Richtung Ayr unterwegs waren, hatte er einigen Offizieren und Kriegern erlaubt, nach Norden zu reiten, um den Angriff dort abzuwehren. Brodie hatte vor seiner Abreise nur einen kurzen Halt gemacht und war dann geradezu über die staubigen Straßen geflogen. Er donnerte auf seinem Ross an allen vorbei und dankte seinem Bruder Alex dafür, dass er darauf bestanden hatte, ihr stärkstes Pferd zu nehmen. Viele der Schiffe erreichten gerade die Küste, sodass noch keine Norweger an Land waren, die ihn davon abhielten, zu Celestina zu gelangen und sie in Sicherheit zu bringen. Aber er machte sich Sorgen um Ivarsson. Seit ein paar Tagen hatte ihn niemand mehr gesehen.

Nicol und Loki waren ihm gefolgt, in dem Wissen, dass Brodies Pferd viel schneller war und ihnen weit voraus wäre. Er hatte den größten Teil seiner Rüstung abgelegt und Nicol gegeben, damit sein Pferd ihn besser tragen konnte. Loki hatte ihm eine eindeutige Wegbeschreibung zum Haus des Barons geliefert. Er hatte keine Ahnung, woher der Junge den Weg so gut kannte und wie er so viele andere Dinge wusste, aber verdammt, er war stolz auf den Jungen.

Brodie preschte durch das Dorf, ohne anzuhalten. Als er schließlich die Biegung zum Haus des Barons am Rande der Stadt umrundete, bemerkte er zwei Pferde davor. Das war kein gutes Zeichen. Einen Moment später hörte er den Schrei einer Frau und donnerte die Gasse entlang, so schnell sein Pferd ihn tragen konnte.

Mit gezogenem Schwert schlich Brodie die Stufen hinauf und

durch die Haustür, aber sein Magen verkrampfte sich, sobald er das Haus betrat. Da stand sie, so schön wie eh und je, mit dem Arm des Barons um ihren Hals gepresst. Mit einem einzigen Blick sagte ihm das Mädchen, das sein Herz jedes Mal höher schlagen ließ, wenn er an sie dachte, wie sehr sie ihn liebte. Aber er sah etwas noch Erstaunlicheres in ihren Augen. Die Angst und die Unsicherheit, die er dort erwartet hatte, war durch Selbstvertrauen und Stärke ersetzt worden. Es gab nur ein Problem.

Der Baron hielt einen Dolch an ihre Kehle.

„Tretet zurück", schrie der Baron, doch seine Hand zitterte. „Tretet zurück und lasst Eure Waffe fallen, sonst werde ich ihr die Kehle durchschneiden."

Brodie musste versuchen, diesen verrückten Mann zu Sinnen zu reden. „Baron, kommt schon, das werdet Ihr nicht tun. Sie ist Eure Tochter." Gerade als er seinen Satz beendet hatte, humpelten zwei Männer mit Säcken in den Händen die Treppe herunter. Ivarsson und der Mann, den Loki als Aldrik bezeichnet hatte, gingen ohne sich umzusehen zur Haustür. Brodie rätselte für eine Sekunde über ihren eigenartigen Gang, richtete dann aber seine volle Aufmerksamkeit wieder auf den Baron und seine Frau.

Der Baron schrie. „Mein Gold! Haltet sie auf, sie stehlen mein Gold!" Schweiß perlte über seine Stirn.

Brodie hielt sein Schwert weiter ausgestreckt und war noch nicht bereit, es fallen zu lassen. „Baron Lunde, lasst Eure Tochter gehen und wir werden Euch in Ruhe lassen. Ihr könnt diesen Schurken Ivarsson so weit jagen, wie Ihr wollt, aber ich werde nicht ohne meine Frau gehen."

„Ihr könnt sie nicht haben. Ivarsson hat gerade alles gestohlen, was er mir für ihre Hand bezahlt hat. Ich brauche das Mädchen, um mit ihm zu verhandeln. Sie ist mein einziger Besitz, also muss ich sie verkaufen. Wie viel? Wie viel werdet Ihr mir für sie zahlen? Sonst bringe ich sie zu den Schiffen und verkaufe sie. Die Norweger werden für sie bezahlen. Sie ist schön." Der Baron, der offensichtlich den Verstand verloren hatte, ging auf die Tür zu, die Ivarsson offen gelassen hatte. „Ich werde jetzt mit ihr durch diese Tür gehen und wir werden Euer Pferd nehmen. Rührt Euch nicht."

„Brodie, töte ihn."

Er traute seinen Ohren nicht.

„Töte ihn", sagte sie. „Er ist nicht mein Vater. Töte ihn."

„Nein, ich bin nicht dein Vater", sagte der Baron und spuckte die Worte praktisch aus. „Deine Mutter hat mit diesem barbarischen Highlander geschlafen. Du bist genauso eine Wilde wie dieser Highlander. Jedes Mal, wenn ich dich ansah, wurde ich daran erinnert, dass meine Frau mich betrogen hat. Der einzige Grund, warum ich dich bei mir behalten habe war, dass ich wusste, dass du eines Tages heiraten und mir den Reichtum bringen würdest, den ich verdient hatte. Deine Mutter war eine Hure. Eine Hure!" Er bewegte seinen Schwertarm und für eine Sekunde befürchtete Brodie, er würde Celestina in einem Anfall von Wut töten, aber genau in diesem Moment flog ein Stein von draußen herein und traf den Baron genau zwischen den Augen.

Brodie nutzte diese Gelegenheit, zog seinen Dolch aus dem Stiefel, schleuderte ihn durch den Raum und traf den Baron in den Oberschenkel. Blut strömte aus der Wunde und der Dolch des Barons fiel zu Boden. Dann sackte der Mann zusammen, seine Augen starrten an die Decke und ein winziges Wimmern entfuhr ihm, während das Blut weiter aus seinem Körper sickerte.

Celestina schrie und rannte zu Brodie, warf ihre Arme um ihn und küsste ihn. Er ließ sein Schwert fallen und klammerte sich an sie, unfähig etwas zu sagen, als er sie festhielt, so dankbar, sie endlich wieder sicher in seinen Armen zu haben.

Einen Moment später steckte Loki seinen Kopf in den Raum. Er hielt eine Steinschleuder in einer Hand und jubelte: „Ich habe ihn getroffen, Meister Brodie!"

Celestina ließ ihren Mann los und rannte zur Tür hinaus. Als Brodie ihnen folgte, sah er, wie sie den kleinen Jungen hochhob und ihn lachend umarmte, als hätte sie ihn seit Jahren nicht mehr gesehen.

„Oh, lasst mich runter, Fräulein Engel", sagte der Junge und wand sich aus ihren Armen. „Ich bin jetzt ein Grant-Krieger und ich kann keine Mädchen umarmen."

„Loki, wo ist Nicol?", fragte Brodie, während er einen Arm um seine Frau schlang und die Gegend nach seinem Freund absuchte.

„Er hat Inga in der Stadt gesehen und bringt sie hierher."

Brodie kehrte in den Saal zurück, holte Celestinas Sachen und band sie an sein Pferd.

„Oh-oh." Sein kleiner Finger zeigte auf das Ende des Weges. „Da kommt jemand. Und es ist nicht Nicol." Tatsächlich rannten drei oder vier Männer direkt auf sie zu.

Brodie kniete sich vor Loki. „Dies ist dein erster Auftrag als Grant-Krieger. Ich möchte, dass du Celestina in diese Wälder bringst und dann zurück in die Stadt rennst. Suche Nicol oder finde ein Versteck, bis ich zurückkomme. Verstanden?"

„Aye, Meister Brodie." Er nahm Celestinas Hand. „Kommt, Fräulein Engel, ich werde Euch beschützen. Zeit zu gehen." Er schnappte sich ein paar Steine und steckte sie zusammen mit seiner Schleuder in die Tasche.

Celestina drehte sich mit großen Augen zu Brodie um. „Nein, ich habe dich gerade erst wiedergefunden. Verlass mich nicht. Wir können uns im Haus verstecken."

„Nay. Ich liebe dich, aber gerade deshalb muss ich dich wegschicken." Er streckte die Hand aus und umfasste ihre Wange. „Die Norweger kommen und ich werde nicht zulassen, dass sie dir auch nur ein Haar krümmen. Wenn du bleibst, wirst du mich ablenken. Bitte geh mit Loki."

Tränen liefen über ihre Wangen. „Nay, Brodie, bitte. Lass mich nicht gehen."

Er küsste sie auf die Lippen und schob sie sanft zu Loki. „Geh, Mädchen, und ich verspreche, ich werde dir folgen. Ich werde dir folgen, wohin du auch gehst."

Die Norweger, die den Weg entlang rannten, kamen näher. Brodie betete, dass sie seinen Rat befolgen würde, als er sein Schwert zog, um sich auf die Ankunft seiner Feinde vorzubereiten. Er wollte vor allem, dass sie in Sicherheit war. Nach langem Zögern drehte sie sich schließlich um und lief mit Loki in den Wald. Über ihre Schulter schrie sie ihm noch zu: „Ivarsson ist ein Verräter, Brodie. Er hat das Gold genommen und ist auf dem Weg zu den Schiffen der Norweger. Sie erwarten ihn."

Celestina und Loki rannten und rannten, bis sie dachte, ihre

Lungen würden platzen. So sehr sie es gehasst hatte, von der Seite ihres wahren Mannes zu weichen, so wollte sie nicht ihr Leben riskieren, indem sie darauf bestand, bei ihm zu bleiben. Sie liefen immer noch zwischen den Bäumen umher, aber sie erkannte, dass sie sich dem Dorf näherten, weil sie Leute schreien hörten.

„Loki, versprich mir, dass du nichts Dummes tun wirst. Wenn Brodie hier ist, wird er uns helfen. Wir müssen nur einen Ort finden, an dem wir uns bis dahin verstecken können."

Loki blähte seine Brust auf. „Mädchen, ich bin jetzt ein Grant-Krieger. Ich werde Euch hiermit beschützen. Seht Ihr?" Er hielt seine Schleuder hoch und zeigte ihr seine Tasche, die mit Steinen verschiedener Größe gefüllt war. „Ich bin sehr gut mit meiner Schleuder. Ich werde Euch beschützen. Das ist es, was wir Highlander tun."

Celestina musste über den Ernst des Jungen lächeln. Sie fanden schließlich eine Gruppe von Büschen hinter einem Gebäude und versteckten sich, während sie darauf warteten, was um sie herum geschah.

„Loki." Sie wischte etwas Schmutz vom Gesicht des Jungen.

„Es ist alles in Ordnung, Fräulein Engel. Es ist nur ein bisschen Dreck. Kümmert Euch nicht darum."

„Wenn alles vorbei ist, wirst du bei Brodie und mir bleiben, nicht wahr?"

„Oh, ich werde mit den Grant-Kriegern üben. Er hat es mir versprochen."

„Ich bin sicher, dass sie dich brauchen, aber wenn du freie Tage hast, wirst du kommen und mit uns in den Highlands leben. Einverstanden?" Sie sah den mutigen, frechen Jungen an, den sie so gern hatte. Sie wollte ihn nicht verlieren.

„Einverstanden, wenn Ihr darauf besteht." Er starrte auf die Steine in seiner Tasche. „Ihr werdet mich aber nicht dazu zwingen, ein Bad zu nehmen, oder?"

Sie kicherte. „Nay, du kannst mit den Kriegern im See schwimmen."

Er schien das zu akzeptieren, also fuhr sie fort: „Du musst niemals zurückgehen und an einem Ort leben, an dem dich jemand mit Fäusten schlägt."

Loki sah zu ihr auf. „Woher wusstet Ihr das, Fräulein?"

„Ich wusste es, weil ich auch an einem solchen Ort gelebt habe. Ich liebe dich wie einen Sohn, und ich möchte, dass du in meiner Nähe bist, also leiste mir keine Widerrede."

Loki verdrehte die Augen. „Nun gut. Ich weiß, dass Ihr jemanden zum Umarmen braucht." Er griff hinüber und legte seinen Finger an ihre Lippen. „Pst. Hört!"

Eine Gruppe betrunkener Männer stritt sich nicht weit von ihnen entfernt.

„Loki, erinnerst du dich, wo du warst, als du Inga das letzte Mal gesehen hast?"

„Aye, aber seid still", er legte seinen Finger an seine Lippen. „Ich möchte nicht, dass wir entdeckt werden. Wartet hier, während ich nachschaue, wo diese Männer sind."

Celestina versteckte sich im Gebüsch, während Loki herauskroch. Er suchte einen Stein aus, legte ihn vorsichtig in seine Schleuder und ließ ihn fliegen. Eine Sekunde später schrie ein Mann einen Schwall von Flüchen, die sie nicht verstand.

Loki rannte mit einem Grinsen im Gesicht zu Celestina zurück. „Hab ihn getroffen, Fräulein." Er kicherte hinter vorgehaltener Hand.

„Loki, sei vorsichtig. Das war kein Engländer oder Schotte. Wen auch immer du getroffen hast, muss Norweger sein", flüsterte sie. „Er wird dich töten, wenn er dich erwischt."

„Oh, Fräulein Engel. Meine Aufgabe ist es, Nicol zu finden oder Euch andernfalls zu verstecken, bis Meister Brodie kommt. Ich befolge nur Befehle."

Der Junge schlich sich wieder aus den Büschen hervor und kam einen Moment später zurück. „Ich sehe nur drei, aber sie sehen gemein aus. Ich werde mich um sie kümmern, Fräulein."

Loki rannte wieder los und sie flüsterte ihm nach: „Sei vorsichtig. Ich möchte nicht, dass dir etwas passiert."

Er eilte mit einem verschmitzten Grinsen zu ihr zurück und tätschelte ihren Arm. „Ich weiß, dass Ihr mich lieb habt. Aber ich habe alles unter Kontrolle." Damit verschwand er wieder, bis eine weitere Reihe von Flüchen in der Luft ertönte. Er kehrte schadenfreudig zu ihrem Versteck zurück, offensichtlich ziemlich stolz auf seine Leistungen.

„Hast du Nicol gesehen, Loki?"

„Nein, diese großen Männer stehen mir im Weg. Sie gehen einfach mit großen Taschen und Beuteln über den Schultern auf und ab, als würden sie auf jemanden warten. Ich werde sie verscheuchen."

Noch zweimal rannte er hinaus und beschoss sie mit Steinen, bevor er zu ihrem Versteck zurückkehrte.

Doch dann entdeckte einer der Männer ihr Versteck und stürmte auf sie zu.

Celestina kreischte, packte Loki, wirbelte herum und rannte mit ihm durch die Bäume um die Rückseite des Gebäudes herum. Celestina wollte in den Wald, aber Loki wandte sich dem ausgetretenen Pfad mitten im Dorf zu. „Nein, Loki! Hier entlang, nicht diesen Weg."

Er ignorierte sie, also folgte sie ihm und rannte, so schnell sie konnte, wobei ihre Röcke um ihre Beine flogen. Celestina konnte nicht zulassen, dass ihm etwas passierte. Sie stürmte rechtzeitig zwischen den Bäumen hervor, um zu sehen, wie der kleine Loki mit zwei großen Kriegern auf den Fersen den Weg entlangstolperte. Sie bemerkte einen Mann, der schlafend auf dem Boden lag. Hatte Loki es tatsächlich geschafft, einen von ihnen auszuschalten?

Sie stürzte hinter ihnen her und begann zu glauben, dass Loki entkommen würde, als sein Verfolger schneller wurde und den kleinen Jungen am Arm packte, ihn vom Boden hochriss und ihn kopfüber drehte, damit sein Freund ihn sehen konnte. Er schlug dem Jungen fünfmal auf den Hintern, dann packte sein Freund Loki und warf ihn mit dem Kopf vornüber in einen nahes Wasserfass, während er ihn an den Knöcheln festhielt.

Da verlor sie die Beherrschung. Lautlos rannte Celestina zwischen die Bäume und nahm den dicksten Ast, den sie am Boden finden konnte. Sie rannte den Ast schwingend los und schlug einen der beiden Männer so fest gegen den Hinterkopf, dass er bewusstlos zu Boden fiel. Der andere hielt Loki immer noch mit einem Arm fest, also schwang sie ihren Knüppel und schlug ihm mit einem wütenden Schrei mitten auf die Brust. Sie konnte erkennen, dass sie ihn überrascht hatte, aber er ließ Loki nicht los. Er griff nach ihr, doch sie schaffte es, ihm auszuweichen.

„Lass ihn gehen, du Riesentrottel. Lass ihn in Ruhe!" Ihre Stimme wurde fieberhaft schrill und die angestaute Wut über ihre jahrelange Misshandlung, die vielen Stunden der Schmerzen und all die Scham brachen aus ihr hervor.

Loki, der inzwischen seinen Kopf aus dem Wasser gezogen hatte, schaffte es, noch ein paar Steine aus seiner Tasche zu ziehen, die auf wundersame Weise nicht herausgefallen waren, als er auf den Kopf gestellt worden war, und warf sie auf das Ungetüm.

„Du hast kein Recht dazu! Kein Recht. Du fieser Bastard!", schrie sie und schwang weiter ihre Waffe. „Lass ihn in Ruhe." Sie wich ihm ohne Schwierigkeiten aus, denn seine Bewegungen waren seines Rauschs wegen und dank des kombinierten Angriffs von ihr und Loki langsam. Er taumelte in ihre Richtung, aber sie konnte nicht aufhören. Als er sah, dass sie die Arme hoch über ihrem Kopf schwang, ließ er Loki fallen und der Junge rannte davon. Der Mann grinste dümmlich und versuchte sie zu packen, aber sie schaffte es wieder, sich ihm zu entziehen. Er wäre fast gestürzt, richtete sich dann aber auf und drehte sich benommen um, um nach ihr zu greifen. Celestina packte den Knüppel fester und schlug ihn so hart sie konnte.

Sein benommener Gesichtsausdruck wurde finster und wütend. Sein böses Knurren hätte sie normalerweise dazu gebracht, zurückzuschrecken, aber nicht heute. Der Mann versuchte wieder, sich auf sie zu werfen. Sie wusste, dass sie die Kontrolle verloren hatte, aber irgendwie fühlte sie, dass sie für Gerechtigkeit sorgte.

Sie ging mit aller Wucht und einem ihr bis dahin selbst unbekannten Zweck auf ihn zu und brüllte ihn an. „Du hast kein Recht, kein Recht. Hörst du mich? Wie kannst du es wagen, jemanden zu verletzen, der kleiner ist als du?" Der Gedanke an Loki, der in der Luft hing, schürte ihren Zorn. Tränen rannen ihr übers Gesicht. „Du bist dreimal so groß wie er. Lass ihn in Ruhe!"

Nach ein paar weiteren Schlägen saß er auf seinem Hintern, aber er starrte sie weiter an. Noch mehr Wut stieg in ihr auf. Sie hielt den Ast vor sich und schnappte nach Luft. Sie musste Kraft schöpfen, denn sie war noch nicht fertig. Sie hob erneut die Arme, voller Rachelust gegen ihren unbekannten Angreifer, diesen Mann, der alle Gräueltaten verkörperte, die sie jemals erdulden musste. „Lass mich in Ruhe." Sie holte wieder aus und der Mann stürzte mit dem Gesicht voran in den Dreck.

Celestina konnte nicht aufhören und fühlte sich von einer nie zuvor gekannten Freiheit berauscht. Sie holte so weit wie möglich aus und schlug den Kerl erneut. „Lass", sie keuchte, „mich", sie brüllte mit ihrem letzten Schlag, „in Ruhe!"

Ihre Tränen wurden zu einem Schluchzen, als sie bemerkte, dass sich der Mann nicht mehr bewegte. Sie wirbelte herum und suchte nach Loki, sah ihn aber nirgendwo. Sie ging die Straße hinunter, Tränen verwischten ihre Sicht. Eine Gruppe brüllender Norweger rannte direkt auf sie zu. Sie machte kehrt und hob ihren Ast auf, der jetzt blutgetränkt war.

Dann stürmte mit ihrem Knüppel die Straße entlang und schrie: „Nay!"

KAPITEL EINUNDZWANZIG

Eine Reise ins Innere

BRODIE HATTE NICOL und Inga vor den Toren des Dorfes eingeholt und die folgenden Schritte mit ihnen besprochen. Sie vereinbarten, zusammen zu bleiben, bis sie Loki und Celestina fänden. Er kam rechtzeitig den Weg entlang, um zu sehen, wie seine Frau mit einem Knüppel über dem Kopf auf eine Gruppe von Norwegern zurannte. Loki rannte in ihre Richtung und Nicol und Inga wiederum ritten direkt auf Loki zu. Brodie sah, wie sich sein Freund herabbeugte, um den kleinen Jungen hochzuheben.

„Celestina!" Er schrie den Namen seiner Frau so laut er konnte. Er musste zu ihr gelangen, bevor es diese Gruppe von Kriegern tat.

„Celestina!", schrie er erneut und endlich warf sie einen Blick über ihre Schulter. Der verrückte Ausdruck in ihren Augen sagte ihm, dass er sie schnell einholen musste. Also galoppierte er mit voller Kraft auf sie zu und schrie: „Heb die Arme hoch!"

Sie wurde langsamer und drehte den Kopf zur Seite, rannte aber weiter vorwärts. Sie hatte die Norweger jetzt fast erreicht.

„Celestina, nimm die Arme hoch, erinnerst du dich an die Geschichte über meine Schwestern? Arme nach oben! Schau mich an!"

Die Krieger begannen vor Aufregung zu johlen.

Sie drehte sich zu ihm um und riss ihre Arme hoch, aber sie rannte immer noch und hatte einen gehetzten Blick in ihren Augen.

„Lass den Ast fallen, Liebes", rief er.

Sie warf den Knüppel hinter sich, bevor er sich vorbeugte, um sie um die Taille zu packen, und sie vom Boden hochhob. „Leg deine Arme um meine Schultern. Halt dich an mir fest."

Sie packte ihn und hatte Mühe, sich festzuhalten. Er versuchte, sie zurechtzurücken, doch sie zappelte wild. „Ich habe dich, vertrau mir." Sie entspannte sich und er setzte sie vor sich, kurz bevor er an der Gruppe der Krieger vorbeischoss.

„Loki! Wo ist Loki?", schrie sie.

„Er ist in Sicherheit." Brodie deutete auf Nicol, der nicht weit hinter ihnen war.

Celestina drehte sich um, um sich zu versichern, dass es Loki gut ging, und sank dann schluchzend gegen ihren Ehemann. Sie umklammerte seine Tunika fest und er flüsterte beruhigende Worte in ihr Ohr. Brodie hielt sie fest, während sie weinte und weinte, bis sie keine Tränen mehr hatte.

Er hatte bereits mit Nicol gesprochen und mit ihm vereinbart, später wieder zu ihm zu stoßen. Im Augenblick hatte seine Frau oberste Priorität und er musste sich um sie kümmern. „Mädchen, haben sie dich verletzt? Geht es dir gut?"

Sie hob den Kopf weit genug, um zu sagen: „Aye, es geht mir gut. Ich weiß nicht, was in mich gefahren ist. Brodie, ich ..." Sie starrte wie in Trance über seine Schulter zurück.

„Es ist alles in Ordnung. Du bist nicht verletzt, also werden wir weiterreiten. Wenn du eine Pause brauchst, werden wir anhalten."

Sie ritten eine Weile und sie schluchzte und schlief immer wieder kurz ein, aber sie ließ ihn keine Sekunde lang los. Er küsste ihre Haare und war unglaublich dankbar, sie wieder in seinen Armen zu halten. Baron Lunde war tot und würde sie nie wieder quälen. Ivarsson war ein Verräter und hatte sich wahrscheinlich direkt auf den Weg zu den Schiffen an der Küste gemacht. Die Dinge standen definitiv besser als zuvor. Jetzt musste er nur noch ehrlich zu ihr sein.

Als er die abgelegene Gegend unweit von Loch Lomond erreicht hatte, die er suchte, band Brodie sein Pferd fest und half seiner Gemahlin ins weiche Gras.

Celestina drehte sich um und starrte auf die Landschaft um sich herum. „Brodie, es ist so schön hier. Ich habe so etwas noch nie gesehen."

„Mädchen, du warst die meiste Zeit deines Lebens über eingesperrt, nicht wahr?"

„Aye." Sie starrte zu Boden und versuchte offensichtlich, ihre Gedanken zu ordnen.

„Meine Liebe?" Brodie gab ihr einen Moment, aber er wusste, dass er sie nach allem, was sie durchgemacht hatte, zum Reden bringen musste. Er spürte, dass ihre Qual viel schlimmer gewesen war, als er es sich vorstellen konnte. Er würde ihr etwas Zeit geben, damit sie redete, wenn sie bereit war, aber er wollte nicht, dass sie sich ihm verschloss. Sie liebten sich, aber es gab immer noch so viel, das sie nicht voneinander wussten.

Celestina hob den Blick und sah ihn nun gefasster, aber betrübt an. „Ich glaube, ich habe einen Mann getötet. Ich habe völlig die Kontrolle verloren, weil er Loki angefasst hat. Unseren Loki." Sie schniefte, als sie sprach. „Er hat Loki geschlagen, also habe ich ihn geschlagen. Immer wieder und wieder. Weißt du was?"

Brodie streckte die Hand aus und schob ihr eine Locke hinter das Ohr. Er hoffte, ihr zu helfen und für sie da zu sein, aber er war sich nicht ganz sicher, was er tun sollte. „Was? Sag es mir, Liebes."

„Aus irgendeinem seltsamen Grund fühlte ich mich danach besser. Macht mich das zu einer schlechten Person?"

„Nein." Er griff nach ihrer Hand. Er musste sie berühren und halten, aber er wusste nicht, ob sie bereit dazu war. „Das zeigt, wie mutig und stark du bist. Und ich bin stolz auf dich."

Ein schwaches Lächeln huschte über ihr Gesicht. „Wirklich?"

„Wirklich. Du hast Loki beschützt, was bewundernswert ist."

Sie nickte, hielt den Atem an und sah in den Himmel auf. „Ich hoffe, dass Gott mir eines Tages vergeben wird, was ich getan habe."

„Du hast ihn nicht getötet, Celestina."

Ihr Blick wanderte zurück zu ihm. „Nay?"

„Nein, er bewegte sich noch, als ich an ihm vorbeikam. Wenn er wie die anderen Norweger ist, die ich gesehen habe, war er sturzbetrunken, als du ihn geschlagen hast, und jetzt schläft er seinen Rausch aus. Ich denke, sie haben ein oder zwei Fässer des guten schottischen Atems des Lebens gefunden und ein bisschen zu viel davon probiert."

Sie schlang ihre Arme um seinen Hals und lächelte. „Ich bin

erleichtert. Ich wollte ihn nicht töten, sondern ihn nur davon abhalten, jemanden zu verletzen, der kleiner ist als er."

Seine Hand fuhr über ihr Kinn und streichelte ihre weiche Haut. Wie sehr er diese Frau liebte! Sein Bruder hatte zu Recht gesagt, dass er es ohne Zweifel wissen würde, wenn er der Frau seines Lebens begegnete. „Geht es dir gut, Liebes?"

„Es geht mir gut. Ich bin nur verwirrt von allem, was passiert ist." Celestina trat zurück und sah ihm in die Augen. „Bin ich deine Gemahlin, Brodie? Oder bin ich an Fredrik gebunden? Inga sagte mir, dass eine Ehe annulliert werden kann, wenn sie nicht vollzogen wird. Er … hat mich verletzt, aber er hat nie …"

Brodies Herz füllte sich mit Erleichterung, als er erkannte, dass ihr zumindest diese Qual erspart geblieben war. Er trat auf sie zu, nahm ihr Gesicht in seine Hände und küsste sie leidenschaftlich.

„Oh, Brodie", sagte sie leise und zog ihren Kopf etwas zurück. „Ich möchte so gern mit dir schlafen, aber die Ehe… vielleicht sollten wir uns zuerst darum kümmern. Ich weiß, dass wir einen Eid geleistet haben, aber dies ist eine ungewöhnliche Situation, und ich möchte nicht gegen die Regeln der Kirche verstoßen."

„Mach dir darum keine Sorgen, meine Liebe. Pater Padraig hat sich um alles gekümmert." Er lächelte sie an und zwinkerte ihr zu.

Sie sah zu ihm auf und runzelte verwirrt die Stirn. „Was meinst du damit?"

„Erinnerst du dich an die Heiratsurkunde, die nach der Zeremonie vor Pater Padraig unterzeichnet wurde? Das Dokument, das Baron Lunde und Ivarsson unterschrieben haben?"

„Aye."

„Hattest du Gelegenheit, es dir anzusehen, während Fredrik es unterschrieb?"

„Nay, ich war zu aufgewühlt. Es war kurz nach der Zeremonie und ich hatte das Gefühl, von dir fortgerissen zu werden." Sie drückte ihr Gesicht an seine Brust und Tränen liefen erneut über ihre Wangen.

„Pater Padraig hat das Dokument in Latein und Gälisch verfasst, damit Ivarsson es nicht versteht. Es waren nur leere Worte." Seine Hand streichelte ihren Rücken, um sie zu beruhigen.

„Was?"

„Du bist in keinster Weise mit Fredrik Ivarsson verheiratet. Es war alles nur ein Trick des Priesters für den König, damit deine Aussteuer den Besitzer wechselt. Pater Padraig hat alle Dokumente gefälscht. Er mag dich sehr, Mädchen, und handelt immer in deinem besten Interesse. Ich habe es gerade erst erfahren und hoffe, dass du genauso glücklich darüber bist wie ich."

Celestina warf ihre Arme um ihren Ehemann und quietschte. „Aye, ich bin sehr glücklich. Ich bin frei! Ich bin wirklich frei! Liebe mich hier und jetzt, mein Ehemann. Wir waren viel zu lange voneinander getrennt."

Sie küsste ihn leidenschaftlich und Brodie knurrte. Sie schmiegte sich an ihn, öffnete ihm ihren Mund und gewährte ihm ungehinderten Zutritt, um sie zu kosten. Sie zog an seinem Hemd und schrie frustriert auf, als ihre Finger gegen das Kettenhemd stießen.

„Aye, Süße, du musst mir zuerst aus meiner Rüstung helfen, da Nicol nicht bei uns ist. Ich habe schon einen Teil abgeworfen, bevor ich herkam, aber nicht alles."

Celestina half ihm und kicherte darüber, wie viele Schichten er trug. Als sie endlich fertig war, musterte sie ihren Mann von Kopf bis Fuß und leckte sich die Lippen, bevor sie ihn anlächelte.

„Jetzt bin ich dran, meine Liebe." Er half ihr aus ihrem Umhang. „Dreh dich um, damit ich deinen herrlichen Körper befreien kann." Während er ihre Bänder löste, bedeckte er ihren Rücken mit Küssen. Dann drehte er sie wieder zu sich um und öffnete die Vorderseite ihres Kleides. Er beugte sich vor, um an einer ihrer Brüste zu saugen.

„Oh, Brodie, ich habe zu viel darüber nachgedacht. Ich habe dich so vermisst."

Brodie fand eine weiche Stelle zwischen den Bäumen im Tal, führte seine Frau dort hinüber und ließ sie unter sich nieder. Er küsste ihre süßen Lippen und wanderte über ihr Schlüsselbein bis zu ihrer Brust, bis er ihre Brustwarze fand. Er saugte an dem feinen Kieselstein, bis sie ihm ihren Rücken entgegenwölbte.

Sie wand sich unter ihm, packte seine Haare und sagte: „Küss mich noch einmal, Ehemann."

Er labte sich an ihren Lippen, bis sie ihn wegschieben musste, um Luft zu schnappen. Sie fuhr mit den Händen über seine Brust und seinen Bauch und leckte sich entzückt die Lippen. „Brodie, dein Körper ist herrlich, so stark, so kraftvoll. Eines Tages möchte ich jeden Zentimeter von dir probieren, aber heute ist keine Zeit dazu."

„Mein Liebling, es besteht kein Grund zur Eile."

„Doch, ich will dich jetzt, Ehemann. Es ist zu lange her." Sie packte seine Oberarme und drückte sie entzückt.

Brodie küsste sie fest auf den Mund und erforschte ihn fordernd. Er streichelte ihre Brüste mit seinen Händen, bevor sein Mund ihnen folgte. Als er ihre Brustwarzen mit seiner Zunge und dann sanft mit seinen Zähnen neckte, stöhnte sie, bis ihre kehligen Lustschreie durch das Tal hallten. Dann fuhr er mit seiner Hand über ihre weiche Hüfte und fand ihren sensiblen Punkt. Er drückte die zarte Perle mit seinem Daumen und liebkoste sie mit seinen Fingern.

Celestina wollte keinen Moment länger warten, griff nach unten und schlang ihre Hand um ihn. Sie liebte das Gefühl der weichen Haut, die seine Härte bedeckte. Sie bewegte ihre Hand auf und ab, hob ihr Becken und öffnete sich für ihn. Als sie ihren Eingang mit seinem glühenden Glied neckte, stöhnte sie bei dem Gefühl seiner Härte an ihrem heißen Eingang und drückte sich ihm entgegen.

„Das ist genug, Mädchen", sagte er mit einem Knurren. „Ich kann es nicht länger ertragen."

Er packte ihre Hüften und drang schnell in sie ein. Sie versuchte das Stöhnen des puren Vergnügens zu unterdrücken, das ihrer Kehle entfuhr, aber sie konnte es nicht und wollte es auch nicht wirklich. Sie waren dazu bestimmt, so zusammen zu sein, sich gegenseitig zu erfreuen und Kinder zu zeugen.

Celestina schaffte es, ihre Füße auf den Boden zu stemmen, und zwang ihn, ihrem Rhythmus zu folgen und in sie zu stoßen, bis sie vor Vergnügen schreien wollte. Er streichelte kurz die straffe Spitze ihrer Brustwarze und da verlor sie jeglichen Halt und schrie seinen Namen, als ein köstlicher Höhepunkt ihren Körper durchzuckte. Er selbst schrie einen Moment später auf und schmiegte dann seine Stirn an ihre. Ihr Keuchen war das einzige Geräusch im Tal, als er sanft ihre Stirn, ihre Nase und ihre Wangen küsste.

„Du gehörst mir, Celestina. Es soll für immer sein."

Als sie endlich zu Atem kamen, half Brodie ihr aufzustehen. Sie griff nach ihren Kleidern, doch er sagte: „Nay, noch nicht, Frau. Ich möchte dir etwas zeigen."

Sie gingen Hand in Hand, bis die Felsen um das kleine Tal höher wurden. Als sie weitergingen, fanden sie einen Bach, der von moosbedeckten Steinen umgeben war. Sie standen auf einem flachen Felsen, der vom Moss rutschig war, und sie kicherte, als ihr kräftiger Mann sie festhielt, damit sie nicht abglitt. Sie sah ihn an, voller Ehrfurcht vor seinem mächtigen Körper, so erfreut zu wissen, dass er ihr Leben lang ihr gehörte. Seine Muskeln spannten sich, als er sie in die Mitte des Baches führte und jeden Schritt mit Sorgfalt unternahm, immer bereit, sie aufzufangen, falls sie das Gleichgewicht verlor. Schließlich entdeckten sie ein kleines Wasserbecken in der Mitte, das tief genug war, dass es ihre Schultern bedeckte.

Das Wasser war kühl und erfrischend auf ihrer heißen Haut. „Weißt du, wie ich mich gerade fühle, mein Gemahl?"

Er zog sie an sich, träufelte Wasser über ihren Rücken und flüsterte ihr ins Ohr. „Sag es mir."

„Ich fühle mich frei." Sie lockerte ihren Zopf und ließ ihre goldenen Locken fallen. Dann legte sie den Kopf in den Nacken, um die Herrlichkeit des Wassers und des Sonnenscheins zu genießen.

„Aye, du bist frei, Celestina. Frei von deinem Vater und frei von Ivarsson." Er küsste die zarte Stelle an ihrem Schlüsselbein. „Du bist so schön." Er benutzte das Stück Seife, das er immer in seinem Sporran aufbewahrte, und schäumte ihren Bauch ein. „Was fühlst du noch?"

Sie stand auf einem Felsen, sodass ihr Oberkörper aus dem Wasser auftauchte. Wasser lief ihr über den Rücken, als sie ihre Locken hin und her schwang und dann ihren Kopf zurück zur Sonne hob. „Ich bin verliebt. Ich bin so verliebt in dich, Brodie. Ich möchte, dass wir für immer zusammen leben." Sie warf ihre Arme über ihren Kopf und streckte den Rücken vor Staunen über die Schönheit des Tals. „Ich möchte deine Kinder bekommen und mich um dich kümmern. Bei dir habe ich das Gefühl, etwas Besonderes zu sein, und ich weiß, dass du immer für mich da sein wirst."

Er griff nach ihr und zog sie wieder in seine Arme. „Aye, ich werde immer für dich da sein. Das weißt du doch, nicht wahr? Egal was passiert, wir werden immer zusammen sein. Ich werde dich ewig lieben."

„Brodie, du sagst das, als ob etwas passieren würde. Nichts kann uns jetzt noch voneinander trennen."

Sie setzte sich auf einen nahen Felsen und erzählte ihm alles, was seit ihrer Trennung passiert war, auch von den Briefen ihrer Mutter und davon, dass ihr Vater Schotte gewesen war.

„Brodie? Warum bist du so ernst? Wir werden für immer zusammen sein, nicht wahr?" Sie starrte ihren Mann an, dessen Armmuskeln zuckten, während er auf die wunderschöne Landschaft um sie herum blickte.

„Mädchen", nun sah er sie an, „du weißt, dass ich den Kampf zu Ende führen muss."

„Was?" Sie verstand zuerst nicht, was er ihr damit sagen wollte. „Ich weiß, dass wir nach Ayr zurückkehren müssen, damit du die königliche Burg beschützen kannst. Das ist deine Aufgabe."

Sie sprang auf, als ihr ein neuer Gedanke kam. „Oh, Brodie, du musst Ivarsson fangen. Er ist ein Verräter. Ich habe gehört, wie er sagte, dass er den Norwegern verraten hat, wo sie die meisten Reichtümer finden können. Er plant, eines ihrer Schiffe zu besteigen und nach Orkney zurückzukehren. Er hat die ganze Zeit für die Norweger spioniert."

„Ich weiß, Mädchen. Ich habe es in Ayr entdeckt. Und ich weiß, dass dir das nicht gefallen wird, aber ich muss ihm nachjagen, sofort, bevor es zu spät ist."

„Aber du nimmst mich doch mit, nicht wahr?" Sie suchte im Gesicht ihres Mannes nach einer Antwort und hoffte, nicht hören zu müssen, wovor sie sich am meisten fürchtete. Er würde sie nicht wieder verlassen, oder? Brodie war ihr Ehemann, ihr Leben, und sie wollte nie wieder von ihm getrennt sein.

„Nay, Mädchen, es ist zu gefährlich, dich mitzunehmen."

Celestinas Welt brach zusammen. Sie wich zurück und rannte los.

KAPITEL ZWEIUNDZWANZIG

Enthüllungen

BRODIE MUSSTE SEINE Frau beschützen. Er hatte keine andere Wahl, als sie zu Pater Padraig zu schicken, während er den Verräter verfolgte. Wenn er Celestina nur sagen könnte, dass sie ihre Mutter wiedersehen würde, wäre sie vielleicht weniger verärgert, aber er konnte das Versprechen, das er dem Priester gegeben hatte, nicht brechen.

„Celestina, warte! Bitte hör mir zu." Er zog sich aus dem Wasser und rannte ihr nach. Als er sie schließlich bei seinem Pferd einholte, brach ihm das Herz. Sie schluchzte.

„Du verlässt mich wieder." Ihr Atem stockte, als er sie in seine Arme hüllte.

„Aye, aber nur für kurze Zeit, meine Süße."

„Aber wir haben uns doch gerade erst wiedergefunden."

Er trat etwas zurück und hob ihr Kinn, bis sie in seine Augen sah. „Wir werden unser ganzes Leben zusammen verbringen."

Er küsste ihre vollen Lippen und schmeckte das Salz ihrer Tränen. „Ich schicke dich zu Pater Padraig, *leannan*, zu jemandem, den du kennst und dem du vertraust. Er wird dich und Inga an einen sicheren Ort bringen, bis die Kämpfe vorbei sind. Du weißt, dass ich Ivarsson finden und ihn vor Gericht stellen muss. Ich muss auch meinen Bruder Robbie suchen. Obwohl es ihm angeblich gut geht, habe ich nichts von ihm gehört, seit er in den Süden Ayrshires aufgebrochen ist."

„Versprich es mir", sagte sie zwischen Schluchzern und ihre blauen Augen hafteten an seinen, „versprich mir, dass du mich holen kommen wirst."

„Du hast mein Ehrenwort als Grant, ich werde dich holen kommen. Nichts könnte mich von dir fernhalten, aber ich muss dich in Sicherheit wissen, während ich für Schottland kämpfe. Das verstehst du doch?"

Sie umarmte ihn heftig. „Aye, aber ich möchte trotzdem nicht, dass du gehst."

Er hielt sie für einige Momente fest und küsste sie dann auf die Stirn. „Komm, ich werde dir beim Anziehen helfen."

Die Stille zwischen ihnen quälte Brodie, aber er wusste, was er zu tun hatte. Er hatte mit Pater Padraig gesprochen, bevor er aufgebrochen war, und Vorkehrungen getroffen, um sich mit ihm zu treffen. Leider war die verabredete Zeit fast gekommen. Er fürchtete, Celestina zu verlieren, aber er musste ihr die Gelegenheit geben, ihren Vater kennenzulernen und ihre Mutter wiederzusehen. Außerdem musste er wissen, dass sie in Sicherheit war, während er die verbleibenden Schlachten schlug.

Sie ritten schweigend, bis sie Pater Padraig trafen. Brodie half ihr beim Abstieg und führte sie zum Pferd des Priesters. Celestina begrüßte den Pater, bevor sie in Tränen ausbrach und sich an ihren Mann klammerte.

„Brodie, bitte zwing mich nicht zu gehen. Ich möchte bei dir bleiben." Ihr Schluchzen brach Brodie das Herz.

Er drückte sie fest an sich, weil er nichts lieber getan hätte, als sie an seiner Seite zu behalten, und er wollte, dass sie das wusste. Er atmete den Duft ihrer Haare ein, den Duft ihrer Haut, und versuchte, sie tief in sein Gedächtnis einzuprägen. Was wäre, wenn sie nach diesem Streit nie mehr zu ihm zurückkehrte? Der bloße Gedanke zerriss ihn.

Er sah über Celestinas Schulter zu Pater Padraig auf und der Priester nickte ihm zu. Es war an der Zeit, sie fortzuschicken. Er nahm ihr Gesicht in seine Hände, trocknete ihre Tränen und küsste sie zärtlich auf ihre lieblichen Lippen. „Denk immer daran, dass ich dich liebe, Celestina. Und ich werde dich für immer lieben." Er hob sie auf Pater Padraigs Pferd. Sobald sie Platz genommen hatte, wandte sie sich von ihm ab, was ihn wie ein Schlag in den Magen traf.

Brodie sagte ein stilles Gebet dafür, dass er nicht den größten Fehler seines Lebens beging.

Pater Padraig und Celestina fanden Inga und Nicol, die

inzwischen einen Karren besorgt hatten, in dem die beiden Mädchen reisen konnten. Loki war bei ihnen gewesen, aber er hatte sich geweigert, mit ihnen im Karren zu reisen, und ritt nun stattdessen bei Nicol mit. Er war jetzt ein Grant-Krieger, also musste er mit den anderen kämpfen.

Celestinas Kopf wippte im weichen Strohhaufen im Wagen. Das beruhigende Hufeklappern des Pferdes machte sie schläfrig. Es war fast Abenddämmerung, als sie die Augen schloss und hoffte, sie würde einschlafen und den Schmerz darüber vergessen, ihren Ehemann zu verlassen. Sie hatte sich beschämt, indem sie sich so an Brodie geklammert hatte, aber sie hatte Angst davor, ihn nie wiederzusehen. Nun lag sie auf der Seite, während Inga neben ihr saß und ihr die Haare aus dem Gesicht strich. Ihre Magd war der einzige kleine Trost, den sie hatte, und sie war so dankbar, dass sie bei ihr war.

Als sie aufwachte, war es mitten in der Nacht. Sie sah zu den Sternen hinauf und sprach ein Gebet für ihren Mann und seine Familie. Als sie sich umdrehte, sah Inga sie an.

„Er liebt Euch sehr, aye? Nicol sagt, Brodie kann an nichts anderes als an Euch denken."

„Aye, ich weiß, dass er mich liebt, Inga. Ich vermisse ihn einfach. Wir hatten so wenig Zeit zusammen und er ist mein Ehemann. Ich hatte gehofft, dass wir für immer zusammen sein würden, sobald wir wieder vereint wären."

„Oh, aber es ist Krieg, meine liebe Freundin. Er hat viele zu beschützen. Bald wird er Euch zu sich nach Hause bringen und Ihr werdet seine Familie und seinen Clan kennenlernen. Ich freue mich so für Euch. Ich weiß nicht, wohin ich gehen werde, aber Ihr werdet jetzt ein Zuhause haben, ein echtes Zuhause."

Celestina drehte sich auf den Rücken und sah zu ihrer Freundin auf. „Du wirst mit mir in die Highlands gehen. Oder hast du etwa andere Wünsche?" Als sie den Ausdruck auf dem Gesicht ihrer Freundin bemerkte, rief sie verlegen: „Es tut mir leid, ich habe ganz vergessen, dass deine Mutter in Ayr ist."

Inga starrte ins Stroh. „Meine Mutter würde mich wieder arbeiten schicken, wenn ich bei ihr bleibe, denn sie hat nicht genug Münzen, um mich und die Kleinen durchzufüttern. Außerdem gibt es einen anderen Ort, an dem ich gern sein will."

„Welchen Ort?"

Inga warf Pater Padraig einen Blick zu und flüsterte ihr zu: „Bei Nicol. Er hat versprochen, mich zu heiraten, sobald der Krieg vorbei ist. Jetzt mache ich mir ähnliche Sorgen wie Ihr."

Celestina setzte sich auf und umarmte sie. „Oh, Inga, ich freue mich so für dich. Liebst du ihn?"

Ihre Freundin wurde rot, nickte aber schnell. „Aber ich habe Angst um ihn ... und um uns."

„Erzähl mir mehr. Wann ist das passiert?" Celestina ergriff die Hand ihrer Freundin und lächelte.

„Nun, wir haben uns in der Nacht Eurer Handfeste ziemlich lange unterhalten. Er ist ein freundlicher Mann mit einem Lächeln, das nie verschwindet. Als er mich in Lennox fand, sprang er sofort von seinem Pferd und umarmte mich. Ich war so überrascht. Ich hielt ihn für mutig und gutaussehend, aber wir hatten keine Gelegenheit, uns besser kennenzulernen." Sie spähte über ihre Schulter zu Pater Padraig und als sie feststellte, dass er nicht zuhörte, fuhr sie fort. „Plötzlich hat er mich geküsst und ... ich weiß nicht. Ich wurde noch nie so geküsst. Ich mochte es und er hörte nicht auf und ich wollte auch nicht, dass er es tut."

Celestina kicherte. „Ich freue mich so für dich. Wie aufregend! Vielleicht werdet Ihr in unserer Nähe wohnen. Das würde mich glücklich machen. Du weißt, dass du mehr meine Freundin als meine Magd bist." Sie hatte die liebevollen Blicke zwischen Inga und Nicol bemerkt, bevor Inga in den Wagen gestiegen war, aber sie hatte nicht geahnt, dass die Dinge schon so fortgeschritten waren. „Was ist dann passiert?"

„Nicol hat mir erzählt, dass der Krieg ihn wahnsinnig macht und dass er nur mit mir zusammen sein will. Er sagte, dass er sich Sorgen wegen des Krieges macht und dann sagte er auf einmal, er wolle mich heiraten und eine Familie mit mir gründen, aber ich glaube, er hat sich selbst überrascht, weil er mich danach nur anstarrte. Und ich war so schockiert, dass ich nicht wusste, was ich sagen sollte. Also bat er mich, ihn zu heiraten, und ich sagte Aye." Inga sah einen Moment auf ihre Hände. „Glaubst du, ich habe vorschnell entschieden?"

„Nein, nicht, wenn du ihn liebst. Ich bin so aufgeregt." Celestina ergriff Ingas Hände. „Alles wird gut gehen, du wirst schon sehen."

Kurz nach Sonnenaufgang drehte sich der Pater zu ihnen um und sagte: „Wir sind am Ziel."

Inga und Celestina setzten sich auf und zupften sich Stroh aus den Haaren, während sie auf die große Burg blickten, die auf einem riesigen Hügel vor ihnen stand. Eine massive Steinmauer umgab den Bergfried mit ordentlichen Reihen strohgedeckter Hütten sowohl innerhalb als auch außerhalb der Mauer.

„Wo sind wir, Pater?" Celestina war zu beschäftigt gewesen, sich nach ihrem Mann zu sehnen, um sich Gedanken darüber zu machen, wohin sie fuhren. Sie hatte angenommen, sie würden Zeit in einem Kloster verbringen, dem einzigen sicheren Ort in Kriegszeiten. Könnte dies Brodies Zuhause sein? Aber nein, es konnte nicht die Grant-Burg sein, denn Brodie hatte ihr gesagt, dass die Reise in seine Highlands mehrere Tage dauerte, und sie waren weniger als einen Tag unterwegs gewesen.

Statt zu antworten, lächelte Pater Padraig sie nur an und führte den Wagen weiter zum Tor.

Mehrere Wachen gingen auf den Brüstungen der Burg auf und ab und ein großes Horn ertönte, als sie bemerkt wurden. Sie überquerten eine kleine Brücke und Celestina sah, wie das eiserne Fallgitter angehoben wurde. Celestina saß ehrfürchtig da. Sie hatte noch nie eine solche Burg gesehen. Auf dem Weg nach Lennox waren sie an ein paar kleinen Burgen vorbeigekommen, aber keine war so prächtig wie diese gewesen. An jeder der vier Ecken erhob sich ein Turm. Die Mauern waren stark und solide. Vermutlich hatte der Priester einen sicheren Ort gewählt, um sie während der bevorstehenden Kämpfe gegen die Norweger unterzubringen.

Der Karren hielt in der Nähe der Ställe in der Vorburg an und ein paar Burschen halfen den Mädchen von der Rückseite des Wagens herunter. Pater Padraig wollte ihr gerade die Tasche geben, die sie mitgebracht hatte, als ihr etwas auffiel. Eine ältere Frau stand auf den Stufen des Bergfrieds, schön und stolz, und ein großer Mann stand mit seinem Arm um ihre Schultern gelegt an ihrer Seite. Sie klammerten sich in liebevoller Umarmung aneinander. Celestina schnappte nach Luft, als sie dem Blick der Frau begegnete.

Sie erkannte diese Frau.

Als sie ein paar Schritte in Richtung Bergfried machte, rangen ihre Gedanken mit der Unmöglichkeit dessen, was ihre Augen ihr sagten. Konnte es wahr sein?

„Mutter?" Ihr Herz setzte einen Schlag lang aus. Sie wollte weitergehen, konnte es aber nicht. Doch endlich konnte sie ihre Beine dazu bringen, sie näher zu der Lady auf der Treppe zu tragen. „Mutter?" Ihre Beine fühlten sich wie Blei an und wollten einfach nicht schnell genug vorangehen. Ihre Sicht fokussierte sich so angestrengt, bis sie nur noch eines sehen konnte – ihre Mutter.

Tränen trübten Celestinas Sicht, als ihre Beine endlich gehorchten und sie zu den Stufen stürmte. Inga und Pater Padraig blieben zurück. Sie rannte und rannte, bis sie keine Luft mehr bekam. Endlich blieb sie am Fuß der Treppe stehen und starrte die Frau an.

„Mama? Bist du es wirklich?", hauchte sie.

Die Frau öffnete schluchzend die Arme und Celestina warf sich hinein. „Mein Kind, endlich bist du nach Hause gekommen. Wie sehr ich dich vermisst habe." Celestinas Mutter wiegte sie in ihrer Umarmung und trat dann zurück, um das Gesicht ihrer Tochter in ihren Händen zu halten. „Du bist so hübsch, mein Liebes. Sieh nur, wie groß du geworden bist. Ich bin so froh, dich wiedergefunden zu haben." Sie küsste sie auf die Stirn und auf beide Wangen.

Celestina lächelte zu ihrer Mutter hinauf und konnte immer noch nicht glauben, dass es wahr war. Sie war gealtert, hatte feine Fältchen um ihre Augen und graue Strähnen in den Haaren, aber ihr Lächeln war immer noch dasselbe. Nach all den Jahren fühlte es sich an, als wäre sie nie fortgegangen.

Ihre Mutter nahm ihre Hände und trat zurück. Dann sah sie zu dem Mann neben sich und sagte: „Celestina, ich möchte dir deinen Vater, Ranald MacLaren, vorstellen."

Celestina warf einen Blick auf den Mann und ihre Knie gaben nach.

Sie fiel in Ohnmacht.

Als Celestina aufwachte, fand sie sich in einem weichen Federbett, das mit frischen Laken bezogen war, wieder. Eine Vase mit duftendem, wildem Heidekraut stand auf dem Nachttisch, wo ihre Mutter sie immer hingestellt hatte, als sie noch klein gewesen war. Sie setzte sich auf, um sich umzusehen, und erkannte, dass ihre Mutter händeringend an ihrem Bett saß.

„Oh, Gott sei Dank. Mädchen, geht es dir gut?"

„Aye, Mama, es geht mir gut. Ich bin nur ein bisschen müde und überrascht." Sie streckte die Hand nach ihrer Mutter aus. „Das war ein kleiner Schock für mich."

„Aye, und es tut mir leid, mein Kind. Ich wusste nicht, wie ich es richtig anstellen sollte. Es sind so viele Jahre vergangen. Der Gedanke, dass du diesem bösen Mann ausgeliefert bist, hat mich schrecklich gequält. Hast du wirklich keinen Schaden genommen?"

Celestina schwor sich, ihrer Mutter nicht die Wahrheit über den Baron zu sagen. Ihr Traum, dass ihre Mutter noch lebte, war wahr geworden und es war nicht nötig, diesen Moment mit schlechten Erinnerungen zu trüben …

„Mama, es geht mir gut, aber ich habe so viele Fragen. Ich habe deine Briefe gefunden und bin so verwirrt. Ich dachte, mein Vater wäre tot."

„Oh, du hast sie gefunden. Dem Himmel sei Dank. Es ist eine lange Geschichte, aber dein Vater ist nach dem Angriff des Ebers nicht gestorben. Er war dem Tode nahe, aber er ist ein Kämpfer. Ich habe es lange nicht gewusst, aber ich bin froh, dass er überlebt hat. Ich verstehe deinen Schock. Mir ging es genauso, als ich herausfand, dass Ranald am Leben war. Was hat Baron Lunde dir über mich erzählt?"

„Er sagte, dass du an einem Fieber gestorben bist."

„Oh, Kind, du verdienst es, endlich die Wahrheit zu erfahren. Dein Vater ist gespannt auf dich. Er hat sehr lange auf diesen Moment gewartet, das haben wir beide. Darf ich ihn hereinbringen, damit wir deine Fragen gemeinsam beantworten können?"

Celestina nickte, obwohl sie sich nicht sicher war, wie sie ihren Vater begrüßen sollte. Wie bekam man plötzlich einen Vater, nachdem man selbst schon verheiratet war? Ihre Mutter trat in den Gang hinaus und kehrte dann mit Ranald MacLaren zurück. Sie setzten sich auf die Stühle neben ihrem Bett.

Ihr Vater war ein muskulöser, großer Mann mit roten Haaren und freundlichen Augen. Diese Augen wurden feucht, als er den Raum betrat, und er lächelte sie nervös an. Er hatte dieselben Grübchen, die sie von ihm geerbt hatte. Sie war sich nicht sicher, ob sie glücklich oder wütend auf ihn sein sollte. Hätte er all die Jahre ihres Leidens verhindern können? Hätte er nicht etwas unternehmen können? Und warum hatte ihre eigene Mutter sie überhaupt verlassen?

Aber zuerst musste sie zuhören. Das Einzige, was sie sich immer gewünscht hatte, war nun zum Greifen nah – zwei liebende Eltern. Sie würde ihnen eine Chance geben, alles zu erklären.

„Aye, ich danke dir, Tochter, dass du mich eingelassen hast." Er sah Celestina an, als wollte er sich ihre Gesichtszüge einprägen, aber vielleicht war er sich nur nicht sicher, was er sagen sollte. „Ich entschuldige mich dafür, dass ich all die Jahre nicht an deinem Leben teilgenommen und dich so unterstützt habe, wie es ein ehrenwerter Vater tun sollte, aber die Umstände haben es nicht zugelassen."

Celestina sah ihre Mutter an und konnte die brennende Frage nicht länger zurückhalten. „Aber warum, Mama? Ich verstehe nicht, warum, Papa. Ähm, darf ich dich Papa nennen?"

„Aye, Mädchen, es wäre mir eine Ehre, wenn du es tätest."

Sie wandte sich wieder ihrer Mutter zu und fragte: „Warum bist du gegangen? Warum hast du mich nicht mitgenommen?"

„Es ist eine komplizierte Geschichte. Du hast meinen Brief darüber gelesen, wie dein Vater und ich uns kennengelernt haben, aye?"

Celestina nickte.

„Walter hat mich zum Sterben zurückgelassen, nachdem er mich eigenhändig so schwer verletzt hatte. Dein Vater und ich haben von ganzem Herzen geglaubt, dass sein Handeln einer Auflösung unserer Eheversprechen gleichkommt. Wohlgemerkt, wir waren damals jung und naiv. Walter hatte sich nach seiner Kopfverletzung so sehr verändert. Er war nicht mehr der Mann, den ich geheiratet hatte. Er wollte mich eindeutig nicht mehr als seine Frau haben, ganz gleich, was die Kirche ihm vorschrieb.

Dein Vater und ich haben uns verliebt und wie du weißt, war ich bald guter Hoffnung mit dir, unserem ersten Kind. Wir waren überglücklich." Sie drückte die Hand ihres Mannes, bevor sie fortfuhr. „Wir gaben unser Bestes, unsere Beziehung vor seinem Clan zu verbergen, weil wir nicht sicher waren, was der Clan oder die Kirche zu unserer Beziehung sagen würden, da Baron Lunde ja noch lebte. Tatsächlich war ich bereits schwanger, bevor jemand von unserer Liebe zueinander erfuhr. Wir wurden damals gewarnt, dass die Kirche unser Verhalten nicht billigen würde, aber wir waren verliebt und haben vor allem anderen die Augen verschlossen. Ein paar Monate später tauchte der Baron vor unserer Haustür auf und forderte meine Rückkehr. Walter und ich hatten versucht, ein Kind zu bekommen, aber wir hatten keinen Erfolg gehabt. Als ihn die Nachricht erreichte, dass ich schwanger war, wollte er mich zurück. Er war besessen davon, einen Sohn zu haben, der seinen Namen weiterführen würde. Als er erfuhr, dass das Kind nicht seinen Lenden entstammte, wollte er dich trotzdem als sein Kind beanspruchen. Ranald ging zur Kirche und beantragte eine Aufhebung der Ehe, weil Walter mich verlassen hatte, aber die Kirche wollte sie nicht gewähren. Sie ließen mir keine andere Wahl, als zum Baron zurückzukehren, und ich habe dich in seinem Haus geboren. Die Jahre vergingen und Ranald und ich schickten uns weiterhin Briefe, in denen ich ihm von dir erzählte. Als Walter diese Briefe fand, zerstörte er die meisten und ging zur Kirche, um mich aus seinem Haus zu verbannen, aber er wollte, dass du bei ihm bleibst."

Sie warf ihrem Mann einen Blick zu. „Allein die Vorstellung hat mir das Herz gebrochen und ich habe mich geweigert, dich zurückzulassen. Ranald hat mich dabei unterstützt, da er sich am meisten um dein Wohlergehen gesorgt hat. Jedenfalls hat die Kirche den Wünschen des Barons nicht entsprochen. Da du geboren wurdest, als er und ich verheiratet waren, sollten wir beide bei ihm bleiben. Walter war außer sich vor Wut. Er war nicht mehr der Mann, den ich geheiratet hatte, weil seine Gedanken so verwirrt waren. Er fing an zu schimpfen und vor sich hin zu murmeln und wollte mich unbedingt aus dem Haus schaffen. Er tat das Einzige, was ihm einfiel. Er schlug mich erneut und ließ mich im Wald zum Sterben zurück. Ich hatte deinem Vater von Walters verrücktem Verstand geschrieben und er hatte jemanden geschickt, der über uns beide wachte. Seinen

Bruder, Pater Padraig."

Celestinas Augen wurden so groß wie Untertassen. Ranald nickte. „Aye, Mädchen, Pater Padraig ist mein Bruder. Eines Tages kam er mit seinem Pferd nach Hause geprescht. Er konnte deine Mutter nicht finden, aber du warst unversehrt. Wir nahmen eine Gruppe von Wachen mit und durchsuchten die Gegend. Wieder fand ich deine Mutter halbtot geschlagen von diesem bösen Mann." Er hielt inne, um tief Luft zu holen, und öffnete seine geballten Fäuste.

Celestinas Herz brach, als sie das bewegte Gesicht ihres Vaters sah. Er liebte ihre Mutter und konnte nicht verstehen, was der Baron getan hatte. Celestina starrte auf ihre Hände in ihrem Schoß und fragte sich, was Brodie unter den gleichen Umständen getan hätte. Sie musste nicht lange nachdenken – er hätte ihr niemals erlaubt zurückzukehren. Ihr Vater hatte es ihrer Mutter auch nicht erlaubt. Alles begann einen Sinn zu ergeben. Er hatte getan, was er tun musste, um ihre Mutter am Leben zu erhalten.

Ranald fuhr fort, nachdem er seine Gedanken geordnet hatte. „Nachdem ich deine Mutter wieder gesund gepflegt hatte, behielt ich sie hier an meiner Seite. Der Baron wollte sie nicht mehr. Die Kirche brauchte es nicht zu wissen und ich schickte sie nicht zurück." Seine Augen trübten sich, als er zu ihrer Mutter hinüberblickte. „Wir haben das getan, was wir für das Beste hielten. Wir haben dafür gesorgt, dass Inga sich um dich kümmert, und meinen Bruder geschickt, um regelmäßig nach dir zu sehen. Er hat zusammen mit unserem Herrn im Himmel über dich gewacht. Ich hoffe, dass du mir eines Tages vergeben kannst. Es war nicht die Schuld deiner Mutter. Ich habe ihr nicht erlaubt, zu Baron Lunde zurückzukehren."

Ihre Mutter erzählte weiter. „Wir haben die Kirche gefragt, aber sie wollten den Baron nicht zwingen, dich herauszugeben. Pater Padraig hat über dich gewacht und uns auf dem Laufenden gehalten. Es tut mir leid, dass der Baron so hart zu dir war, aber die Kirche wollte nicht eingreifen. Sie hielten seine Strafen nicht für falsch. Jahre später entdeckten wir Walters wahres Motiv dafür, dich zu behalten. Abgesehen davon, dass er mich bestrafen wollte, war der Hauptgrund, dass er das Geld wollte, das er von deinem Verlobten bekommen würde. Deine Schönheit war in

Ayrshire und darüber hinaus legendär, und viele Männer hielten um deine Hand an. Walter hat dafür gesorgt, dass du mit dem Mann verlobt wurdest, der ihm am meisten bezahlt hat."

Celestina starrte ihre Mutter an. „Meine Schönheit? Ich weiß, dass Brodie mich für schön hält, aber ganz Ayrshire?"

Ihr Vater sprach. „Oh, Mädchen, Männer kamen von fern her, um bei mir um deine Hand zu flehen. Das war ein Teil des Grundes, warum der Baron dich praktisch als Gefangene gehalten hat. Viele wussten, dass du meine Tochter bist, und er wollte nicht, dass du es herausfindest. Er wollte auch, dass du dich von ihm abhängig fühlst. Als Ivarsson in die Stadt kam, glaubte der Baron, dass seine Gelegenheit endlich gekommen war."

Ihre Mutter hielt ihre Hand. „Weißt du inzwischen, dass deine Ehe mit Fredrik Ivarsson ungültig ist? Pater Padraig hat uns einen weiteren Gefallen getan und dafür gesorgt, dass die Dokumente keinen Bestand haben. Du kannst heiraten, wen du willst, und wir werden deine Entscheidung respektieren."

Celestina schüttelte den Kopf. „Brodie Grant und ich haben eine Handfeste geschlossen. Ich liebe ihn – er ist mein wahrer Ehemann. Mama, der Baron ist tot. Er hielt ein Messer an meine Kehle und Brodie tötete ihn. Er wird dich nicht mehr belästigen."

Ihre Mutter seufzte und schloss die Augen. Sie murmelte ein kurzes Dankgebet. Als sie die Augen wieder öffnete, lächelte sie ihre Tochter an. „Wir wurden mit zwei weiteren Kindern gesegnet, beides Jungs, aber du bist unser einziges Mädchen. Du hast zwei Brüder, meine Liebe."

Celestina rieb sich die Schläfen und versuchte, all die neuen Dinge aufzunehmen, die sie erfahren hatte. Dann warf sie einen Blick auf ihre Mutter und bemerkte die schöne Halskette, die sie trug. Es war ein Kreis aus Lorbeerblättern. „Mama, woher hast du das? Es sieht aus wie der Türklopfer im Haus des Barons in Lennox."

Ihr Vater sagte: „Oh, Lorbeerblätter sind das Zeichen des MacLaren-Clans. Ich muss gestehen, dass ich meinen Bruder damit geschickt und ihn gebeten habe, es irgendwo im Haus zu platzieren, wenn Walter es nicht bemerkt. Es war eine weitere Art, dich zu beschützen, fast wie ein Heiligenschein aus Lorbeerblättern, den du auf deinem Kopf tragen kannst, so wie ihn ein Engel tragen würde."

„Genau wie dein Name, meine Liebe. Celestina, unser Engel aus dem Himmel." Ihre Mutter lächelte und küsste sie auf die Wange.

Ihr Vater setzte sich auf die Bettkante, damit er ihre Hände in seine riesigen Hände legen konnte. „Aye, wir haben angesichts der Pläne der Kirche und des königlichen Palastes getan, was wir konnten. Wir hoffen, dass du uns vergibst und uns erlaubst, von nun an an deinem Leben teilzuhaben." Seine Augen waren voller Tränen und er schluchzte: „Nichts würde uns glücklicher machen, als wieder in deinem Leben zu sein. Wir werden alles tun, um dich zu unterstützen und dich glücklich zu machen."

Celestina beugte sich vor und küsste ihren Vater auf die Wange. Wie konnte sie das nicht tun? Sie hatte noch nie einen erwachsenen Mann so weinen sehen wie ihn, und er hielt ihre Hände, als hätte er Angst, sie würde sich gleich in Luft auflösen. Er war in jeder Hinsicht anders als Baron Lunde. „Papa, ich hätte dich sehr gern in meinem Leben. Brodie wird so überrascht sein zu hören, dass meine Mutter und mein Vater beide am Leben sind."

„Er weiß es schon, Mädchen. Pater Padraig hat es ihm gesagt", flüsterte ihre Mutter.

„Was? Brodie wusste es?" Sie drehte die Bettdecke in ihren Händen, während sie versuchte, diese Information zu verstehen. „Dann hat er mich angelogen? Wusste er, dass er mich zu euch schickt?"

„Aye, Mädchen." Ihr Vater tätschelte ihre Hand. „Bitte sei nicht zu hart mit dem Jungen. Mein Bruder hat ihn schwören lassen, dir nichts zu sagen. Er hat sein Ehrenwort gegeben, es dir nicht zu sagen. Wir wissen nicht, wie der Krieg ausgeht, und wir wollten nicht, dass du erfährst, dass wir am Leben sind, nur um zu unserer Burg zu kommen und vielleicht etwas anderes zu entdecken. Es wäre zu viel für dich gewesen, uns zweimal zu verlieren."

Celestina starrte verwirrt auf ihre Hände.

„Celestina", sagte ihre Mutter, „er wollte dich nicht fortschicken. Aber er hatte Pater Padraig versprochen, dass er dir erlauben würde, uns zu besuchen. Er muss ein starker Mann sein, wenn er sein Wort gehalten hat. Schließlich muss er fürchten, dass du uns ihm vorziehst. Dass er bereit ist, sein eigenes Glück für deines zu opfern, sagt viel über seinen Charakter, denkst du nicht auch?"

Aye, sie musste ihrer Mutter zustimmen. Sie war so verärgert über Brodie gewesen, als er sie mit Pater Padraig fortgeschickt hatte. Nun erinnerte sie sich an seine letzten Worte, dass er sie für immer liebte. Er hatte gewusst, dass sie ihn verlassen würde, um ihre Eltern zu finden. Aye, er musste befürchtet haben, sie an ihre Familie zu verlieren – an die Mutter, die sie seit Jahren nicht mehr gesehen hatte, und an den Vater, dem sie nie begegnet war. Dies war wahrscheinlich die selbstloseste Entscheidung, die jemals jemand für sie getroffen hatte.

Er hatte ihr die Wahl gelassen und sie war so verwirrt, dass sie sich ihrer Antwort nicht sicher war.

War ihr Platz bei ihrem Ehemann oder bei ihren Eltern?

KAPITEL DREIUNDZWANZIG

1. Oktober 1263

SPÄT IN DER nächsten Nacht suchte Brodie im Zentrum von Ayr nach Anzeichen von Nicol oder dem kleinen Loki. Seine Reise hatte aufgrund eines Sturms, der mit heftigen Winden und reichen Regenfällen aufgeschlagen war, länger als erwartet gedauert. Er hatte in einem verlassenen Häuschen geschlafen, während das Schlimmste draußen tobte, und so hatte auch sein Pferd die dringend benötigte Pause bekommen. Einige gaben der Magie die Schuld an solchen Stürmen, aber Brodie betrachtete sie einfach als Teil der unheimlichen Schönheit der Natur. Der Sturm hielt bis in die Morgenstunden an, aber er kehrte im Regen nach Ayr zurück, um seine Freunde und seinen Bruder ausfindig zu machen.

Seine Freunde stießen nicht lange nach seiner Ankunft zu ihm. Loki warf sich auf Brodie, offensichtlich begeistert darüber, ihn zu sehen.

„Hast du etwas von Robbie gehört, Nicol?" Er vertraute den Fähigkeiten seines Bruders, doch die Ungewissheit plagte ihn.

Nicol schüttelte den Kopf. „Nay, sie hätten längst zurückkehren sollen, aber ich habe noch keine Clansmänner gesehen."

„Meister Brodie, wir haben Fräulein Engel in einen Karren gesetzt und sie war sehr traurig." Loki stand an seiner Seite und zog an seinem Arm.

Brodie dachte darüber nach, wie unglücklich seine Frau über ihren Abschied gewesen war. Das arme Mädchen hatte noch nicht vielen Menschen in ihrem Leben vertrauen können, denn sie war von einem anmaßenden Kotzbrocken erzogen worden. Es würde einige Zeit dauern, bis sie sich an das Leben mit einem fürsorglichen Partner gewöhnte, der sie liebte und immer zu ihr zurückkehrte. Er dankte Gott noch einmal, dass sie nun endlich in Sicherheit und bei ihren Lieben war.

Er fragte sich, wie die Reise mit Pater Padraig verlaufen war. Würde Celestina ihrer Mutter und ihrem Vater vergeben? Brodie hatte keine Ahnung davon, unter welchen Umständen sich die Familie getrennt hatte, aber er ging davon aus, dass seine Frau sich sehr freuen würde, ihre Mutter wiederzusehen. In seiner Frau wohnte ein schöner Geist und er würde aufblühen – sie hatte einfach nur noch keine Gelegenheit gehabt, ihn zu entdecken. Brodie hoffte, dass ihr Vater ein freundlicher Mann war. Ein weiterer grausamer Mann in ihrem Leben könnte Celestina zerstören.

Vor allem aber hoffte er, dass sie ihm vergeben würde, dass er die Wahrheit über ihre Eltern nicht preisgegeben hatte. Mit der Zeit würde sie lernen, ihm zu vertrauen, und sie würde erkennen, dass sie getrennt sein und sich immer noch lieben könnten. Das Leben auf der Burg der Grants als seine Frau würde ihr guttun, aber wäre sie überhaupt noch bereit, mit ihm zu leben?

Nicol klopfte ihm auf den Rücken, als könnte er seine Gedanken lesen. „Sie wird zurückkommen, Freund. Darauf kannst du zählen."

„Ich hoffe, du hast recht. Ich muss zugeben, dass ich sie jetzt schon vermisse." Er grinste Nicol verlegen an, aber es war die Wahrheit. Wenn er nur einen klaren Kopf hätte, wäre er im Kampf effizienter. Er mochte keine Ablenkung. Jetzt verstand er die Philosophie seines Bruders, sich allein auf seinen Gegner zu konzentrieren.

Pater Padraig hatte erwähnt, dass ihr wahrer Vater ein Laird seines Clans in den Highlands war. Würde der Mann Brodie als Partner seiner Tochter akzeptieren oder würde er versuchen, einen passenderen Mann für sie zu finden?

In jedem Fall würde er für seine Frau kämpfen, so wie er für seinen Clan kämpfte. Er hatte sie zu sehr ins Herz geschlossen und er hatte nicht vor, sie gehen zu lassen.

Er warf einen Blick auf seinen kleinen Freund, der ihn immer noch anstarrte. „Aye, Loki, sie war sehr traurig, aber ein Mädchen hat auf dem Schlachtfeld nichts zu suchen. Sie weiß, dass wir zu ihr zurückkehren werden und dann werden wir zu dritt sein."

Loki grinste bei dieser Erklärung breit und Brodie war gerührt. Celestina hing genauso an dem Jungen wie er an ihr. Der Junge brauchte ein Zuhause – und seine Frau und er würden es ihm geben.

Nicol riss ihn aus seinen Gedanken. „Oh, wir werden zu fünft sein. Vergiss meine Inga nicht."

Brodies Stirnrunzeln brachte Loki zum Lachen. „Meister Brodie, habt Ihr nicht gesehen, mit was für einem Mondgesicht Nicol Fräulein Inga ansieht? Es ist fast so schlimm wie Eures, wenn Ihr Fräulein Engel seht."

„Ist das wahr, Nicol? Du und Inga?" Brodie grinste.

„Aye, und mach nicht so ein überrasches Gesicht. Inga ist ein wunderschönes Mädchen mit einem großen Herzen", sagte Nicol.

„Sicher, sie hat etwas Großes, das du gern hättest, aber da denke ich nicht an ihr Herz." Brodie fragte sich, wie viel Scherz sein Freund über Inga tolerieren würde, aber noch bevor er seinen Satz beenden konnte, zischte ein Stein an seinem Ohr vorbei.

„Mach den Mund zu, Grant, sonst werde ich dir helfen." Nicols Gesicht war so ernst, wie Brodie es noch nie gesehen hatte.

Loki lachte so heftig, dass er fast umfiel.

Brodie hob beschwichtigend seine Hand. „Bring mich später über deine Herzensangelegenheiten auf den neuesten Stand, Nicol. Erst einmal muss ich alles erfahren, was du weißt, bevor ich vom Sheriff neue Anweisungen erhalte."

„Nun gut, in deiner Abwesenheit ist viel passiert. Haakons Flotte ist weiter nach Norden gezogen und vor den Cumbraes vor Anker gegangen. Der Sturm der letzten Nacht hat mehrere Boote in der Nähe von Largs auf Grund getrieben. Unser König sandte eine kleine Truppe lokaler Bogenschützen, sobald uns heute Morgen die Nachricht erreichte. Anscheinend haben sie mit ihren Bögen gut genug gezielt, um viele Opfer an der Küste zu fordern. König Alexander geht davon aus, dass Haakon mehr Langboote schickt, um zu retten, was noch zu retten ist, und um ihren Verwundeten zu helfen. Einige Schiffe kamen vom Loch Lomond herunter, andere verweilen in der Nähe von Loch Lomond und warten auf Anweisungen. Alexander hat alle Streitkräfte nach Largs befohlen und wir werden in Kürze in diese

Richtung aufbrechen. Du kommst gerade noch rechtzeitig."

„Woher kamen die Boote, die gesunken sind?"

„Ich glaube, das weiß niemand. Warum?" Nicol wartete auf seine Antwort, während Brodie vor ihm auf und ab ging.

„Der Verräter Ivarsson ist auf einem der Boote, die von Loch Lomond kommen. Ich muss ihn finden."

Nicol grinste finster. „Fredrik Ivarsson wird bald seine gerechte Strafe erhalten, nicht wahr?"

„Aye, das wird er." Er warf Loki einen Blick zu, der von ihrer Unterhaltung fasziniert zu sein schien. „Ich muss mit Ivarsson sprechen." Obwohl Celestina ihm nicht alle Details erzählt hatte, vermutete er, dass Fredrik Ivarsson ziemlich viel Schmerz verdient hatte.

„Vermutlich sind einige der Langboote auf Grund gelaufen, weil sie zu schwer mit Plündergut beladen waren. Ivarsson könnte am Loch Long oder in Largs sein, oder er könnte in einem der Boote gewesen sein, die im Sturm untergegangen sind. Er war der Verräter, der den Nordmännern sagte, wo sie Gold und Reichtum finden können."

„Er hat sie zum Schreien gebracht, ich habe sie gehört", sagte Loki und stupste Brodies Bein an, um seine Aufmerksamkeit zu erregen.

Brodies schenkte dem Jungen nun seine volle Aufmerksamkeit. „Woher weißt du das?"

„Erinnert Ihr Euch, dass ich Euch gesagt habe, dass ich ihr gefolgt bin? Gleich nach der Hochzeit, bevor sie die Burg verließen, schlich ich mich in den Flur vor dem Raum, in dem sie sich befanden, und ich hörte sie schreien. Nur einmal, dann hörte ich sie stöhnen." Loki tat sein Bestes, um den Klang nachzuahmen. „Versteht Ihr? Wie wenn man versucht, einen Schrei zu unterdrücken, es aber nicht schafft? Das hat sie getan, und dann hat er sie wohl geschlagen."

Brodies Blut kochte und er ballte seine Fäuste bei dem Gedanken, dass jemand seinen Engel verletzte.

„Meister Brodie? Ich habe sie für Euch beschützt. Ich schlug ihn mit einem Stein, als er herauskam, und er schrie, aber er konnte mich nicht fangen. Das war, bevor Ihr mich gefunden habt. Das ist der andere Grund, warum ich ihnen gefolgt bin. Er war gemein zu ihr."

Brodie strich sich durch die Haare. „Guter Junge. Du hast sie gerettet."

Er versuchte, sich auf den Kampf der Schotten zu konzentrieren, aber seine Gedanken kreisten im Moment nur um eines: Ivarsson würde dafür bezahlen, dass er seinen Engel verletzt hatte.

Celestina saß am Podium im großen Saal in der Burg der MacLarens und versuchte immer noch, alles zu verarbeiten, was sich in so kurzer Zeit ereignet hatte.

Ihre Mutter beugte sich über sie. „Mein Liebes, hast du genug gegessen? Schmeckt dir das Mahl nicht?"

Sie warf einen Blick auf den Teller vor ihnen voller Rüben und Hammel mit Apfeltörtchen an der Seite. „Nay, Mama, das Essen ist köstlich. Ich bin einfach nicht sehr hungrig." Sie lächelte, um die Sorgen ihrer Mutter zu lindern. „Glaub mir, das ist viel besser als jedes Essen zuvor bei Baron Lunde."

Alles an ihrer Mutter war so, wie sie es in Erinnerung hatte. Sie hatte das größte Herz und jetzt, da Celestina endlich wieder bei ihr war, sorgte sie dafür, dass ihre Tochter alles hatte, was sie sich nur wünschen konnte, einschließlich neuer Röcke, Mäntel, Stiefel und Hausschuhe. Sie hatten viel Spaß bei der Auswahl der Stoffe und Bänder.

Celestina war ihren beiden Brüdern Rory und Roderick vorgestellt worden, aber ihr Vater hielt die beiden auf dem Kampfplatz beschäftigt, sodass sie nicht viel Zeit mit ihnen verbringen konnte. Rory war zehn Jahre alt und Roderick war ein Jahr älter. Ihre Eltern lasen ihr jeden Wunsch von den Augen ab und sie wusste nicht, wie sie ihnen sagen sollte, dass sie ihr bereits mehr gegeben hatten als sie je im Leben gehabt hatte.

Der große Saal war voll von Mitgliedern des MacLaren-Clans. Ihr Vater hatte zu Ehren ihrer Rückkehr einen Festtag erklärt und sie war so vielen Menschen vorgestellt worden, dass ihre Gedanken und die vielen Gesichter verschwommen. Die Leute hatten ihr Geschenke gebracht, darunter warme Felle, Kerzen, süße Lavendelseife, Birnentörtchen, einen Wollschal, Hausschuhe und sogar Schmuck. Alles war wundervoll, und sie hatte jede Gabe bestaunt und sich vielmals bedankt.

Jetzt, da sie einen ruhigeren Moment zum Nachdenken hatte, erkannte sie die wahren Gaben, die ihre Familie ihr gegeben hatte. Lautes Gelächter, glückliches Lächeln, kichernde Kinder, freundliche Worte, herzliche Umarmungen, Applaus, Freuden- schreie, Zugehörigkeitsgefühl, rennende Kinder – all dies umgab sie hier im Saal und machte sie vor Staunen ganz benommen. Dies waren genau die Dinge, die ihr in den letzten zwölf Jahren in ihrem Leben gefehlt hatten.

Inga hatte sich mit einigen der Mädchen schnell angefreun- det, aber Celestina hielt sich zurück. Ihre einzige Freundin in ihrem Alter war jahrelang Inga gewesen. Wie schloss man Fre- undschaften? Ihr fehlten die grundlegendsten Fähigkeiten, die fast jeder hier in diesem Raum besaß.

Ihre Mutter ergriff ihre Hand unter dem Tisch. Ihre süße Stimme, die so klang, wie Celestina sie in Erinnerung hatte, flüsterte: „Keine Angst, du wirst es lernen."

Wie konnte ihre Mutter wissen, was sie dachte?

Ihre Mutter sagte: „Er hat dich all die Jahre eingesperrt, nicht wahr?"

Celestina nickte.

„Du wirst es lernen, weil ich die Liebe und Güte in deinem Herzen sehen kann." Sie beugte sich vor und küsste sie auf die Wange. „Das alles muss für dich verwirrend sein, aber ich werde dir helfen. Gemeinsam werden wir lachen und nähen und backen und im Garten arbeiten und uns umarmen und lieben. Es gibt so viele neue Dinge zu lernen, aber du kannst es schaffen." Sie strich Celestina eine Locke aus den Augen. „Ich vermute, dein Herz weiß schon, wie man liebt, aye? Du liebst Brodie Grant sehr, nicht wahr?"

Celestinas Augen wurden feucht und sie tat das Einzige, was sie tun konnte. Sie nickte und sank in die Umarmung ihrer Mutter, damit sie das tun konnte, was sie immer am besten getan hatte: sie trösten, wenn sie traurig war.

„Ich vermisse ihn so sehr."

KAPITEL VIERUNDZWANZIG

2. Oktober 1263

BRODIE RITT AM nächsten Morgen früh mit seinem Pferd zu einem der vielen Lager zwischen Ayr und Largs. Er hatte bereits bei einigen angehalten, ohne seinen Bruder zu finden. Dieses Mal war er sich sicher, dass er ein Grant-Banner gesehen hatte. Eine große Gruppe von Männern trainierte auf einem Feld in der Nähe und eine kleine Gruppe war an vorderster Front versammelt. Er wandte sich an Nicol, der hinter ihm ritt, und rief ihm zu: „Warte hier."

Loki, der vor Brodie geritten war, sprang vom Pferd und packte die Zügel, während Brodie in Richtung der Männer sprintete. Ein Schrei zauberte ein Lächeln auf sein Gesicht, denn er stammte von seinem Bruder Robbie. Er winkte seinen Freunden zu, als er seinen Bruder begrüßte.

„Geht es dir gut, Robbie?", fragte Brodie und packte die Schulter seines Bruders.

„Aye, und dir?"

Das breite Grinsen seines Bruders, das die Herzen der Mädchen zum Schmelzen brachte, war eine große Erleichterung. „Hast du gekämpft?", fragte er. „Sind Männer unseres Clans verletzt?" Er warf einen Blick auf die anderen Männer, die herumstanden, und winkte seinen Clanmitgliedern zu.

„Aye und aye, Wir hatten ein paar Verletzte. Ich habe einen Karren zu unserer Burg zurückgeschickt, da die beste Heilerin des Landes jetzt wieder auf Grant Castle ist. Alex hat Brenna und Jennie aufgefordert, in die Highlands zurückzukehren, bis das alles vorbei ist. Er war besorgt, dass sie den Kämpfen zu nahe sind. Quade stimmte zu, also brachten einige seiner Männer sie nach Hause, zusammen mit unserer neuen Nichte Bethia."

„Oh, also sind beide Heilerinnen in der Grant-Burg. Das ist gut zu wissen. Was denkst du, wird geschehen?"

Robbie warf einen Blick über die Schulter und führte seinen Bruder von der Gruppe weg. „Es heißt, Haakon sei mit einem Schiff auf dem Weg nach Largs und bringe viele Krieger mit. Wir erwarten, dass sie bald ankommen und ihre weitere Vorgehensweise beschließen. Anscheinend sind viele ihrer Boote zerstört oder bereits gesunken, und sie wollen die Reichtümer der gesunkenen Schiffe retten. Alexander von Dundonald ist unterwegs, um uns bei Bedarf in die Schlacht zu führen."

„Was sagt dir dein Bauchgefühl? Wird es so weit kommen?"

Robbie seufzte. „Aye, ich denke, die Kämpfe werden heute oder morgen beginnen. Meine Krieger trafen südlich von Ayr auf einige hartgesottene Norweger. Sie sind wild und kampfbereit. Aber wir sind auf sie vorbereitet." Er nickte in Richtung der Männer, die mit ihren Schwertern übten. „Alexander hat auch Kampfäxte bestellt. Der Umgang mit ihnen ist etwas gewöhnnungsbedürftig, aber sie sind sehr effektiv. Unsere Bogenschützen üben in diesem Wäldchen östlich von uns. Alex sollte mit den Kurierpferden auf dem Weg hierher sein."

Brodie informierte ihn kurz darüber, wie er Celestina gerettet und wie sie ihm bestätigt hatte, dass Fredrik Ivarsson ein Verräter war. „Hast du irgendwelche Anzeichen von ihm gesehen?"

„Nay, und ein Adliger würde hier auffallen. Ich werde für dich nach ihm Ausschau halten. Wirst du mit uns reiten?", fragte Robbie.

„Aye, aber zuerst muss ich mich um Ivarsson kümmern."

„Wie geht es dem kleinen Jungen bei dir? Loki, richtig?"

Brodie drehte rechtzeitig den Kopf, um zu sehen, wie Loki ein Schwert schwang. „Loki!"

Er legte das Schwert nieder und rannte hinüber und blieb vor ihnen stehen. „Aye, Meister Brodie?"

Robbie kicherte. „Meister Brodie? Er nennt dich immer noch so? Das ist ein bisschen übertrieben, findest du nicht, Bruder?" Er sah Loki an. „Stimmt etwas nicht, Kleiner?"

Loki zappelte herum und wand sich unruhig. Dann sah er zuerst zu Brodie, bevor er sagte: „Entschuldigt, Meister Grant, aber ich bin nicht klein."

„Lass den Jungen in Ruhe, Bruder. So nennt er mich eben. Loki, erinnerst du dich nicht an meinen Bruder Robbie Grant? Ich habe dem Jungen versprochen, dass er ein Grant-Krieger werden könnte, wenn er sehr hart arbeitet."

Loki versuchte still zu bleiben, konnte aber seine Energie nicht zurückhalten und sprang von einem Fuß auf den anderen. „Aye, er hat es mir versprochen, Meister Robbie."

Robbie lachte. „Ich erinnere mich. Wir werden dich ausbilden, wenn du etwas größer bist. Aber du kannst den Wachen bis dahin mit anderen Dingen helfen."

Brodie kicherte und sah seinen Bruder an. „Loki hat sich als sehr nützlich erwiesen. Er ist schlau. Sobald wir Zeit haben, werde ich dir alles erzählen."

Loki blähte seine Brust auf. „Jetzt werde ich Fredrik Ivarsson für meinen Engel töten." Er drehte sich um und rannte zu einem Busch. „Entschuldigt, aber ich tue es gleich, nachdem ich gepinkelt habe."

Robbie hob eine Augenbraue, sah seinen Bruder an und brach mit ihm in herzliches Lachen aus.

„Er meint jedes Wort davon ernst", sagte Brodie. Er hielt einen Moment inne und sagte dann: „Ich weiß, dass dies eine dumme Frage ist, aber du kannst wahrscheinlich keine Stunde von hier verschwinden und mir helfen, Ivarsson vor Gericht zu bringen?"

„Ist das ein Scherz? Wir stehen kurz vor dem Kampf und ich bin verantwortlich für dreihundert Clanmitglieder. Alex und der König würden mir den Arsch aufreißen, wenn ich gehen würde."

„Aye, ich sagte ja, dass es eine dumme Frage ist. Ich habe nur auf ein bisschen Unterstützung gehofft." Was hatte er sich dabei gedacht, seinen Bruder um so etwas zu bitten?

„Wirst du nicht mit einem Mann fertig?"

„Aye, aber es handelt sich nicht nur um ihn. Er hat einen starken Helfer." Brodie dachte an Aldrik, den Mann mit den massiven Armen. Celestina hatte ihm erzählt, wie sehr er sie erschreckt hatte und dass er derjenige war, der ihr in den Bauch geschlagen hatte.

Robbie packte seine Schultern. „Brodie, ich weiß, dass Alex und ich dich ausgelacht haben, weil du früher schwach warst, aber das war nur, um dich stärker zu machen. Du bist nicht schwach. Du kannst es mit fast jedem Mann im Nahkampf aufnehmen."

Brodie nickte zustimmend, obwohl ihm sein Instinkt etwas anderes sagte. Seine Brüder konnten ihn im Handumdrehen schlagen. Konnte er sich wirklich gegen einen Mann wie Aldrik behaupten?

„Wir haben dich gut ausgebildet. Bring diese Sache zu Ende, immerhin hat der Mann deine Frau angefasst. Unser König würde es dir erlauben, wenn er wüsste, dass du einen bekannten Verräter aus dem Weg räumst."

Brodies Blut kochte bei diesen Worten und heizte seine Wut weiter an.

Sein Bruder grinste ihn an. „Bist du bereit, ihm seine Innereien herauszureißen?"

„Aye, du hast recht. Ich muss das für Celestina beenden." Brodie nickte. Es wurde still, während sie auf den Jungen warteten.

Sobald Loki zurückkam, sagte Brodie zu ihm: „Ich fürchte, ich muss es dir abnehmen, Ivarsson auszuschalten, Junge. Lass uns sehen, ob wir herausfinden können, wo er ist."

Die Wege von Largs waren fast menschenleer, bis auf ein paar verweilende Verkäufer, die hofften, mit den Kriegern Geld zu verdienen. Die um ihr Leben fürchtenden Stadtbewohner waren entweder geflohen oder bereiteten sich auf den Kampf vor. Brodie, Nicol und Loki hatten alle Orte, an denen sich Ivarsson aufhalten könnte, abgesucht. Niemand hatte die beiden Männer gesehen. Sie kauften gerade ein paar Fleischpasteten in einer Kneipe, als ein Einheimischer ihre Fragen hörte.

„Wen sucht Ihr, Jungs? Ich habe gerade zwei Fremde in Richtung Kirche gehen sehen." Die Männer deuteten ihnen mit einem Fingerzeig den Weg zur örtlichen Kirche.

Brodie stieg schon auf sein Pferd und packte Loki, als der Junge noch seine Fleischpastete in seinen Mund schob. „Vielen Dank." Er ließ Nicol in der Staubwolke, die er aufwirbelte, stehen, zuversichtlich, dass er ihm rasch folgen würde. „Iss auf, Junge, wir haben etwas zu erledigen."

Brodie sah die kleine Steinkirche, deren Kirchturm stolz zum

Himmel zeigte, am Ende der Straße. Scheinbar war sie genauso verlassen wie der größte Teil des Dorfes. Als Brodie sein Pferd in einer Baumgruppe versteckte, sagte Loki: „Warum sollten sie hier sein? Ich verstehe nicht."

„Weil Kirchen neben all den silbernen Bechern und Tellern oft eine Fülle von Edelsteinen besitzen. Die meisten Schotten würden es aus Respekt nicht wagen, eine Kirche auszurauben", erklärte Brodie.

„Oh, aye", flüsterte Loki, „aber Ivarsson ist eine fiese Ferkelnuss."

Brodie stieg ab und hielt seinen Finger an die Lippen. „Warte hier, Loki, bis ich weiß, wer drinnen ist. Und komm mir nicht in die Quere."

Nicol trat hinter Brodie und gemeinsam umrundeten sie die kleine Kirche. Sie hatte nur einen Eingang, den Haupteingang, der für den Gottesdienst genutzt wurde. Niemand schien im Inneren zu sein, also schlichen sie sich hinein, doch da drangen Stimmen aus dem Raum hinter dem Altar zu ihnen. Sie schlichen weiter, bis sie erkannten, dass Ivarsson und Aldrik in der hinteren Kammer nach Juwelen suchten.

Nachdem sie die Stufen zum Altar hinaufgeschlichen waren, traten sie durch eine Seitentür in die hintere Kammer. Brodie hatte sein Schwert gezogen. Nicol erschien neben ihm. In der Kammer befanden sich zwei große Bücherregale, ein Tisch und zwei Stühle sowie zwei große Truhen. Fredrik durchwühlte eine Truhe, warf Tücher beiseite und ignorierte die beiden Neuankömmlinge zunächst. Dann sprach er.

„Ah, Grant, so sieht man sich also wieder. Ich bin froh, dass ich Euch nicht suchen muss." Er warf einen Blick über die Schulter, während er seine Suche nach Edelsteinen fortsetzte. Aldrik zog sein Schwert und stellte sich vor Fredrik. „Zwei gegen einen, Aldrik. Ich denke, du wirst mit diesen Highland-Wilden fertig, oder?"

Aldrik knurrte ohne sich zu bewegen. Ivarsson drehte sich um und legte seine Hand auf Aldriks Schulter. „Bevor du die Bastarde tötest, erlaube mir ein paar Fragen", sagte er und sah Brodie direkt an. „Wo ist mein Frauchen Celestina? Ich hatte vor, sie abzuholen, sobald ich die wenigen Reichtümer, die ich in diesen erbärmlichen schottischen Kirchen finden kann, eingesackt habe. Habt Ihr Wilden denn keinen Geschmack?" Er warf Gegenstände zu Boden, während er sprach.

Brodie dachte an seine Frau und daran, wie schrecklich es gewesen sein musste, von diesen Männern misshandelt zu werden. Sie hatte ihm von einigen Grausamkeiten erzählt, die Ivarsson ihr zugefügt hatte. Der Mann würde es büßen, aber Brodie wusste, dass er einen kühlen Kopf bewahren musste. Er hatte Celestina versprochen, zu ihr zurückzukehren, und er wollte diesen Eid nicht brechen.

Ivarsson zwinkerte Brodie zu und grinste ihn dreckig an. „Hat meine Frau dir erzählt, wie sehr sie es genossen hat, mit einem echten Mann zu schlafen? Hm? Sie hat meinen Schwanz gelutscht und konnte gar nicht genug von mir bekommen."

Nicol flüsterte: „Lass dich nicht von ihm provozieren."

„Aye, sie war so gut darin, Aldrik und mir einen zu blasen, dass ich beschlossen habe, dass ich sie zurückwill, obwohl sie das erste Mal geschrien hat, als ich in ihr Loch eingetaucht bin. Gib mir meine Frau zurück, Grant." Er schmatzte mit den Lippen und tat sein Bestes, um Brodie zu verspotten.

„Sie ist nicht deine Frau."

„Aye, sie hat mich vor dem König geheiratet. Die Papiere wurden unterschrieben und die Zeremonie wurde von einem Mann Gottes durchgeführt. Ich will sie zurück, denn ich beabsichtige, sie nach Norwegen mitzunehmen."

Brodie lächelte. „Das Dokument, das Ihr unterschrieben habt, war falsch. Es war hauptsächlich in Latein, hatte aber auch einen kleinen Teil Gälisch. Pater Padraig hat dafür gesorgt, dass die Ehe zwischen Euch und Celestina nie zustande kam. Sie ist meine Frau und sie ist an einem sehr sicheren Ort, an dem Ihr sie nie finden werdet."

„Der König wird Euch hängen, weil Ihr sie entführt habt, mein Freund. Er wird tun, was ich verlange."

„Ha!", sagte er. „König Alexander hängt Verräter, Ivarsson. Er hat einen Platz für Euch und den hässlichen Glatzkopf reserviert, mit einer Schlinge um Euren Hals."

„Dieses Spiel wird mir langweilig, Aldrik. Schaff sie aus dem Weg." Ivarsson band seinen Beutesack zu und trat an den beide

Schotten vorbei, um zum Ausgang zu gehen.

Sobald er weg war, stürmten Brodie und Nicol auf den großen Mann zu, der ein zweites Schwert aus der Scheide zog und versuchte, sie beide anzugreifen. Knurrend zielte Aldrik auf Brodies Hals, aber der wich dem Schlag leicht aus. Im nächsten Moment hob er sein eigenes Schwert und verpasste Aldrik einen tiefen Schnitt in seinen rechten Arm, was den Klotz dazu zwang, ein Schwert fallen zu lassen.

„Kannst du den Rest erledigen, Nicol? Mach ihn fertig."

Nicol lächelte, als er sah, wie blass Aldrik geworden war, weil Blut aus seinem Arm quoll. „Mit Vergnügen, Grant. Hol dir den Bastard."

Ohne zu zögern stürmte Brodie aus der Tür in den Hauptraum der Kirche, nur um am Fuß der Treppe zum Altar zu erstarren. Ivarsson stand im Gang und hielt Loki kopfüber an den Beinen.

„Seht mal, wen ich gefunden habe, Grant. Euren nervigen kleinen Freund. Soweit ich mich erinnere, hat er in der königlichen Burg einen Stein nach mir geworfen. Es wird mir eine große Freude sein, ihn zu schlagen, bis er nicht mehr laufen kann. Lasst Eure Waffe fallen."

Loki ruderte mit den Armen, kam aber nicht an seinen Fänger heran. „Tötet ihn, Meister Brodie. Tötet ihn für meinen Engel."

Fredrik kicherte. „Sein Engel… ist das nicht süß?" Er ließ seinen Sack fallen, drehte den Jungen herum und zog ein Messer aus seiner Tasche, um es an Lokis Kehle zu halten. „Ich meine es ernst. Lasst Eure Waffe fallen, Grant, oder der Junge stirbt."

Brodie lauschte auf Geräusche hinter sich und hoffte, dass Nicol mit Aldrik fertig war und bald die Stufen herunterstürmen würde. Aber die Schwerter klirrten noch und so blieb Brodie keine andere Wahl, als seine Waffe fallenzulassen, da Nicol noch beschäftigt war. Er würde das Leben des Jungen nicht riskieren.

„Tötet ihn! Legt Euer Schwert nicht nieder. Tötet ihn", rief Loki, der wild mit den Beinen strampelte.

„Loki, erinnerst du dich nicht an den Baron?", fragte er und wollte den Jungen für all sein Zappeln erwürgen.

Ivarsson runzelte verwirrt die Stirn. „Ich sagte, lasst Eure Waffe fallen, Grant."

Brodie hob seine freie Hand und sagte: „Ich lege sie auf den

Boden. Ich senke sie langsam. Tut dem Jungen nicht weh, er ist mir zu wichtig."

Er musste endlich Brodies Worte verstanden haben, denn Loki hielt sofort still, sodass er freie Sicht hatte. Er legte sein Schwert auf den Boden und zog im selben Moment seinen Sgian Dubh aus der Scheide an seiner Wade. In einer nahtlosen Bewegung schleuderte er ihn auf Ivarsson. Das Messer grub sich in die Schulter des Arms, mit dem er die Klinge an Lokis Kehle hielt, worauf er sie fallen lassen musste. Loki fiel ebenfalls zu Boden und rannte auf Brodie zu. Fredrik war sichtlich geschockt, dass er verletzt worden war, und presste eine Hand an seine Schulter. Brodie holte sein Schwert vom Boden, stürzte vor und rammte es direkt in Ivarssons Bauch. Der Norweger sank fluchend zu Boden. Brodie steckte sein Schwert in die Scheide und zog seinen Sgian Dubh aus Ivarssons Schulter, bevor er auf dessen Bauch trat. „Das ist für meine Frau." Endlich herrschte Gerechtigkeit. *Für dich, meine Liebste.*

Loki kam zu ihm hinüber und schlug dem Sterbenden auf die Nase. „Und das ist für mein Fräulein Engel. Du wirst sie nie wieder verletzen."

Einen Moment später schlenderte Nicol mit einem Grinsen im Gesicht die Treppe herunter. „Das hat aber gedauert, Grant. Was hat dich aufgehalten?" Dann bemerkte er Loki, der sich über seine Augen wischte. Er warf Brodie einen spitzen Blick zu.

Brodie verstand den Wink, packte den Jungen, drückte ihn an seine Brust und rief: „Gebäck für alle!" All diese Begegnungen mit dem Tod hatten ihren Tribut von dem kleinen Jungen gefordert. Er sah ein wenig mitgenommen aus von den Ereignissen, die gerade stattgefunden hatten. Ein Messer am Hals zu haben, konnte nicht einfach sein und Loki hatte sich mehrfach bewährt. Brodie konnte ihm zumindest etwas Ordentliches zu essen besorgen, was ihn garantiert immer zum Lächeln brachte.

Der Junge kicherte und schlug auf Brodies Brust ein. „Aye, wir haben es geschafft. Die beiden Fieslinge sind tot. Ich bin jetzt ein wahrer Krieger, nicht wahr, Meister Brodie?"

Brodie sah Loki stirnrunzelnd an. „Ich denke, wir haben noch ein bisschen Training vor uns. Aber zuerst essen wir etwas."

KAPITEL FÜNFUNDZWANZIG

Die Schlacht von Largs

BRODIE KEHRTE DORTHIN zurück, wo er Robbie mit seinen Männern gefunden hatte, aber sie waren fort. Er sah ein paar Männer am Straßenrand und fragte sie nach den neuesten Nachrichten.

„Haakon ist am Strand angekommen." Der Mann zeigte auf die Küste von Largs. „Alexander von Dundonald kam mit mehr Männern aus dem Süden und beschloss anzugreifen, als er die Norweger auf dem Hügel entdeckte. Anscheinend hat Haakon ein weiteres Schiff mit mehr Männern geschickt, um Largs anzugreifen. Dundonald will, dass wir diejenigen auf dem Hügel zu ihren Schiffen zurückdrängen, bevor Verstärkung eintrifft."

Brodie spornte sein Pferd an, Nicol und Loki folgten dicht hinter ihm. „Hast du den Verstand verloren?", schrie Nicol ihm zu. „Du trägst keine Rüstung. Du hast sie in der Burg gelassen. Ich werde sie holen, aber du musst warten. Du kannst nicht ohne Rüstung kämpfen."

„Sei nicht albern, Nicol. Es wird einen Tag dauern, bis du zurückkommst. Wir handeln jetzt. Der Kampf sollte nicht allzu lange dauern. Schließlich sind wir zu Pferd und sie zu Fuß. Außerdem sind die Norweger nach den Aussagen der Bauern bereits in zwei Gruppen aufgeteilt, eine am Strand und eine auf dem Hügel. Ein großer taktischer Fehler." Brodie warf Loki vor Nicols Schoß einen Blick zu. „Du musst im Hintergrund bleiben und Loki im Auge behalten."

„Nein, ich muss dir Rückendeckung geben, wenn du ohne Rüstung kämpfst. Loki kann auf sich selbst aufpassen. Er hat seine Schleuder."

Je näher sie der Küste kamen, desto lauter wurden die Schreie und das Tosen der Schlacht. Als sie schließlich in der Nähe des hinteren Teils der Kämpfe ankamen, verlangsamten sie ihre Pferde, um sich einen Überblick zu verschaffen. Hunderte von Männern und Rittern kämpften vor ihnen. Männer zu Fuß und zu Pferd schwangen Äxte, Speere, Schwerter und sogar die bloßen Fäuste – was auch immer sie gerade hatten, um ihren Gegner zu verletzen. Brodie dachte an seinen Bruder und sagte ein kurzes Gebet dafür, dass sie beide sicher nach Hause kämen.

Er nickte Nicol zu und schrie: „Los geht's."

Nicol setzte Loki in einem Wäldchen abseits des Nahkampfs ab und gab ihm strenge Anweisungen, sich dort zu verstecken. Dann preschte er hinter Brodie her, dessen Schlachtruf des Grant-Clans bereits über das Meer von Kriegern und Pferden hinweghallte.

Brodie zog sein Schwert und warf sich direkt ins Herz der Schlacht. Er hieb auf jeden norwegischen Narren ein, der seinen Weg kreuzte. Überall lagen Männer am Boden verstreut, einige tot, andere schreiend. Er warf einen Blick über die Schulter, um nach Nicol zu suchen, und sah, dass sein Freund ihn eingeholt hatte und direkt hinter ihm ritt. Zusammen schlugen sie sich einen Weg durch die endlosen Ströme von Kriegern.

Einige Stunden später waren sie der Küste nähergekommen. Aber obwohl die Schotten zu gewinnen schienen, wollten die Norweger einfach nicht vom Hügel zurückweichen. Er hatte gehofft, dass sie ihre Anzahl stark genug verringert hatten, um die nun kleinere Gruppe zurückzutreiben. Brodie wusste, dass dies ihre einzige Chance war, die Schlacht zu gewinnen. Obwohl es keinen Sinn machte, die geteilten Streitkräfte zusammenzutreiben, mussten sie die Anzahl der Fronten verringern und sie dann zurückdrängen, bevor weitere an Land kamen, um ihre Reihen aus der Flotte im Firth wieder aufzufüllen. Seine Arme schmerzten vom ständigen Schwingen seines Schwertes und dem Gewicht seines Schildes. Er war vielen Angriffen haarscharf entkommen, aber jetzt ließ seine Ausdauer nach. Wie lange konnte er noch weitermachen, ohne einen Treffer einzustecken?

Plötzlich ertönte der Grant-Schlachtruf um ihn herum und Hoffnung blühte in ihm auf. Sein Bauchgefühl sagte ihm, dass der Schrei nur von seinem Bruder Alex kommen konnte. Sobald er sicher war, drehte er sich um und hielt nach ihm Ausschau. Er grinste von Ohr zu Ohr, als er Alex endlich in all seiner Pracht erblickte. Er ritt an der Spitze einer Gruppe von Reitern, die Kettenrüstungen trugen, und seien goldene Haube glänzte im Sonnenlicht. Mit frischen Kräften kämpfte Alex wie ein Besessener, verwundete und tötete Unzählige, während er immer weiter vorwärts drängte. Seine besten Krieger kämpften mit gleichem Eifer an seiner Seite. Die feindlichen Kämpfer zu Fuß versuchten Alex auszuschalten, aber er war mit all der Rüstung, die er trug, fast unbesiegbar. Brodie ritt neben ihn, als sein Bruder eine Streitaxt schwang und einen Soldaten beinahe zehn Fuß zurückwarf.

„Robbie?", schrie Alex ihm fragend zu.

„Ich habe ihn seit heute Morgen nicht mehr gesehen. Er muss bei Dundonald sein."

Die Grant-Krieger bildeten eine dichte Linie, die berittenen Krieger positionierten sich vor ihren Fußwachen. Ihre tödlichen Kampfäxte und Schwerter zwangen die Norweger auf dem Hügel schließlich dazu, sich umzudrehen und sich zum Strand zurückzuziehen. Der Jubel unter den Schotten wuchs, als sich der Feind zurückzog, aber dann vereinten sich die flüchtenden Norweger mit den Streitkräften am Strand.

Hatten sie sich wirklich zurückgezogen oder nur ihre Kräfte gebündelt? Brodie war sich nicht sicher, aber die Norweger bildeten jetzt eine noch beeindruckendere Streitmacht. Als sie vorrückten, sausten Pfeile und Steine an ihm vorbei auf die flüchtende Gruppe. *Loki!* Obwohl er hoffte, dass der Junge klug genug war, um sich verdammt nochmal im Hintergrund zu halten, wusste er, dass einige dieser Steine nur von einer Schleuder stammen konnten. Celestina würde ihm niemals vergeben, wenn Loki etwas zustieß. Er drehte nur für eine Sekunde den Kopf und sah nach links. Er erhaschte einen Blick auf einen braunen Schopf, gerade noch rechtzeitig, bevor er fiel.

Brodie stürmte los und hoffte, Loki zu finden und ihn in Augenschein nehmen zu können. Er musste drei weitere Männer töten, um dorthin zu gelangen, wo er den Jungen zuletzt gesehen hatte, aber er fand ihn schließlich.

„Loki, geht es dir gut?" Sein Schwert schlug jeden norwegischen Kerl nieder, der sich ihnen näherte.

„Aye, ich habe nur einen kleinen Kratzer, aber er tut nicht weh. Ich bin ein Krieger! Ich muss weiter mit meiner Schleuder kämpfen."

Brodie hatte sich gerade gebückt, um die Verletzung seines kleinen Freundes einzuschätzen, als er die dunkelrote Nässe an seiner eigenen Wade bemerkte. Ein Blick nach unten zeigte, dass dort Blut aus einer Wunde tropfte, und plötzlich erinnerte er sich an ein brennendes Gefühl in seinem Bein vor nicht allzu langer Zeit. Er hatte sich nur bislang nicht die Zeit genommen, anzuhalten und nachzuschauen. Auch nur eine falsche Bewegung konnte im Kampf den Tod bedeuten.

„Komm zurück!", bellte er den Jungen an. „Du hast so nah an der Schlacht nichts zu suchen. Bleib zwischen den Bäumen, wie wir es dir gesagt haben!" Loki nickte und ließ den Kopf hängen, also zügelte Brodie sein Pferd und ritt zurück ins Zentrum der Schlacht.

Dort traf er seinen Bruder Alex, der ihm nach einem kurzen Blick sagte: „Du bist verletzt und blutest. Nimm dich vor weiteren Verletzungen in Acht."

„Es geht mir gut, Alex. Aber wir müssen das hier beenden." Der Drang, die Schlacht zu gewinnen, brannte in seinen Adern, denn um zu seiner Frau zurückkehren zu können, musste er weiter kämpfen. Sie drängten den Gegner zum Strand, bis die Zahl der ausländischen Barbaren abnahm und einige beschlossen, zu ihrem Schiff zurückzukehren. Brodie war sich nicht sicher, ob sie Verstärkung holen wollten oder aufgaben. Er entspannte sich ein wenig, als sich der Rhythmus der Schlacht änderte und sich immer mehr Feinde zurückzogen, und drehte sich um, um nach seinen Brüdern zu suchen. Da durchbohrte auf einmal ein scharfer Schmerz die Seite seines Oberschenkels. Ein einsamer Norweger stolperte zurück zu den Schiffen und schlug jeden auf seinem Weg nieder. Brodie hatte ihn nicht bemerkt.

Während Blut aus Brodies Oberschenkel floss, galoppierte er zurück zu der Stelle, an der er Loki zuletzt gesehen hatte, hob den Jungen auf sein Pferd und ritt zurück. Alex befahl ihm, sich verbinden zu lassen und nach Hause zu reiten, doch Brodie weigerte sich.

„Hast du Robbie gesehen?", fragte Alex.

„Nay, aber er ist hier irgendwo. Wenn wir ihn nicht finden, werde ich morgen zurückkehren, um ihn unter den Gefallenen zu suchen", sagte Brodie, obwohl seine Kräfte schwanden. Als er über sein Pferd sackte, hörte er, wie Alex Loki sagte, er solle ihn zum Heilerzelt auf dem Grant-Feld bringen.

„Ich werde Euch retten, Meister Brodie, genau wie Ihr mich gerettet habt."

Das waren die letzten Worte, die er hörte, bevor die Dunkelheit ihn umhüllte.

Celestina versuchte aufzuhören, sich Sorgen zu machen, hatte aber keinen Erfolg. Seit die Nachricht in der Burg eingetroffen war, dass Dundonald einen direkten Angriff auf die Norweger ausgerufen hatte, konnte sie nicht schlafen.

Ihre Brüder waren mit einer Gruppe von Kriegern, angeführt von ihrem Onkel Donald, aufgebrochen. Sie waren noch zu jung, um zu kämpfen, aber sie konnten anderweitig helfen. Ihr Vater war geblieben, um die Burg zu beschützen. Sie hasste den Krieg. Jetzt hatte sie so viele Lieben, um die sie sich sorgen musste: Brodie, seine Brüder, Nicol, Loki und ihre eigenen zwei Brüder. Das Warten war die reinste Folter.

„Komm, meine Liebe, warum übst du nicht das Sticken, um deine Hände beschäftigt zu halten? Ich weiß, dass du besorgt bist, wir alle sind es." Die Stimme ihrer Mutter hatte eine beruhigende Wirkung auf sie.

Celestina hatte die gemeinsame Zeit mit ihr genossen. Ihre Mutter hatte ihr viele Dinge beigebracht. Sie hatten über einige ihrer Nähpannen gelacht, zusammen gekocht und Zeit damit verbracht, die Arbeiten mit den Dienern zu planen. Sie wollte eine gute Frau für Brodie sein. Sie schwor sich, so viel wie möglich zu lernen und ihn stolz zu machen.

Doch heute konnte sie sich auf nichts konzentrieren. Sie lächelte ihre Mutter an und hob ihre Handarbeiten auf. Vielleicht würden sie sie wirklich beruhigen.

Da traf ein Stich ihr Herz und sie sprang von ihrem Sitz auf.

„Was ist los, Celestina?"

„Etwas stimmt nicht! Es ist etwas passiert, ich kann es fühlen!"

Brodie erwachte, als kaltes Wasser in sein Gesicht spritzte. Jemand hielt ihn fest und er kämpfte und schlug, bis sie ihn losließen. Er setzte sich mit einem Schrei und einem Knurren auf. „Was zum Teufel machst du?" Er starrte Nicol an, der mit einem leeren Eimer vor ihm stand.

„Oh, gut, du lebst noch. Ich war mir nicht sicher, Grant." Nicol grinste ihn an.

Brodie musterte seine Umgebung, erkannte aber nichts. „Wo in den Weiten der Highlands sind wir, Nicol? Hol mich zum Teufel nochmal aus diesem Wasser." Er versuchte aufzustehen und packte sein Bein, sobald er entdeckte, dass es nicht funktionierte.

„Was zum Teufel soll das?" Als er nach unten starrte, sah er einen riesigen Schnitt an seinem Oberschenkel und einen kleineren an seiner Wade. Er stöhnte und fiel zurück, unfähig sein Gewicht zu tragen.

„Du erinnerst dich nicht an die Schlacht bei Largs? Erinnerst du dich daran, wie du Alex mit seinem goldenen Helm gesehen hast, wie ein Besessener gekämpft hast und den Kampf fast allein beendet hast? Erinnerst du dich daran, wie du an zwei Stellen am Bein verwundet wurdest?" Nicol bot ihm einen Schluck Bier an.

„Oh, aye, langsam kommen die Bilder zurück. Warum zum Teufel hast du mich gerade nassgemacht?"

„Aus zwei Gründen", grinste Nicol. „Erstens stinkst du und zweitens eitert dein Bein. Ich muss die Wunde sauber halten, bis ich dich zu deiner Schwester nach Hause bringen kann."

Brodie starrte seinen Freund entsetzt an. „Zu meiner Schwester? Aber sie ist in der Burg der Grants. Das hat Robbie mir gesagt." Er riss sich aus dem Wasserbecken und fand einen Baumstamm, auf dem er sitzen konnte.

„Und genau dorthin werden wir reiten. Befehl deines Lairds. Direkt zu Brenna, um zu verhindern, dass du dein eiterndes Bein verlierst."

„Aber was ist mit Celestina? Wir müssen sie zuerst holen, bevor wir in die Highlands reisen." Brodies Stimme klang panisch beim Gedanken, seine Frau zurückzulassen.

„Grant, wir folgen nur den Anweisungen deines Bruders. Wir reiten ohne Verzögerung und ohne Umweg zur Frau meines Bruders, Brenna."

Die Stimme kam von hinten. Brodie drehte den Kopf und konnte nicht glauben, was seine Ohren ihm sagten. „Logan? Logan Ramsay? Was zum Teufel machst du hier?"

„Ich helfe Nicol, deinen traurigen Arsch nach Hause zu bringen, damit du dein Bein nicht verlierst."

„Höllenfeuer, ihr bringt mich nicht nach Hause. Ich muss zuerst Celestina finden. Ich muss sie finden und dann mitnehmen. Ich habe es ihr versprochen." Er sah von Nicol zu Logan, rührte sich aber nicht. „Seid ihr beide taub?" Er stand auf, humpelte zu seinem Pferd und bereitete sich darauf vor, zurück nach Ayr zu reiten. „Gut, dann gehe ich eben allein. Ich brauche keinen von euch Trotteln, um mich zu begleiten." Er versuchte, auf sein Pferd zu steigen, scheiterte aber.

„Herrgott nochmal, könnte mir nicht wenigstens jemand aufs Pferd helfen, damit ich meine Braut holen kann? Ich reite nicht ohne Celestina in die Highlands."

Logan stemmte die Hände in die Hüften und starrte Brodie lange an, bevor er zu Nicol hinüberblickte und den Kopf schüttelte. „Ich weiß nicht, was du denkst, Nicol, aber ich werde mir nicht den ganzen Weg bis zu seinem Clan sein Geschimpfe anhören."

Das Letzte, was Brodie sah, bevor ihn die Dunkelheit wieder einhüllte, war Logans Faust, die ihm ins Gesicht flog.

KAPITEL SECHSUNDZWANZIG

Nachwirkungen

CELESTINA, IMMER NOCH untröstlich, ging im großen Saal auf und ab. Sie war gerade von ihrem Reitunterricht bei ihrem Vater zurückgekehrt. Es war schwierig zu lernen, wie man gut reitet, aber sie war stolz auf ihre Leistungen und sie wusste, dass es eine Fähigkeit war, die sie brauchte, um in den Highlands zu leben.

Würde sie jemals bei den Grants ankommen? Sie hatte ihre Situation oft mit ihrer Mutter besprochen. Ihre Eltern waren wundervoll zu ihr gewesen und hatten ihr gesagt, dass sie sie zu den Grants bringen würden, wann immer sie bereit dazu war, aber erst, wenn die schlimmsten Kämpfe vorüber waren.

Ihre Mutter wollte warten, bis Celestinas Brüder nach Hause kamen. Das verstand Celestina auch, aber ihr Bauchgefühl sagte ihr, dass jemand Wichtigem in ihrem Leben etwas Schlimmes passiert war. Nur wem? Ihr Verdacht fiel jeden Tag auf jemand anderen, während sie versuchte, die Identität des Verletzten zu erahnen. Manchmal glaubte sie, es sei Loki, an anderen Tagen war es Brodie, aber vielleicht war es ja auch ein anderer der Grant-Brüder?

Die Tür flog auf und sie wirbelte zum Eingang herum. Der Wachmann sagte: „Da ist ein kleiner Junge am Tor, der nach Euch fragt, Mylady. Er ist ziemlich ungepflegt und wir möchten ihn nicht ohne Eure Zustimmung hereinlassen."

Sie rannte zur Tür. „Loki? Ist es Loki?" Ohne eine Antwort abzuwarten, stürmte sie die Vordertreppe hinunter und eilte zum Tor, wobei sie Lokis Namen den ganzen Weg rief. Sie musste halb verrückt aussehen, denn alle in der Vorburg sprangen beiseite.

Sie hastete durch das Tor, als der Ruf ihres Vaters an ihre Ohren drang. „Sei vorsichtig, Celestina. Bitte warte auf eine Eskorte.“

Aber das konnte sie nicht. Sie rannte zum Tor, zu der Gruppe von Wachen, die eine kleine Gestalt umgaben, und Tränen liefen ihr über die Wangen. „Loki? Bist du es wirklich?“ Sie drückte sich gegen eine Wache und kämpfte sich zu ihrem lieben kleinen Jungen vor.

„Fräulein Engel, Fräulein Engel!“ Lokis öffnete seine kleinen Arme und er warf sich auf sie.

„Na, na, du brauchst ja die Lady nicht gleich mit deinem Dreck zu beschmutzen, Junge. Lass sie, sonst ruinierst du ihr Kleid.“ Eine der Wachen versuchte, ihn von ihr wegzuziehen.

Celestina winkte ihn fort und nahm den kleinen Jungen in ihre Arme. „Es ist alles in Ordnung. Ich habe keine Angst vor ein bisschen Staub.“

„Fräulein Engel, hört mir zu. Hört auf mich zu umarmen und hört mir zu. Bitte!“, bettelte Loki und zupfte an ihrem Ärmel.

Celestina wurde flau im Magen, als sie ihn vor sich absetzte. „Was ist?“, hauchte sie und fürchtete sich davor, was er zu sagen hatte.

„Fräulein Engel, es ist Meister Brodie.“

Celestinas Sicht verschwamm und sie dachte, sie könnte in Ohnmacht fallen. Nein, nicht ihr Ehemann. Sie konnte ihren Ehemann nicht verlieren. Sie lernten sich doch gerade erst kennen. Sie kämpfte darum, bei Bewusstsein zu bleiben, damit sie den Rest von Lokis Geschichte hören konnte.

„Er ist verletzt, Fräulein. Zwei Norweger stachen ihm ins Bein und er blutete und blutete. Nicol bringt ihn nach Hause in die Highlands, damit seine Schwester ihn heilen kann. Der Heiler im Lager wollte ihm das Bein abschneiden, aber Laird Alex hielt ihn auf. Er sagt, Brenna wird ihn heilen und sein Bein retten.“ Loki zögerte und holte tief Luft.

Die Nachricht ließ Celestina taumeln, aber sie richtete sich auf. Er war am Leben. *Danke, Herr, dass du meinen Mann gerettet hast.* Sie konnten mit seinen Verletzungen umgehen, wie schlimm sie auch waren. Er brauchte sie. Sie sollte an seiner Seite sein. Nein, sie *musste* an seiner Seite sein. Sie würde sofort aufbrechen. Sie musste Pläne machen, aber wie würde sie dorthin gelangen?

„Kommt. Ich bringe Euch zu ihm."

Loki streckte seine Hand aus und sobald sie ihre Hand in seine legte, wirbelte er herum und ging direkt auf den Weg zu. „Aye, Loki, bring mich zu meinem Mann. Er braucht mich. Ich werde für ihn da sein." Sie sah sich nach ihren Eltern um, um sie über ihre Pläne zu informieren.

Da hielt eine tiefe Stimme sie beide auf. „Halt, Junge. Ihr habt Zeit, um etwas zu essen und damit wir euch helfen können, die Reise vorzubereiten, aye?" Ihr Vater ging auf sie zu und streckte Celestina die Hand entgegen.

Sie zuckte als Reaktion auf die große Hand zusammen, die auf sie zukam, und hielt reflexartig ihre Hände vors Gesicht, um sich zu schützen.

Ihr Vater zog erschrocken seine Hand zurück. „Oh, Mädchen, ich werde niemals die Hand gegen dich erheben. Das hätte ich nicht in mir. Ich liebe dich und bin hier, um dir zu helfen."

Celestina ließ ihre Hände sinken und nickte. Dies war ihr Vater, ihr wahrer Vater, und sie wusste, dass er sie niemals absichtlich verletzen würde.

Er bot ihr seine Hand wieder an und hielt sie diesmal ein gutes Stück von ihr entfernt. Sie griff nach ihr und seufzte erleichtert. Er würde für sie da sein.

Ihr Vater sprach leise zu ihr. „Komm, meine Liebe, wir werden alles von dem Kleinen hören, was du wissen musst, und dann helfen wir dir, deinen Ehemann zu finden. Vergiss nicht, du bist nicht mehr allein. Du hast jetzt eine Familie, die dir hilft." Ihr Vater suchte nach einem fremden Pferd in der Nähe, fand aber keines. Er richtete seine nächste Frage an Loki. „Junge, wie bist du hierhergekommen?"

Lokis Keuchen verlangsamte sich für einige Sekunden. „Ich bin hergelaufen."

Der schockierte Gesichtsausdruck ihres Vaters sagte ihr, wie weit sie von der Schlacht entfernt waren. „Du bist den ganzen Weg allein gelaufen?"

„Oh, nay, Leute haben mich auf ein paar Strecken mitgenommen, aber von dort hinten bin ich gelaufen!" Sein Finger zeigte auf den Wald und die Felder.

Ranald MacLaren ging zu Loki und klopfte ihm auf den

Rücken. „Gut gemacht, Junge. Komm jetzt rein, um etwas zu essen, und wir werden einen Plan machen. Ohne Pferd und Proviant kann man es nicht bis in die Highlands schaffen. Sieh dir Celestina an. Sieht sie reisebereit aus?"

Loki warf einen Blick von Celestina zum MacLaren und antwortete schließlich: „Nay, Laird. Ich weiß, wie wichtig es für mich ist, gut auf Meister Brodies Frau aufzupassen, also werde ich ein bisschen bleiben. Und wenn Ihr etwas zu essen für mich hättet, wäre ich Euch sehr dankbar."

„Das ist eine gute Entscheidung. Du musst ein wahrer Grant-Krieger sein, um so zu denken."

„Aye, Laird. Das bin ich und ich werde bald mit den Kriegern trainieren." Loki nickte zustimmend.

Celestina war so froh ihn zu sehen. Sie lächelte, als sie mit dem Jungen an der Hand in den großen Saal ging, damit er ihr noch einmal alles erzählte, was er über Brodies Verletzung wusste.

Sie musste zum Grant-Clan, um ihren Ehemann zu sehen, aber würden ihre Eltern ihr erlauben, zu gehen?

Brodie schrie seine Schwester an. „Nay, Brenna, schneide mir nicht das Bein ab. Es ist mir egal, ob ich sterbe. Lass mein Bein in Ruhe." Er kämpfte gegen die vielen Arme an, die ihn am Bett festhielten, in der Hoffnung, einen Arm frei zu bekommen, um jemanden zu schlagen und seine Schwester aufzuhalten.

„Brodie, wenn wir dein Bein nicht abnehmen, wirst du sterben. Das Gift hat sich von deinem Bein ausgebreitet und ist auf dem Weg zu deinem Herzen. Es wird dich töten. Wir müssen es tun."

„Nay!" Endlich bekam er einen Arm frei und schlug mit der Faust nach Logan Ramsay, der sich gerade noch rechtzeitig duckte.

Logan schrie ihn an. „Du weinerlicher Bastard! Halt still und lass sie schneiden. Sie weiß, was sie tut."

„Nay, lasst mich sterben. Ich nutze Celestina nichts ohne ein Bein. Alex, Robbie, macht, dass sie aufhört!" Er wand sich, so viel er konnte, was seine Schwester daran hinderte, sein Bein zu amputieren. Er blickte rechtzeitig zur Seite, um zu erkennen, dass zwei Leute hereintraten und direkt hinter Brennas Schulter stehenblieben.

„Mutter? Vater? Was macht ihr hier? Sagt Ihnen, dass sie aufhören sollen!"

Seine Mutter eilte zu ihm und strich ihm mit den Fingerspitzen über die Wange. „Brodie, mein lieber Junge, wenn du nicht stillhältst, wirst du bald bei uns sein. Du bist zu jung. Dich erwarten noch viele glückliche Jahre mit Celestina. Dafür brauchst du dein Bein nicht. Sie wird dir viele Kinder schenken, wenn du es ihr erlaubst. Bitte mein Liebster. Halte still und erlaube deiner Schwester zu tun, was sie tun muss."

Brodie wand sich weiter. Er starrte seinen Vater an. „Papa, hilf mir bitte! Lass nicht zu, dass sie mir mein Bein nimmt!"

Eine Hand packte seine Schulter und schüttelte ihn. „Brodie, wach auf. Brodie, du hast einen Albtraum. Wach auf!"

Er öffnete die Augen und fand Brenna an seiner Seite. Er versuchte sich aus dem Bett zu ziehen, aber sie packte ihn. „Hör auf, was machst du da? Wach auf! Du träumst."

Brodie setzte sich im Bett auf und riss das Laken weg. Beide Beine waren noch an Ort und Stelle. Er seufzte und ließ sich wieder auf sein Kissen fallen.

„Brodie? Was ist?"

Er leckte sich die trockenen Lippen und starrte Brenna an. „Ich habe geträumt, du wolltest mir das Bein abschneiden und ich wollte es dir nicht erlauben."

„Oh, Bruder, ich würde dir kein Bein abschneiden, solange es nicht unbedingt sein muss. Du weißt, dass wir Heiler nur in extremen Situationen an Amputationen glauben." Brenna stöberte im Raum herum und organisierte ihre Instrumente und Verbände. „Obwohl es für eine Weile nicht gut für dich aussah, ist das Schlimmste jetzt vorbei."

„Es ist vorbei?" Er schob das Laken weiter fort, um sein Bein zu überprüfen. „Ich werde es behalten?"

„Oh, aye", antwortete sie, füllte einen Becher mit Bier und brachte es ihm. „Dein Bein wird heilen. Obwohl du lange Fieber hattest und möglicherweise eine Weile humpeln wirst, ist das Gift verschwunden. Ich werde dir nicht das Bein abschneiden, das verspreche ich." Sie tätschelte sein gesundes Bein und lächelte. „Ich bin nur froh, dass du hier bist. Was machen deine

Schmerzen?"

„Sie sind erträglich." Er beugte sein Knie und verzog das Gesicht, dann dehnte er seinen Knöchel. *Danke, Herr, dass du mein Bein gerettet hast.* „Robbie und Alex? Nicol und Tomas? Sind sie alle wohlauf?"

Brenna saß auf dem Bett. „Nicol hat dich zusammen mit Logan Ramsay nach Hause gebracht. Alex ist zurückgekehrt, aber niemand hat Robbie oder Tomas gesehen. Alex durchsuchte die Gegend, aber anscheinend wurden einige der Krieger nach Süden geschickt. Die Norweger zogen sich zurück in den Firth of Clyde und Alexander von Dundonald wollte, dass eine Gruppe von Kriegern nach South Ayrshire zurückkehrt."

„Es gibt also nichts Neues von Robbie?"

„Alex hat mit König Alexander darüber gesprochen und er sagte, Robbie sei bei Dundonald."

Brodie atmete erleichtert auf und lehnte sich gegen sein Kissen. Wenn ihm etwas passiert wäre, hätte man es Alex gesagt.

Es klopfte an der Tür und Brennas Ehemann, Quade Ramsay, öffnete sie und steckte seinen Kopf in die Kammer. „Rate mal, wie spät es ist, Mama?" Er trat mit einem schreienden Baby in den Armen ein und reichte Brenna die Kleine.

Brenna streckte die Arme nach ihrem Kind aus und beruhigte ihre Tochter, bevor sie sich an Brodie wandte. „Was hältst du von deiner neuen Nichte Bethia?" Das Kind beruhigte sich und starrte Brodie an. Das Mädchen musterte seinen Onkel mit grünen Augen, bevor es ihn zahnlos angrinste.

„Oh, sie ist eine wahre Schönheit, Brenna. Herzlichen Glückwunsch euch beiden." Er nickte Quade zu. „Und wie geht es Lily und Torrian?"

Quade antwortete: „Es könnte ihnen nicht besser gehen. Lily hat mit ihrer kleinen Schwester eine Puppe zum Spielen und Torrian ist so glücklich, wieder in der Grant-Burg in den Highlands zu sein. Für ihn ist die Reise hierher immer wundervoll." Quade beugte sich vor und küsste Brenna auf die Wange. „Ich sollte wohl besser nach den beiden sehen. Als ich die Treppe hochkam, schienen sie etwas auszuhecken."

Nachdem Quade sich verabschiedet hatte, sagte Brodie: „Bist du glücklich, Schwester?"

„Mehr als du dir vorstellen kannst." Sie warf sich eine kleine Decke über die Schulter, setzte sich auf den Stuhl am Bett, fütterte ihre Tochter und versteckte sie unter der Decke.

Brodie zog seine Laken zurecht, um seiner Schwester etwas Privatsphäre zu geben. Als er sie einige Momente später ansah, grinste Brenna ihn mit einem Funkeln in den Augen an. Es gab Zeiten, in denen er sich seiner Schwester näher gefühlt hatte als jedem seiner Brüder. Robbie und Alex waren unzertrennlich gewesen und hatten ihn oft außen vor gelassen.

„Was?", fragte er verwirrt von ihrem Gesichtsausdruck.

„Ich kann es kaum erwarten, sie kennenzulernen."

„Wen? Wovon redest du?"

„Von deiner Frau. Celestina. Du hast ihren Namen ein paar Mal erwähnt, als du Fieber hattest."

„Oh, du wirst sie lieben. Celestina ist ein sehr mutiges Mädchen. Ihre Kraft und Ausdauer überraschen mich. Sie ist noch nicht hier, oder?" Brodies Augenbrauen hoben sich.

„Nay, du wolltest nicht, dass wir nach ihr schicken. Aber ich frage mich, warum du deine Frau nicht hier bei dir haben willst. Willst du etwa nicht in den Highlands bleiben? Wollt ihr in Ayr leben?"

„Nay!" Brodies Schrei zwang Brenna zu einem Lächeln. „Es ist kompliziert. Celestina hat gerade erst herausgefunden, dass ihre Mutter noch lebt und wer ihr wahrer Vater ist. Sie hatte ihn noch nie zuvor gesehen. Ich bezweifle, dass sie ihre Eltern verlassen will, und ich bin mir nicht sicher, ob ich in meinem Zustand für sie sorgen und sie beschützen kann. Vielleicht ist es das Beste für sie, bei ihrer Familie zu bleiben."

„Die Frau, die du mir beschrieben hast, wird an deiner Seite sein wollen. Sie kann ihre Eltern immer noch besuchen, aber sie will ihren Ehemann sicher nicht verlassen. Ich denke, du solltest Alex erlauben, einen Boten zu ihr zu schicken."

Brodie brummte, als er über die Worte seiner Schwester nachdachte. Er brachte es noch nicht übers Herz, Celestina von ihrem Zuhause und ihren Eltern wegzuziehen. Er musste ihr genug Zeit geben, um ihn kennenzulernen und zu entscheiden, wo sie ihr Leben verbringen wollte.

Verdammt, wie dieses Mädchen ihn verändert hatte!

Als ob sie seine Gedanken lesen könnte, sagte Brenna: „Ihr Zuhause ist hier bei dir. Nicol und Alex haben beide die Stärke deiner Frau gelobt. Ich weiß, was du denkst, aber sie hat dich nicht geheiratet, um ihren Übeltätern zu entkommen, genauso wenig wie Maddie Alex geheiratet hat, um ihren Problemen zu entkommen. Sie liebt dich." Brenna zog die Decke vom Arm, hielt ihre Tochter über die Schulter und klopfte sanft auf den kleinen Rücken.

„Es ist Zeit, sie zu ihrer Familie nach Hause zu bringen."

Ein weiteres Klopfen ertönte, kurz bevor Alex eintrat. „Oh, du bist endlich wach. Wie geht es dir, Bruder?"

„Besser. Besonders jetzt, wo ich weiß, dass mir mein Bein nicht abgeschnitten wird." Brodie grinste Brenna verlegen an.

„Brodie, ich wollte dir nur sagen, wie stolz ich darauf bin, wie du gekämpft hast." Alex kam um das Bett herum und klopfte Brodie auf die Schulter.

„Ich? Alex, du hast wie ein Wilder gekämpft. Ich habe so etwas wie deinen Helm und die Pferde in Kettenrüstung noch nie gesehen. Du hast die Schlacht zugunsten Schottlands entschieden."

„Nay, ich war wütend darüber, von meiner Frau und meinen Kindern weggeholt zu werden, um zu kämpfen, aber wenn du nicht zusammen mit den anderen Kriegern gewesen wärst, die seit dem Morgen gekämpft haben, hätte ich keinen Unterschied gemacht. Du hattest die Ausdauer eines Stiers und hast stundenlang dein Schwert geschwungen. Ich weiß nicht, wie du das geschafft hast. Die Zahl der Norweger, die noch auf dem Schlachtfeld waren, war viel geringer als die Zahl der bereits Gefallenen. Ihr habt eine mächtige Schlacht geführt. Vater wäre stolz gewesen."

Brodie wusste nicht, was er darauf sagen sollte. Er hatte die Schlacht anders gesehen, aber vielleicht hatte Alex recht. „Deine Ankunft war dennoch ein erfreulicher Anblick."

Alex lächelte. „Es ist Zeit, deine schöne Frau hierherzuholen, aye? Erlaubst du mir, einen Boten zu senden? Sie hat das Recht darauf, von dir zu hören. Ivarsson ist tot und du bist ihr Ehemann. Wie ich König Alexander mir erklärte, hätte es von Anfang an so sein sollen."

„Der König wird mich nicht dafür hängen, seine Befehle missachtet zu haben?", fragte Brodie.

„Nay, sobald er herausgefunden hat, wer der Verräter ist, hat er seinen Fehler erkannt", antwortete Alex, bevor er zur Tür ging. Doch er drehte sich noch einmal um und sagte: „Jetzt ruhe dich aus. Ich brauche dich dann auf dem Übungsplatz."

Ein paar Tage später saß Brodie im großen Saal neben Alex. Quade saß ihnen gegenüber und Maddie und Brenna saßen vor dem Kamin. Maddie hielt die kleine Kyla und Brenna trug Bethia, die an ihrer Schulter schlief. Logan Ramsay ging auf und ab und Nervosität strömte aus seinen Poren.

„Ihr habt noch nichts von Eurem Bruder gehört?", fragte er Alex. „Aber sind denn nicht einige Krieger zurückgekehrt? Ist der Kampf nun vorbei oder nicht?"

Alex trommelte mit seinen Fingern auf die Tischplatte. „Als wir Largs verließen, sind die Norweger auf ihren Langbooten geflohen. Einige kehrten am nächsten Tag zurück, um ihre Toten zu bergen, aber dann segelten sie nach Süden den Firth of Clyde hinunter. Alexander von Dundonald betrachtete dies als Sieg der Schotten. Die Norweger wurden in die Flucht geschlagen, als sie auf unserem Festland anlegen wollten."

„Was sagen unsere Krieger?", fragte Brodie.

„Diejenigen, die zurückgekehrt sind, sind gekommen, um ihre Wunden behandeln zu lassen. Wir haben einige Soldaten verloren, aber wir haben noch keine genauen Zahlen. Wir wissen, dass Robbie in den Süden geschickt wurde, um die Gegend vor einer weiteren Invasion zu schützen, aber den Männern zufolge kam es nie zu einem Angriff. Nach dem letzten Bericht, den wir über Robbie haben, ging es ihm gut und er reiste mit einem Teil unserer Wachen. Dundonald teilte sie und schickte einige zurück nach Ayr. Ein Bote teilte mir mit, dass die andere Hälfte der Gruppe in die Highlands zurückgeschickt wurde. Viele sind jedoch zu Fuß unterwegs und noch nicht angekommen."

„Das ist ein gutes Zeichen, oder?", fragte Quade. „Wenn sie nicht alle Krieger behalten, muss das bedeuten, dass sich die Norweger zurückgezogen haben."

„Das kann ich genau wie du nur vermuten. Ich denke nicht,

dass diese Angelegenheit leicht gelöst werden kann. Haakon ist fort, aber hat er die Kontrolle über eine der westlichen Inseln aufgegeben? Nein, soweit ich weiß, nicht. Doch mit Haakons Abgang erklärt König Alexander die Schlacht von Largs zum Sieg für die Schotten. Wir werden leider abwarten müssen." Alex' besorgter Blick wanderte zu seiner Frau und seiner Tochter am Kamin.

Brodie konnte nicht anders, als auszusprechen, was alle dachten. „Es macht mir trotzdem Sorgen, dass wir nichts von Robbie gehört haben."

Ohne ein Wort nahm Logan eine Tasche neben der Treppe und ging zur Tür.

„Bruder, wohin gehst du diesmal?", rief Quade ihm nach.

Logan öffnete die Tür und antwortete über seine Schulter: „Ich gehe Robbie suchen. Wir sehen uns in ein paar Monaten."

Die Tür schlug hinter ihm zu und Brodie, Quade und Alex sahen einander an.

Nach einem Moment zuckte Quade mit den Schultern und seufzte. „Lasst ihn gehen. Mein Bruder ist ein verdammt guter Spurenleser. Wenn jemand Robbie finden kann, dann ist es Logan. Außerdem muss er in Bewegung bleiben."

KAPITEL SIEBENUNDZWANZIG

Wieder vereint

DER WIND WEHTE kälter und rauer, je weiter sie reisten. Celestina zog das Plaid so fest wie möglich um sich. Sie hatte den Karren verlassen und ritt nun auf einem Pferd neben ihrem Vater, ihrem Bruder Rory und einigen der MacLaren-Wachen. Ihr Vater hatte darauf bestanden, dass ihre Mutter im Wagen blieb, um sie vor den bitterkalten Highlandwinden zu schützen. Celestina war eine Weile neben ihr her geritten, um ihr Gesellschaft zu leisten, aber der Weg wurde schmaler und ihr Vater hatte sie vorausgeschickt, während er bei ihrer Mutter zurückblieb. Sie hatte die Gelegenheit genutzt, ein Pferd zu reiten, und Inga hatte versprochen, ihrer Mutter Gesellschaft zu leisten.

Loki saß vor ihr auf ihrem Pferd und half ihr, wenn es nötig war. Der Junge hatte sich als solch ein Geschenk erwiesen, nicht zuletzt, weil er geschickt darin war, ihre Sorgen zu beruhigen. Ihre Gedanken hatten sich jede erdenkliche Situation ausgemalt, die sie vorfinden könnten, wenn sie endlich beim Grant-Clan ankamen, aber obwohl sich alle bemühten, sie davon zu überzeugen, dass Brodie am Leben war, war es Lokis stille Gewissheit, die sie überzeugte.

Die Schönheit der Highlands überraschte sie – die Hügel und Wasserfälle, die wunderschönen Täler und Lichtungen. Während sie unter ihrem Plaid zitterte, schwor sie sich, Brodie zu zwingen, sie stundenlang in seinen warmen Armen zu halten, bis die Kälte aus ihren Knochen wich. Egal wo sie auch schliefen, sei es unter dem Sternenhimmel oder in einer Höhle, die Nächte waren hier kälter, als sie es sich jemals vorgestellt hatte.

Celestina hob ihr Gesicht zur Sonne und atmete die frische

Herbstluft ein. Sie lächelte, weil sie jetzt verstand, warum Brodie die Highlands so liebte. Dies würde ihr Zuhause sein und egal, wie schwer seine Verletzung war, sie würden es gemeinsam durchstehen. Sie würde ihm helfen zu heilen und ihm eine gute Frau sein. Sie versuchte, keine traurigen Gedanken zuzulassen, weil der eisige Wind ihre Tränen zu Eis frieren ließ.

Stattdessen dachte sie an ihre Eltern, die sie sofort unterstützt hatten, als sie ihnen gesagt hatte, sie könne es nicht länger erwarten, ihren Ehemann zu sehen. Sie hatte angeboten, jemanden zu finden, mit dem sie in einem Karren reisen konnte, aber ihr Vater hatte darauf bestanden, sie selbst zu den Grants zu bringen, ebenso wie ihre Mutter.

Der Einzige in ihrer Gruppe, der sich noch mehr auf ihr Ziel freute als Celestina, war Loki. Sie zog ihn näher an sich und hoffte, ihn warm zu halten, obwohl es so aussah, als hätte der kleine Bursche mehr Hitze als sie.

Die Aussicht wurde atemberaubender, je weiter sie reisten. Dann, ein paar Tage nachdem sie aufgebrochen waren, grinste Loki und zog an ihrem Arm. Sein behandschuhter Finger zeigte in die Ferne. Die größte Burg, die sie je gesehen hatte, erhob sich auf einem riesigen Hügel, umgeben von mehreren Reihen von Hütten und strohgedeckten Häuschen und Tälern, durch die sich Meeresarme schlängelten. Sie konnten links einen See und an den Seiten Felder erkennen, obwohl zu dieser Jahreszeit wenig wuchs.

Auf ihrem Weg sah Celestina die Wehrgänge und Türme der Burg. Überall waren Krieger. Sie standen auf den Mauern, ritten zu Pferd durch das Dorf und übten Schwertkampf auf den Feldern.

„Seht nur, Fräulein Engel." Loki zeigte auf ein Feld voller Soldaten rechts von der Burg. Schwerter glänzten in der Sonne, als die Männer sie zum Kampf schwangen. „Der Übungsplatz! Das ist der berühmte Kampfplatz der Grants. Eines Tages werde ich dort üben können." Sein Gesicht leuchtete auf und er drehte sich zu ihr um und grinste von einem Ohr zum anderen. Sie küsste seine Stirn und kicherte.

„Aye, das wirst du, Loki."

Der Junge konnte nicht aufhören, weiter zu plappern. „Und

seht Euch diese Steinmauer an, sie ist die höchste, die es je gab. Daran kommt nichts und niemand vorbei! Und seht nur all die Gebäude innerhalb der Mauer. Ich glaube, ich sehe sogar eine Kapelle. Die Grants haben die größten Stallungen von allen. Vielleicht kann ich dort im weichen Stroh schlafen anstatt auf dem Boden."

Seine Aufregung war ansteckend. Die Burg ihres Vaters war groß, aber sie war nicht hiermit zu vergleichen.

Loki drückte ihre Hand. „Jetzt ist es nicht mehr weit, Fräulein. Wir sind fast da!", rief er.

Brodie ging zurück zum Bergfried und zog sein Bein ein wenig hinter sich her. Er hatte heute versucht, zu trainieren, aber er hatte noch nicht die nötige Kraft in seinem Bein. Alex hatte mit ihm gekämpft, aber immer wieder war er gestürzt. Beim letzten Mal war er so hart getroffen worden, dass ihn stechende Schmerzen zu Boden geworfen hatten. Er war viel zu lange dort liegen geblieben, ohne sich regen zu können. Nachdem er sich endlich wieder aufgerappelt hatte, hatte er sich bei seinem Bruder bedankt und sein Schwert fallen lassen, um seinen Stock zu nehmen und zurück zum Bergfried zu humpeln.

Mit hängenden Schultern stieg er den letzten Hügel zum Bergfried hinauf. Er war so erschöpft, dass er sich fragte, ob er seine Ausdauer jemals zurückbekommen würde. Er musste gesund sein, um zu den MacLarens zu reisen und Celestina zu holen … und er wusste, dass er nicht lange warten konnte.

Er vermisste seine Frau. Es war schwer, sich auf irgendetwas zu konzentrieren, wenn ihr blonder Lockenkopf und ihre tiefblauen Augen ihn ständig verfolgten. Er konnte nichts tun, ohne an sie zu denken.

Anfangs hatte er befürchtet, dass seine Verletzung seine Männlichkeit geschmälert haben könnte, aber jedes Mal, wenn er an seinen Engel aus Ayr dachte, verhärtete sich sein Stab augenblicklich. Höllenfeuer, er sehnte sich so nach ihr. Der Winter war auf dem Vormarsch und es wäre fast unmöglich, vor dem Frühjahr durch die Highlands zu reisen. Es sah so aus, als erwartete ihn ein langer, kalter Winter ohne sie.

Als er endlich den Bergfried erreicht hatte, setzte er sich auf die

Treppe, um einen Moment lang sein Bein zu massieren. Hatte er sich nicht geschworen, ihr zu folgen, wohin sie auch ging? Er hoffte nur, dass sie genauso auf das Wiedersehen brannte wie er … und dass sie in seiner Abwesenheit keinen anderen gefunden hatte.

Brodie konnte es kaum erwarten, mit ihr ein gemeinsames Leben zu beginnen. Er hatte hier die Aufgabe, die Krieger auszubilden und hoffte, dass sie bereit wäre, ihre Familie zu verlassen und hier zu leben. Celestina würde ihre Schwestern und Maddie lieben, obwohl Brenna wahrscheinlich nicht mehr lange hier sein würde. Seine Frau hatte in ihrem Leben nicht viel Zeit mit Kindern verbracht, aber er dachte, dass sie es genießen würde, all seine Nichten und Neffen kennenzulernen.

Da bemerkte er einen Stallburschen, der zu ihm gelaufen kam. „Es sind Besucher für Euch gekommen. Sie tragen das MacLaren-Banner."

Herr im Himmel, hatte er etwa mit offenen Augen geschlafen? Er drehte sich um und spähte die Hänge der Grant-Burg hinunter. Wie konnte er den kleinen Tross von Pferden übersehen haben, der ihren Hügel hinaufkam? Er erhob sich von der Treppe, nahm seinen Stock und ging die Vorburg hinunter zum Tor. Viele Mitglieder seines Clans folgten ihm, als er durch das Tor und über die Brücke ging.

„Celestina?", rief er. Täuschten ihn seine Augen oder war das tatsächlich seine Frau zu Pferd, mit Loki vor ihr? Wann hatte das Mädchen reiten gelernt?

„Meister Brodie! Meister Brodie!" Der Junge sprang vom Pferd, rannte über das Feld und warf sich in Brodies Arme.

Er umarmte den Jungen und war glücklich zu sehen, dass er die Schlacht von Largs überlebt hatte. Nachdem er ihn abgesetzt hatte, blickte er auf und sah zu, wie seine schöne Celestina zu Fuß mit weit ausgebreiteten Armen über das Feld rannte und seinen Namen schluchzte. Sie warf sich in seine Arme und er schaffte es kaum, sie aufzufangen und an sein Herz zu ziehen, wo sie hingehörte. Sie weinte und weinte und küsste seinen Hals.

„Brodie, ich habe dich so vermisst. Ich liebe dich. Können wir nun endlich zusammen leben?"

Er küsste ihre süßen Lippen und vergrub sein Gesicht in ihren

Haaren. „Aye, Mädchen, für immer. Wir werden für immer zusammen leben. Ich liebe dich auch."

EPILOG

Das Ende des glücklichen Loki

CELESTINA SEUFZTE. ES war der gleiche Seufzer, der ihr immer entfuhr, wenn sie in ihre Lieblingsposition sank. Ihre Hand ruhte auf der Brust ihres Mannes, ihr Kopf war zur Seite gedreht und sie schaute zu ihrem Mann auf, um die Nachbeben ihres Liebesspiels zu genießen.

„Das ist hoffentlich ein Seufzer der Zufriedenheit, meine Liebste." Brodie strich über ihren Arm und hatte seinen anderen Arm stützend unter seinen Kopf gelegt.

Sie gluckste. „Aye, und das weißt du genau, mein lieber Gemahl. Du genießt es, mich immer und immer wieder zu erfreuen."

Nun seufzte Brodie und beide lachten. „Da hast du recht. Dein Stöhnen ist Musik für meine Ohren, aber weißt du, was ich am liebsten mag?"

Sie runzelte nachdenklich die Stirn. „Hmmm ..."

„Denk nicht so lange nach. Es ist, wenn du meinen Namen laut rufst."

Celestina errötete darüber, dass sie so lautstark geworden war.

„Bist du glücklich, *leannan*?" Er strich mit seinem Daumen über ihre Wange.

„Aye, ich könnte nicht glücklicher sein. Nun, es gibt etwas, das mich noch glücklicher machen würde."

Er neigte seinen Kopf so, dass sich ihre Blicke begegneten, und sagte: „Sag mir, was es ist, und ich werde es dir geben."

Celestina dachte sorgfältig über ihre Worte nach, bevor sie sprach. „Brodie, was ist, wenn ich keine Kinder bekommen kann? Was ist, wenn ich von Aldriks Schlägen verletzt worden bin? Wirst du mich trotzdem lieben?"

„Oh, wie kannst du nur so etwas fragen? Ich werde dich ewig

lieben. Das weißt du. Zweifle niemals an meiner Liebe zu dir. Wenn wir mit Kindern gesegnet werden, soll es so sein. Wenn nicht, dann soll es eben so sein."

Sie richtete sich auf und küsste ihren Mann auf den Mund. „Ich liebe dich."

„Außerdem haben wir Loki und eine Menge Nichten und Neffen zum Liebhaben, aye?"

„Du hast recht." Celestina lächelte und dachte darüber nach, wie leicht es ihr gefallen war, sich in ihrer neuen Familie einzuleben. Sie erinnerte sich an den ersten Abend, an dem sie mit ihren drei neuen Schwestern zusammengesessen hatte, mit Brenna, Maddie und Jennie. Sie hatte sie leise gebeten, ihr beizubringen, wie man eine Freundin ist, weil sie so wenig Erfahrung darin hatte, und alle drei waren in Gelächter ausgebrochen. Schließlich hatte sich Maddie vorgebeugt, ihren Arm um sie gelegt und gesagt: „Du bist doch bereits unsere Schwester."

Seit diesem Moment fühlte sie sich dazugehörig. Ihre Mutter und ihr Vater hatten auf Drängen der Grants und ihres Bruders ebenfalls beschlossen, eine Weile zu bleiben, was ihr die Möglichkeit gab, mehr Zeit mit ihnen zu verbringen. Sie liebte all ihre neuen Nichten und Neffen und Loki liebte sie auch. Inga und Nicol sollten bald heiraten, was sie sehr freute.

Nur zwei Dinge liefen nicht so gut. Sie hatten weder von Logan noch von Brodies Bruder Robbie etwas gehört, und Loki schien es schwerer als allen anderen zu fallen, sich an sein neues Zuhause zu gewöhnen.

Sie entschied, dass es ein guter Zeitpunkt war, um über Loki zu sprechen. „Hat Loki jemals etwas darüber gesagt, dass er nicht hierher gehört? Ich frage mich, wie er sich fühlt."

„Nay, warum fragst du? Alle hier lieben den glücklichen Loki."

„Ich habe gehört, wie er mit Quades Kindern Torrian und Lily gesprochen hat. Er sagte Torrian, die Stalljungen hätten ihn geärgert, weil er keine Eltern hat."

„Was für ein Unsinn. Ich werde mich um die Stallburschen kümmern."

„Nay, Brodie, hör mir zu. Das wird sein Problem nicht beheben."

„Entschuldige. Sprich weiter."

„Lily fragte ihn, wo seine Eltern sind, und er sagte, seine Mutter sei bei der Geburt gestorben und seinen Vater habe er nie gekannt. Das Mädchen erzählte ihm von dem Tod ihrer echten Mutter und dass sie jetzt eine neue Mutter hat."

„Entschuldige, aber ich kann dir nicht folgen. Lily hat recht. Ihre Mutter starb Jahre, bevor Quade meine Schwester heiratete. Sie nennt Brenna jetzt Mama. Hat das Loki nicht getröstet?"

„Nay, ich glaube nicht. Er hat Lily gefragt, wie er eine neue Mutter bekommen kann."

Keiner von ihnen sagte in den nächsten Minuten etwas. Celestina blickte in die braunen Augen ihres Mannes. „Es muss doch etwas geben, das wir tun können."

Brodie lächelte. „Ich habe eine Idee."

Der Tag der Hochzeit von Nicol und Inga war gekommen. Das Mahl war fast fertig und würde fabelhaft sein. Celestinas Mutter, Maddie, Brenna und Jennie hatten ihr bei ihrem speziellen Projekt geholfen und das schönste blaue Kleid aller Zeiten für Inga entworfen. Der große Saal roch wunderbar und war voller frischer Binsen und Vasen voller Blumen.

In ihrer Kammer umarmte Celestina Inga und ihre Augen füllten sich mit frischen Tränen. „Inga, bist du glücklich mit Nicol?"

„Aye, ich könnte nicht glücklicher sein. Oh, nur wenn meine Mama hier sein könnte, aber du bist hier und die Grants sind wunderbar. Nicol ist so süß und ich liebe ihn." Sie trat zurück und hielt Celestinas Hände in ihren. „Die Dinge sind besser als wir jemals gehofft hätten, aye, meine liebe Freundin?"

Celestina nickte. „Aye, ich hoffe du und Nicol seid genauso glücklich wie wir. Ich danke Gott jeden Tag für Brodie. Und ich freue mich, dass du dich entschieden hast zu bleiben. Du bist nicht länger meine Magd, aber ich hoffe, du bleibst meine Freundin."

„Natürlich, du weißt doch, wie sehr ich dich liebe." Inga küsste Celestina auf die Wange und glättete dann ihre Röcke, wobei ihre Hände vor Aufregung zitterten.

Celestina streckte ihrer Freundin die Hand entgegen. „Du bist so hübsch. Komm jetzt, es ist Zeit, dass du Nicol heiratest." Sie half Inga die Treppe hinunter in den großen Saal, in dem bereits alle Gäste auf die Braut warteten.

Als die Zeremonie begann, legte Celestina ihren Kopf an die Schulter ihres Mannes, zufrieden mit ihrem Plan. Als Nicol und Inga ihre Gelübde ablegten, drückte sie die Hand ihres Mannes. Er sah in ihre Augen und sie konnte ihre eigenen Tränen nicht zurückhalten, weil sie sich an ihre eigenen Eheversprechen erinnerte.

Brodie hatte sie gefragt, ob sie an der heutigen Zeremonie teilnehmen wolle, damit sie ihre Gelübde vor einem Priester wiederholen könnten, aber sie hatte abgelehnt. Sie liebte ihre Erinnerungen an ihre Handfeste mitten in der Nacht mit Alex als Amtsträger. Das waren die Gelübde, die sich in ihrem Herzen eingeprägt hatten.

Heute ging es um Inga, Nicol und um noch jemanden. Das zweite Ereignis würde nach der Hochzeit des Paares stattfinden. Sie hatte es mit den beiden besprochen und Inga und Nicol hatten ihren Plan enthusiastisch unterstützt, aber sie wollte ihre Zustimmung, weil sie ihre Feier nicht stören wollte.

Brodie und Celestina gingen durch den Raum und stellten sicher, dass alles für ihre Überraschung vorbereitet war. Die jüngsten Familienmitglieder, Bethia und Kyla, waren oben mit Jennies und Quades jüngerer Schwester Avelina, die versprochen hatte, sich um sie zu kümmern. Loki hatte Alex' und Maddies Zwillingsjungen im hinteren Teil des Raumes mit Torrian und seinem Hund Growley und Lily unter Kontrolle.

Nach dem Toast auf Braut und Bräutigam wurden Umarmungen und Glückwünsche im ganzen Raum ausgetauscht. Schließlich wurde es ruhig, als Laird Alexander Grant das Podium betrat und um die Aufmerksamkeit aller bat.

„Ich habe heute noch etwas sehr Wichtiges zu erledigen. Ich bitte den glücklichen Loki, vorzutreten."

Loki stand im hinteren Teil des großen Saals und starrte auf den Raum voller Menschen. Er war sich nicht sicher, was er tun sollte.

„Ist schon gut, Junge", sagte Alex und winkte ihn nach vorn. „Torrian und Lily werden auf die Zwillinge aufpassen. Du wirst hier vorn gebraucht."

Als er vorwärts schlich, suchte Lokis Blick nach Celestina. Sie lächelte ihn an und nickte ihm aufmunternd zu.

Alex grinste, als der Junge auf halbem Weg stehenblieb und die Grant-Krieger in ihren Plaids anstarrte, ohne zu wissen, wohin er gehen sollte. „Komm näher, Junge."

Nachdem er durch die Menge gegangen war, versammelte sich eine Gruppe von Grant-Kriegern in einem Halbkreis hinter ihm. Loki stand vor Alex und seine kleinen Beine schlotterten.

Celestina war von seinem Anblick gerührt. Loki sah so verloren aus, wie er da inmitten all dieser muskulösen Krieger stand, zumal er direkt vor dem riesigen Laird Alex Grant stand. Sie befürchtete, dass der arme Junge sich den Hals verrenken könnte, wenn er zu dem großen Highlander aufblickte. Sie hatte Brodie gebeten, sich zur Unterstützung neben ihn stellen zu dürfen, aber Brodie hatte sich geweigert.

Alex räusperte sich und begann, die Hände hinter dem Rücken verschränkt. „Glücklicher Loki, verstehst du den wichtigen Kodex der Grants, unsere Werte der Ehre und der Wahrhaftigkeit?"

Seine kleine Stimme quietschte gerade laut genug. „Aye, mein Laird."

„Junge, ich muss dir einige Fragen stellen und du musst mit Aye oder Nay antworten. Kannst du das tun, mein Sohn?"

Loki nickte.

„Stimmt es, dass du dich unter einen Karren geschlichen und dich dort versteckt gehalten hast, um Celestina zu folgen?"

Loki warf Brodie einen verwirrten Blick zu, bevor er antwortete. „Aye, mein Laird."

„Stimmt es auch, dass du dem Diener eines Adligen Schmerzen bereitet hast, indem du ohne sein Wissen Steine in seine Schuhe gesteckt hast?"

Lokis Augen weiteten sich. „Aye, mein Laird, aber ich habe es nur getan, um ..."

„Aye oder Nay, Junge?", donnerte Alex.

Er ließ den Kopf hängen, bevor er antwortete: „Aye, mein Laird."

Der Laird fuhr fort. „Stimmt es auch, dass du von der Seite meines Bruders gewichen und einem Karren aus der Stadt gefolgt bist, um Celestina zu finden, ohne jemanden über dein

Ziel zu informieren?"

Lokis verzweifelter Blick huschte durch den Raum und suchte nach Unterstützung. „Aber mein Laird, Celestina ..."

„Aye oder Nay?" Alex' Stimme dröhnte durch den Saal.

„Aye, mein Laird", sagte er mit leiser Stimme.

Celestina konnte es nicht länger aushalten. Sie machte einen Schritt auf den Jungen zu, um ihn wissen zu lassen, dass er nicht allein war, aber ihr Mann zog sie zurück und schlang seinen Arm um ihre Taille.

„Vertraue unserem Laird, *leannan*."

Celestina wischte sich die Tränen aus ihren Augen und schmiegte sich an ihren Mann, aber aus dem Augenwinkel sah sie, dass Maddie, die an Alex' Seite vor dem Podium saß, sich mit einen Leinentuch ebenfalls Tränen aus dem Gesicht tupfte. Maddie und sie waren definitiv Seelenverwandte.

Alex starrte auf Lokis kleinen Kopf und fuhr fort. „Stimmt es, dass du allein zur MacLaren-Burg gegangen bist, ohne jemanden darüber zu informieren, um Celestina wissen zu lassen, dass ihr Ehemann verletzt wurde?"

Lokis Schultern sackten herab und er ließ beschämt den Kopf hängen. „Aye, mein Laird."

Alex' Stimme wurde leiser. „Ist es auch wahr, Junge, dass du tapfer die Schotten beschützt hast, indem du deine Schleuder gegen die Eidringlinge benutzt hast?"

Der Junge hob seinen Blick, sah zu Alex auf und sagte: „Aye, mein Laird."

„Stimmt es, dass du meinen verwundeten Bruder sofort zum Heiler gebracht hast, als er ohnmächtig wurde?"

„Aye, mein Laird." Seine Stimme war jetzt stark genug, um im ganzen Saal gehört zu werden.

Alex lächelte. „Und hast du deine Schleuder benutzt, um meine Schwägerin Celestina Grant vor einer Gruppe von Norwegern in Lennox zu schützen?"

Der Junge nickte mit dem Kopf und schniefte, als er Alex anstarrte. „Aye, mein Laird."

Alex trat vom Podium zurück, ergriff Lokis Schultern und sagte: „Gut gemacht, Junge. Du machst mich stolz." Dann nickte er Brodie und Celestina zu und sie stellten sich vor Loki.

Lokis Augen wurden groß, als Celestina das rotgrüne Grant-Plaid hervorholte, das für ihn angefertigt worden war, und seinen kleinen Körper damit umhüllte. Brodie näherte sich seinem Bruder und reichte Alex ein kleines Schwert, dann steckte er ein Abzeichen mit dem Grant-Wappen auf die Brust des kleinen Jungen.

Damit war ihre Beteiligung vorerst vorbei und Brodie und Celestina traten zurück, um sich neben Loki zu stellen. Alex trat wieder näher an den Jungen heran. Er drehte Loki so, dass jeder ihn sehen konnte, dann legte er seine Hand auf die Schulter des Jungen. Mit seiner anderen Hand berührte er Lokis Kopf mit dem Schwert und sprach. „Glücklicher Loki, ich ernenne dich hiermit zu einem Grant. Ich kann mit Stolz sagen, dass du wie der mutigste Highlander im ganzen Land gehandelt hast. Du hast die Schwachen und Unschuldigen beschützt, dich jederzeit ehrbar verhalten, ein Mitglied meiner Familie beschützt, als es dich brauchte, und mutig für unser Land gekämpft."

Als er fertig war, hielt Alex Loki den Griff des Schwertes hin, der es in seine zitternden Hände nahm, bevor Alex ihn zu den Kriegern hinter sich drehte. Alex nickte mit dem Kopf und die Krieger, die ihn umgaben, zogen gleichzeitig ihre Schwerter aus der Scheide. Sie knieten gemeinsam nieder und legten ihre Waffen auf den Boden, um auf Loki zu zeigen.

Celestinas Tränen flossen nun ungehindert, als sie den Ausdruck puren Staunens auf Lokis Gesicht sah, weil die Krieger vor ihm knieten. Ihr Mann schlang seine Arme um ihre Schultern und küsste sie kurz. Nach allem, was der Junge für die beiden getan hatte, waren sie überfroh, dass er derart geehrt wurde.

Als die Krieger fertig waren, drehte sich Loki um und sein Gesicht strahlte vor Freude. Er sah zu Alex auf und sagte: „Ich habe es geschafft, nicht wahr, Laird Grant? Bin ich nun endlich ein Grant-Krieger und ein Mitglied Eurer Wache?"

Alex stand mit den Händen hinter dem Rücken verschränkt da. „Nay, Junge, das ist nicht richtig."

Lokis Gesicht trübte sich und seine Schultern sackten herab. Dies war der Augenblick! Brodie trat rechts neben Loki und Celestina links neben ihn. Loki blickte zu beiden auf und war sich nicht sicher, was das zu bedeuten hatte.

Alex räusperte sich. „Junge, ich habe dich auf den Namen Grant getauft, ich habe dich nicht zu einem Krieger der Grants ernannt. Aye, wir erwarten, dass du mit den Kriegern kämpfst, aber du wirst offiziell den Namen Grant tragen, wenn du nach schottischem Recht Celestina als deine Mutter und Brodie Grant als deinen Vater akzeptierst."

Loki sah zuerst Brodie, dann Celestina an und fragte: „Wirklich, ihr wollt mich wirklich haben?"

Brodie sprach. „Aye, mein Junge. Nichts würde uns glücklicher machen, als dich unseren Sohn nennen zu dürfen. Natürlich nur, wenn du damit einverstanden bist."

Loki stieß seine beste Nachahmung eines Grant-Schreis aus und warf sich in Brodies Arme.

„Aye. Ich bin nicht mehr der glückliche Loki."

Von seiner Erklärung verwirrt, sah Celestina ihn an, aber da ließ er schon Brodie los und stürmte zu ihr, um sie zu umarmen.

„Ich bin jetzt Loki Grant", rief er mit einem Grinsen.

ENDE

www.keiramontclair.net

LIEBE LESERINNEN,

vielen Dank, dass Sie *Liebesbriefe aus Largs* gelesen haben! Wenn dies Ihr erster Roman von Keira Montclair war, danke ich Ihnen für Ihre Bereitschaft, eine neue Autorin auszuprobieren. Wenn nicht, dann danke Ihnen dafür, dass Sie zurückgekehrt sind, um mehr über den Clan der Grants zu erfahren. In jedem Fall hoffe ich, dass Ihnen die Lektüre gefallen hat. Ich bemühe mich, in jedem meiner Romane einzigartige und mitreißende Geschichten zu erzählen.

Über Brodie und Celestina zu schreiben war herrlich, weil ihre Bindung so standhaft und aufrichtig ist. Man liest nicht oft von Liebe auf den ersten Blick, aber so war es fast bei diesem Paar. Ich weiß, dass Celestinas Lebensgeschichte für einige LeserInnen schwer war. Ich schreibe über missbrauchte Frauen, nicht um des Missbrauchs willen, sondern um ihren Weg der Heilung nachzuzeichnen. Es tut mir leid, wenn sich jemand dadurch gestört fühlt, aber wenn Sie meine Klappentexte lesen, werden Sie wissen, welche Geschichten Schilderungen von Missbrauch beinhalten.

In meinen Geschichten finden Sie oft Kinder, weil ich sie so sehr liebe. Ich hoffe, Sie haben genauso gern über den glücklichen Loki gelesen wie ich über ihn geschrieben habe! Er ist einer dieser entzückenden Charaktere, die für mich sofort zum Leben erwacht sind. Sie können damit rechnen, dass er irgendwo in meinen zukünftigen Werken wieder auftaucht.

Ich höre gern von meinen LeserInnen und schätze ihre Meinung. Es gibt verschiedene Möglichkeiten, wie Sie mir Ihre Meinung mitteilen können:

1. **Schreiben Sie eine Bewertung**: Bitte hinterlassen Sie eine Rezension. Sie können Autoren damit wirklich helfen, vor allem Autoren, die wie ich selbst veröffentlichen. Ich habe keine Marketingabteilung oder ein Werbeteam, das mich unterstützt. Alle Bewertungen werden geschätzt, und ja, ich lese sie alle. Diese Bewertungen sind auch für andere LeserInnen hilfreich.

2. **Senden Sie mir eine E-Mail an** keiramontclair@gmail.com. Ich verspreche zu antworten!

3. **Besuchen Sie meine Facebook-Seite und sagen Sie „Gefällt mir"**: Sie erhalten Updates zu neuen Romanen, Signierstunden und Werbegeschenken. Hier ist der Link: https://www.facebook.com/KeiraMontclair

4. **Besuchen Sie meine Website**: www.keiramontclair.net. Eine weitere Möglichkeit, mich zu kontaktieren, ist über meine Website.

5. **Schauen Sie auf meiner Pinterest-Seite vorbei**: http://www.pinterest.com/KeiraMontclair/love-letters-from-largs/ Sie werden sehen, wie ich mir Brodie Grant vorstelle, obwohl die Haare des Models etwas zu kurz sind. Aber ich denke, Sie werden mir zustimmen, dass er sehr schön anzusehen ist ...

Noch einmal vielen Dank fürs Lesen!

Keira Montclair

Anmerkung der Autorin

Dies ist ein fiktiver Roman, ein historischer Liebesroman, und als solcher sind weder alle Ereignisse noch alle Namen wahr. Einige Charaktere sind der Zeit treu: König Alexander III., sein Verwalter Alexander von Dundonald, der Earl of Menteith als Sheriff und König Haakon von Norwegen, die Boyds und die Mures. Die Grants und die Ramsays sind ein fiktiver Clan, ebenso wie die Behauptung, dass die Grants der größte Clan in den Highlands ist.

Viele Details des Zeitraums und der Schlacht von Largs sind nach meinen Recherchen zutreffend. Die Schlacht von Largs war kein entscheidender Sieg, sondern die Schlacht, die die Norweger auf die Nordinseln zurückschickte. Der Vertrag, der die westlichen Inseln an die schottische Krone zurückgab, wurde erst drei Jahre später unterzeichnet.

Ich habe versucht, die Details des Kampfes so wahr wie möglich zu halten. Die Norweger kämpften an zwei Fronten. Die Schotten kämpften zu Pferd und zu Fuß mit vielen verschiedenen Waffen. Es gab tatsächlich einen schottischen Kämpfer, der für seine Kraft in der Schlacht bekannt war. Ich habe Alex Grant nach diesem Kämpfer beschrieben, bis auf ein kleines Detail: Besagter Schotte starb im Kampf. Glücklicherweise ist dies eine Fiktion, sodass ich Alex für ein paar weitere Romane in der Clan Grant-Reihe am Leben erhalten kann.

Und ja, in der Schlacht von Largs wurden Schleudern eingesetzt, aber der glückliche Loki entspringt meiner Fantasie.

Ich hoffe, Sie haben Ihren Besuch in Ayrshire, Schottland, genossen. Wenn Sie es noch nicht erraten haben, werden meine nächsten beiden Romane aus derselben Zeit stammen. Zuerst wird Robbies Geschichte erzählt und dann gibt es für alle Leser, die sich in Quade Ramsays Bruder verliebt haben, Logans Geschichte zu lesen.

Lesen Sie also weiter!

Keira Montclair